Katrin Frank

I kissed the Boss

Die Autorin

Katrin Frank, geboren 1983, lebt mit ihrem Mann und ihrem Sohn in Klagenfurt am Wörthersee. Sie ist leitende Angestellte in einer Autovermietung und Hobbyautorin. Für ihre Liebes- und Fantasyromane holt sie sich Inspiration bei zahlreichen Reisen ins Ausland sowie bei ihrer Nebentätigkeit als Hochzeitsplanerin. Am liebsten liest sie berührende und spannende Romane, Schreiben bedeutet für sie vom Alltag abzuschalten und eigene Welten zu bauen.

Das Buch

Was würdest du tun, wenn du auf einer Firmenfeier feststellst, dass dein neuer Boss deine Jugendliebe ist? Sina steht genau vor diesem Problem. Noch dazu ist ihr Exfreund Leo ein echter Bad Boy und macht ihr das Leben in der Firma zur Hölle. Trotzdem fühlt sich Sina auf unerklärliche Weise zu ihm hingezogen. Sie ist hin- und hergerissen zwischen ihren Gefühlen und ihrem Pflichtbewusstsein. Schließlich ist sie schon seit Jahren glücklich vergeben. Soll sie ihren Job kündigen? Oder gibt es vielleicht doch noch einen anderen Ausweg?

Katrin Frank

I kissed the Boss

Verbotene Gefühle

FOREVER

MIX
Papier aus verantwortungsvollen Quellen
FSC® C083411

Originalausgabe bei Forever
Forever ist ein Digitalverlag
der Ullstein Buchverlage GmbH, Berlin November 2017

Umschlaggestaltung: zero-media.net, München
Titelabbildung: © FinePic®
Autorenfoto: © privat
Satz: Pinkuin Satz und Datentechnik, Berlin
Druck- und Bindearbeiten: CPI books GmbH, Leck
ISBN 978-3-95818-926-3

Für all diejenigen,
die manchmal an ihre Jugendliebe zurückdenken.

Prolog

Jede Einschätzung der Gefühle, die er für mich hegt oder nicht, wäre nur eine vage Vermutung. Obwohl wir uns bereits kennen, bin ich nicht imstande, seinen verschleierten Blick zu deuten.

Es war eine Jugendromanze.

Wir standen füreinander ein, so wie es Freunde tun. Zumindest waren wir Freunde, wenn wir nicht gerade ein Paar waren.

Es war kompliziert.

Unser erstes Aufeinandertreffen liegt fünf Jahre zurück, wir waren in der Blüte unserer Pubertät, und genauso verhielten wir uns auch. An einem Tag schlugen unsere Herzen schneller, sobald wir uns sahen, am nächsten warfen wir uns die vulgärsten Schimpfworte an den Kopf. Waren wir jemals ein richtiges Paar?

Vermutlich nicht.

Und heute? Was ist aus uns geworden?

Jeder hechelt seinen Verpflichtungen hinterher, und dann und wann treffen wir uns wieder. Meist zufällig. Und doch bin ich mir sicher, dass er für mich einstehen würde, wenn es darauf ankäme.

Heute war es die Fügung, die uns hierhergeführt hat. Wieder einmal. Doch dieses Mal ist es anders, als die Nächte davor. Er gibt sich angriffslustig und fordernd. Und ich bin nicht in der Stimmung, seine herausfordernden Aussagen auf mich einprasseln zu lassen. Es steht nicht zur Debatte, was zwischen uns läuft, denn es zählt das Hier und Jetzt. Keiner von uns beiden denkt über ein Morgen nach. Sein Gemurmel geht mir auf die Nerven.

»Um was geht es hier eigentlich?« Ich sehe verstohlen zu ihm rüber.

Augenrollend schiebt er die Bettdecke zurück. »Wie oft haben wir dieses Gespräch schon geführt?«, fragt er.

Verblüfft, aber bereit für eine Auseinandersetzung, baue ich mich vor ihm auf. »Was meinst du?«

»Das kann doch nicht dein Ernst sein?« Sein Zorn ist unüberhörbar.

»Wovon zur Hölle sprichst du?« Langsam verliere ich die Geduld.

»Na, dass du mit meinen Freunden in die Kiste springst, und mir gibst du seit Jahren einen Korb!«

Seine Worte treffen mich unerwartet. Ich ringe um Fassung, was einige Zeit in Anspruch nimmt. Währenddessen wandert er im Zimmer umher, sucht seine Habseligkeiten zusammen und stopft sie allesamt in seine Umhängetasche. Dabei entfährt mir ein ungläubiges Lachen.

»Ich hatte was mit einem deiner Freunde, aber das war's schon. Habe ich etwa deinen Stolz verletzt?« Ich feixe herausfordernd und ziehe einen Schmollmund.

Seine Augen blicken suchend umher, bis sie ihr Ziel erreichen. Sein Blick trifft mich mit einer sonderbaren Wucht und für einen kurzen Moment spüre ich einen stechenden Schmerz im Brustkorb.

»Bei deinen zahlreichen Frauengeschichten macht es für dich vielleicht keinen Unterschied, ob zwischen uns mehr läuft oder nicht … Für mich jedoch schon!«, schreie ich.

Unbeeindruckt zieht er sich die Jacke über und schlüpft in seine Schuhe. »Darauf habe ich keinen Bock mehr«, höre ich ihn mit gedämpfter Stimme sagen.

Kurz darauf fällt die Tür hinter ihm ins Schloss. Meine Mundwinkel wandern triumphierend nach oben. Er wird sich schon wieder beruhigen.

1

Es ist, als säße ich im Kino, als würde ich einen Hollywoodfilm schauen. So fühlt man sich also als Braut an seinem besonderen Tag.

Alle Geschehnisse ziehen wie im Flug an mir vorüber. Schlag auf Schlag. Friseur, Kosmetik, Standesamt, Kirche, Gratulanten, Essen, Trinksprüche, Ansprachen, Brautstehlen und die Torte. Dafür die monatelangen Vorbereitungen?

Ja, sie haben sich gelohnt. Es ist ein großartiges Fest geworden. Genießen kann ich es jedoch nicht. Wie auch? Immerfort muss ich mich um die Gäste kümmern. Ein Foto hier, ein Foto dort. Wo steckt eigentlich Marcel?

Ich erspähe ihn am Tisch unserer Großeltern und beobachte, wie er sich bemüht höflich mit ihnen unterhält. Und meine Trauzeugin amüsiert sich am Tisch nebenan.

Mist! Wer käme sonst noch in Frage, mich auf die Toilette zu begleiten, um mein Kleid hochzuhalten? Noch eine Sache, auf die ich beim Kauf hätte achten sollen. Obwohl sich keine Begleitung auftut, nutze ich die Gelegenheit, gehe nach draußen und schnaufe erstmal durch. Vielleicht findet sich auf dem Weg in den Waschraum jemand, der dieser speziellen Schwierigkeit gewachsen ist.

»Na, hat doch alles geklappt«, flüstert Marie in mein Ohr und wirft ihren Arm über meine Schulter. Die Berührung lässt mich zusammenfahren.

»Meine Güte, hast du mich erschreckt«, entfährt es mir,

und ich schlage die Handfläche gegen meine Brust. »Ich muss mal dringend.« Ich gestikuliere in Richtung der Toiletten.

Marie nickt mit einem wissenden Grinsen. Sie nimmt ihre Pflichten als Trauzeugin äußerst ernst. Obwohl sie nichts von der Ehe hält. Sie meint, diese Institution passe nicht zu ihr. Es sieht ulkig aus, wie sie ihr lockiges Haar aus dem Gesicht bläst und peinlichst genau darauf achtet, dass meinem Brautkleid nichts zustößt.

»Dafür liebe ich dich, ehrlich.« Ich strahle sie dankbar an.

Wir verfallen in ein freudiges Kichern. Sie ist ein Sonnenschein und lässt meine Welt erstrahlen. Es ist nicht so, dass ich mit einer Gewitterwolke über meinem Kopf durchs Leben stolziere, allerdings könnte ich an manche Dinge unbeschwerter herantreten.

»Schnell noch etwas Puder.«

Ehe ich irgendwelche Einwände hervorbringen kann, fummelt Marie auch schon mit dem Pinsel in meinem Gesicht herum.

»Es ist nach Mitternacht, ich muss nicht mehr perfekt aussehen.« Ich lache.

Meine Aussage wird mit rollenden Augen quittiert. Endlich lässt sie von mir ab und gewährt mir den Weg in die Freiheit. Ein schmaler, langgezogener Gang führt uns zurück zum Saal. Hektisch hoppelt sie neben mir her.

»Der Tag ist gelaufen. Kein Grund, so eine Unruhe zu versprühen«, tadle ich sie.

»Sina, die Party hat eben erst begonnen.«

Ich muss schmunzeln. Marie feiert für ihr Leben gerne.

Beim Eingang des Saals angekommen, streife ich mein Kleid glatt und schaue prüfend an mir hinab. Alles gut. Dann fällt mir ein Mann ins Auge, der sich lässig gegen den Tresen der Hotelbar lehnt und einen Drink in der Hand hält. Ich erkenne ihn zunächst nicht, doch dann wird mein Blick starr und mir wird bewusst, wer er ist. Die Röte steigt mir ins Gesicht, ein wärmendes Kribbeln zieht sich durch meinen Körper. Auch er lässt seinen Blick auf mir ruhen. Eine gefühlte Ewigkeit sehen wir einander an, bis ich einen Schmerz in meinem Oberarm spüre. Erschrocken fahre ich herum und lächle Marie gezwungen entgegen. Sie hat mich doch tatsächlich in den Arm gekniffen.

»Das eben war Leo, oder?«, flüstert sie, als wir endlich weitergehen.

»Sieht ganz danach aus«, antworte ich wie automatisch und vermeide es, sie dabei anzusehen.

»Du wirst doch nicht wieder schwach werden?«, bemerkt sie entsetzt.

Genervt schaue ich zu ihr auf. »Wir waren damals doch noch Kinder. Ich habe ihn ewig nicht gesehen. Das ist alles.«

Sie nickt zufrieden und mischt sich dann wieder unter die Gäste.

2

»Du hast *was?*«, kreischt Marie und schlägt sich die Hände vor den Mund.

»Na ja, immerhin waren wir mal befreundet. Da ist doch nichts dabei«, erkläre ich.

Kopfschüttelnd hockt sie vor mir.

»Marie, er hat ohnehin nicht geantwortet, was soll's. Mach dir keinen Kopf. Ich liebe Marcel.« Beruhigend tätschle ich ihre Hand.

Hätte ich es ihr bloß nicht erzählt. Außerdem habe ich ihm nur eine belanglose Nachricht hinterlassen. Ich wollte doch nur wissen, wie es ihm in den letzten Jahren ergangen ist. Daran ist doch nichts verwerflich. Maries Sorge ist unbegründet. Zumindest aus heutiger Sicht. Damals hatte er mein Leben durcheinandergebracht, aber heute bin ich angekommen, angekommen bei Marcel. Wir sind eine Familie und daran wird Leo nichts ändern.

»Ich wette, du denkst sogar jetzt, in diesem Moment, an ihn«, wirft sie mir vor.

Müde blicke ich sie an. »Kann ich dir nun von unseren Flitterwochen erzählen?«

Sie lächelt. »Deshalb sind wir doch hier!«

Nach dem ausführlichen Bericht über die Flitterwochen komme ich zu spät nach Hause, so dass ich Marcel verpasse. Er befindet sich bereits im Taxi zum Flughafen. Kurz ärgere ich mich darüber.

Gut, in drei Tagen wird er wieder zurück sein, und dann steht ein gemeinsames Wochenende vor der Tür. Alles nicht so schlimm, denke ich mir. Seitdem er die neue Position als Geschäftsführer angenommen hat, häufen sich die Dienstreisen ins Ausland. Jeden Monat verbringt er mehrere Tage in Indien, um einen detaillierten Einblick in die Produktion vor Ort zu erhalten. Da ich als freie Dienstnehmerin tätig bin, arbeite ich hauptsächlich an diesen Tagen. Meine Kreativität tanzt nicht immer nach meiner Pfeife, also kann es auch mal vorkommen, dass ich am Wochenende an einem Projekt festsitze. Doch kommendes Wochenende habe ich mir ein striktes Arbeitsverbot auferlegt.

Vielleicht bezwingen wir am Samstag einen Klettersteig. Als wir uns kennengelernt haben, war das Erklimmen von Bergen nur seine Leidenschaft. Aber er konnte mich schnell dafür begeistern, und so verbringen wir inzwischen zahlreiche Sommertage im steinigen Gebirge. Früher ließ ich mir lieber die Sonne auf den Bauch scheinen, doch dazu kommt es jetzt nur noch äußerst selten. Weder Marie noch Marcel haben sonderlich viel dafür übrig. Was schade ist, denn wir haben wundervolle Seen in der unmittelbaren Umgebung.

Entnervt klappe ich meinen Laptop auf, um meine Mails zu überprüfen. Mein Auftraggeber textet mich mit Nachrichten zu. Wie befürchtet warten erneut Änderungswünsche auf mich. Weil ich mich nicht mit den Graphiken befassen möchte, überfliege ich die anderen eingehenden Mails. Einige Stichworte notiere ich mir in meinen Wochenplaner, so spare ich später Zeit. Zwischen den Mails vom Auftraggeber und den lästigen Newslettern entdecke ich eine ungelesene Nachricht von Leo Winter. Mein Herzschlag setzt für einen Moment aus, um daraufhin rasant wieder loszulegen. Das Hämmern in meiner Brust irritiert mich. Leo kann doch nicht eine solche Wirkung auf mich haben. Immerhin ist die Geschichte schon eine Ewigkeit her, und ich bin glücklich verheiratet. Ich lege meine Handfläche an die Brust und beruhige die Stelle mit kreisenden Wischbewegungen.

Ein winziger Teil in meinem Inneren dürfte sich noch an den damaligen Jugendwahn erinnern. Hierfür gibt es keine andere plausible Erklärung. Dann öffne ich die E-Mail.

Winter, Leo
An: Mouton, Sina
AW: Grüße …
Du hast tatsächlich geheiratet …
Leo

Ziemlich lange starre ich auf die wenigen Buchstaben, bevor ich meinen Blick abwende. Tage später als erwartet, habe ich also eine Antwort erhalten, die eigentlich keine ist. Ich hatte in meiner Nachricht danach gefragt, wie es ihm in den letzten Jahren ergangen ist. Hatte er eine Frau? Ein Kind? Wie sah es beruflich aus? All diese Dinge, die man einander fragt, wenn man sich nach Jahren begegnet. Was merkwürdig ist, denn in einer Kleinstadt läuft man sich eigentlich andauernd über den Weg.

Das sieht ihm ähnlich, er hat sich kaum verändert. Er mochte es damals schon, wenn ihn eine geheimnisvolle Aura umgab. Zu kindisch von ihm.

Kopflos marschiere ich zum Weinregal, öffne eine Flasche Rotwein, die noch von der Hochzeitsfeier übrig ist, und schenke mir ein Glas ein. Dazu bereite ich mir eine kleine Jause vor und setze mich mit diesen Errungenschaften vor den Computer. Hungrig beiße ich vom Brot ab und bin erleichtert, dass Marcel nicht hier ist, um das mitansehen zu müssen.

Mouton, Sina
An: Winter, Leo
AW: Grüße …

Gut kombiniert! Wie es dir so ergangen ist, werde ich mir wohl ausmalen müssen …
Sina

Während der zimmerwarme Rotwein meine Speiseröhre hinabfließt und ein heißes Brennen hinterlässt, versende ich die Message. Nur wenige Minuten darauf hüpft das Briefmarken-Symbol in die Höhe und zeigt damit an, dass sich eine neue Nachricht im Posteingang befindet. Schnell klicke ich auf das Bild.

Winter,Leo
An: Morton, Sina
AW: Grüße …
Firmengeschäfte laufen … nach wie vor überzeugter Single … keine Kinder …
Nun hast du deine Antworten.
Leo

Verärgert klappe ich den Bildschirm nach unten. Er zeigt sich undurchsichtig wie eh und je. Mir ist das alles zu blöd, deshalb lasse ich es gut sein.

3

Abgekämpft vom Weihnachtswahnsinn und mit zwei Kilos mehr am Leib, die ich nun mit mir rumschleppen muss, geht's auf zum nächsten Fest. Vermutlich wird auch bei diesem Event an jeder Ecke das eine oder andere Häppchen auf mich warten. Marcel hat die Einladung eines Aktionärs und Großgrundbesitzer angenommen. So kommt es, dass wir uns auf der Suche nach einem geeigneten Parkplatz befinden, vor dieser stilvollen Villa am Wörthersee.

Zahlreiche Fahrzeuge parken entlang der Einfahrt und auf der Wiese des Anwesens. Marcel hantiert geschickt am Lenkrad, und mit einem Schwung manövriert er den Wagen in eine Parklücke, die ich für viel zu klein befunden hatte. Stolz blickt er zu mir rüber.

»Ja, ist schon gut.« Ich lächle anerkennend. Natürlich konnte ich meinem Mann die Bitte, ihn heute zu begleiten, nicht abschlagen, obwohl ich mir die Silvesternacht anders vorgestellt habe. Ein gemütliches Abendessen mit einer guten Flasche Wein –das hätte mir gefallen.

»Ich schulde dir was«, flüstert er.

In der nächsten Sekunde öffnet sich die Eingangstür wie von Zauberhand, und ein älterer Mann hält mir seine ausgestreckte Hand entgegen. Wir stellen einander vor. Er ist der Besitzer dieser beeindruckenden Villa, führt uns herum und stellt uns einigen Gästen vor. Schnell muss ich feststellen, dass wir wohl die Jüngsten auf dieser Feier sind.

Eine Dame reicht uns einen Aperitif, der meine Rettung zu sein scheint. Marcel unterhält sich ununterbrochen mit irgendwelchen Leuten. Ich hingegen komme nur schwer ins Gespräch. Vermutlich auch deshalb, weil es sich die Damen in der Bibliothek nebenan gemütlich gemacht haben und die Männer hier draußen beinahe ausschließlich über ihre Geschäfte sprechen.

»Ha, da sind sie, die Häppchen«, denke ich freudig, als ich die langen Tafeln an den Seiten des Raumes erspähe. Entschuldigend blicke ich in die Runde und mache mich los, um mir das Buffet genauer anzusehen. Noch zwei Stunden, die ich damit verbringen werde, mir den Bauch vollzuschlagen. Nach Mitternacht können wir uns dann schnellstens davonstehlen. Marcel sieht das bestimmt genauso.

Als ich zu ihm spähe, werde ich jedoch enttäuscht. Er scheint sich prächtig zu amüsieren. Mit einigen erlesenen Snacks auf meinem Teller wandere ich umher und komme schließlich mit zwei Damen, die um die vierzig Jahre alt sein dürften, ins Gespräch. Meine Laune bessert sich und die Party beginnt, mir zu gefallen. Angeregt unterhalten wir uns miteinander und kommen nicht voneinander los. Die Zeit verrinnt wie im Fluge.

Als ich das nächste Mal auf die Uhr blicke, ist es bereits kurz vor Mitternacht, und so kommt es, dass wir die Unterhaltung beenden. Wir machen uns auf, um unsere Begleiter zu finden. Ich laufe von einem Raum zum anderen, auf der Suche nach Marcel. Wo steckt er bloß? Langsam schlägt meine Stimmung wieder um. Ärger macht sich breit.

Als die Gäste um mich herum den Countdown der letzten Sekunden bis zum Jahreswechsel lautstark mitzählen, erreicht meine Stimmung einen Tiefpunkt. Mit hängenden Schultern gebe ich mich geschlagen und gönne meinen suchenden Augen eine Pause. Die Schläge der Pummerin, der Kirchenglocke des Stephansdoms in Wien, werden von den freudigen

Stimmen der Gäste untermalt. Dong. Dong. Dong. Über eine große Leinwand wird das Spektakel am Dom live übertragen. Wenig später erklingen die Hörner der Wiener Philharmoniker, der Donauwalzer ertönt in seiner hallenden Schönheit. Um mich herum nehmen die Gäste ihre Tanzposition ein. Verloren stehe ich inmitten der provisorischen Tanzfläche. Dann setzen die Streichinstrumente ein, und ich will schon die Flucht ergreifen, als sich ein stattlicher Mann im Smoking vor mir aufbaut, mir seine Hand hinhält und mich zum Tanz auffordert. Zögernd blicke ich auf. Mein Atem setzt für einen Moment aus, bis ich wie mechanisch meine Hand in seine lege. Vor mir steht Leo Winter, den ich am Tag meiner Hochzeit zuletzt gesehen habe und davor einige Jahre nicht.

Behutsam, aber mit festem Griff hält er mich und lässt mich über das Parkett schweben. Ich atme kontrolliert und flach, wage es jedoch nicht aufzusehen, in seine verführerischen, blaugrünen Augen. Und noch viel weniger, wage ich es, auch nur einen Ton von mir zu geben. Ich gebe mich seiner Führung hin, dabei durchzieht mich ein schauderhaftes Kribbeln.

Ich hatte ihn kleiner in Erinnerung. Er muss an die ein Meter neunzig groß sein.

Wie alles im Leben endet auch dieser Tanz. Er löst sich von mir, gibt mich frei, tritt einen Schritt zurück und mustert mich prüfend. Nun riskiere ich den Blick nach oben, in seine lodernden Augen. Woher kommt er bloß? Und was macht er hier? Ich bin doch vorhin durch sämtliche Räumlichkeiten gelaufen, er hätte mir auffallen müssen. Als ich etwas sagen will, kommt mir eine mir allzu bekannte Stimme dazwischen. Marcel hat sich zu uns gesellt und zieht mich an sich heran.

»Es tut mir leid. Ein frohes neues Jahr«, haucht er mir entgegen.

Schnell fasst er sich und begrüßt Leo. Die beiden kennen sich nur flüchtig.

»Wir waren draußen und haben eine Zigarre gepafft«, erklärt er weiter, als ich keine Reaktion zeige.

»Schon gut«, wiegle ich nervös ab und schenke ihm ein strahlendes Lächeln.

Als ich mich Leo zuwenden will, um mich für seine Geste zu bedanken, stelle ich fest, dass er sich aus dem Staub gemacht hat. Wieder ohne ein Wort zu verlieren.

Der duftende Buttergeruch frischer Croissants kitzelt meine Nasenflügel. Gefolgt vom mahlenden Geräusch der Kaffeemaschine. So werde ich sanft aus meinen Träumen geholt.

»Gestern war ich ein Idiot, verzeihst du mir, Süße?«, fragt Marcel und blickt mit dem Tablett in der Hand aus dem Türrahmen auf mich hinunter.

»Schon okay!« Ich grinse bis über beide Ohren. »Gib mir endlich die Tasse Kaffee.«

Seine Mundwinkel wandern nach oben und mit einem Schwung hievt er sich aufs Bett, schlägt die Decke zurück und schmiegt seine kalten Beine an meine. Kurz schrecke ich zurück. An seine kalten Füße werde ich mich wohl nie gewöhnen.

Nachdem ich die Tasse mit nur wenigen Schlucken geleert habe, falle ich Marcel glücklich um den Hals und küsse ihn. Das wird unser Jahr. Wir wollen mehr Zeit miteinander verbringen. Vielleicht entscheiden wir uns auch, ein Kind zu bekommen. Es ist perfekt.

4

»Was hältst du von einem Skiwochenende?«, höre ich ihn aus der Küche rufen.

Keine schlechte Idee. Meine Skier sind zwar nicht mehr die modernsten, aber irgendwie werde ich schon den Berg hinunterkommen. Das wäre doch gelacht.

»Klingt gut.« Freudig marschiere ich in den begehbaren Schrank und krame meinen Ski-Anzug hervor. Okay, in dem Ding werde ich mich nicht mehr sehen lassen. »Ich muss mir einen neuen Ski-Anzug kaufen«, stelle ich fest und schrecke hoch, als Marcel kopfschüttelnd neben mir steht.

»Der sieht doch noch ganz gut aus.«

Augenrollend vermeide ich jeden weiteren Kommentar. Zum Glück verdiene ich mein eigenes Geld. Sonst müsste ich mich auf eine endlos lange Diskussion einlassen.

Das Vibrieren meines Telefons rettet mich aus dieser nervigen Situation. Marcel verschwindet wieder in die Küche, und ich kann in aller Ruhe meine Kleidungsstücke prüfen. Davor werfe ich noch einen Blick auf mein Handy.

Kaffee? Morgen? Leo

Perplex gucke ich auf die drei Worte. Wie kommt er an meine Telefonnummer, und weshalb will er sich mit mir treffen? Nervös sehe ich mich um. Marcel ist nach wie vor in der Küche beschäftigt, deshalb beginne ich aufgeregt, zu tippen.

10 Uhr, Wienerroither, Alter Platz, Sina

Für eine Sekunde halte ich inne. Danach ertappe ich mich dabei, wie ich mir die Kleidungsstücke für das morgige Treffen ausmale. Meine Güte, es ist nur ein Kaffee mit einem alten Freund. Was veranstalte ich hier eigentlich?

Vier Tage ist es her, dass wir gemeinsam zum Donauwalzer getanzt haben. Seither ist keine Nacht vergangen, in der ich nicht von Leo geträumt habe. Ich liebe Marcel, das ist sicher. Aber weshalb träume ich dann von einem anderen Mann?

Unsicher lasse ich die Kleidungsstücke liegen, verdränge meine Gedanken und geselle mich zu Marcel. Erstmal will ich ihm nichts von der Verabredung erzählen. Warum auch. Das würde ihn möglicherweise kränken oder verunsichern. Außerdem steckt nichts Verwerfliches dahinter, immerhin waren wir damals auch befreundet.

Mit dem Kochlöffel bewaffnet lächelt Marcel unschuldig, und schon im nächsten Augenblick schiebt er mir diesen in den Mund.

»Oh wie lecker«, plappere ich mit vollem Mund.

Hektisch hüpfe ich zum Parkautomaten und füttere diesen mit Kleingeld. Blöderweise habe ich nur sechzig Cent in meiner Geldbörse. Ansonsten nur Scheine, die der Automat nicht annimmt. Marie hat mir schon vor einiger Zeit geraten, das Handyparken zu aktivieren. Natürlich habe ich ihren Rat ignoriert. Zu dumm auch. *Fünfzig Minuten* steht auf der Anzeige. Wird das ausreichen? Ungeduldig krame ich in meiner Tasche, in der Hoffnung, vielleicht noch ein paar Münzen zu finden und so einige Minuten mehr rauszuschlagen.

Noch dazu bin ich spät dran, weil ich viel zu lange vor dem Spiegel rumgestanden habe. Meinen kinnlangen blonden Haaren habe ich mit dem Lockenstab ein wenig mehr Schwung verpasst und meine blauen Augen mit einem dezenten Lidschatten hervorgehoben. Das alles hat mehr Zeit in Anspruch genommen, als geplant.

Seufzend gebe ich die Suche auf, drehe mich zur Seite und stoße gegen eine hochgewachsene Person. Ein süßer, draufgängerischer Duft steigt in meine Nase. Meine Alarmglocken beginnen zu läuten.

Natürlich, an das Parfüm erinnere ich mich zu gut. Es gehört zu ihm. Nicht zu dem Leo, den ich von früher kenne, sondern zum heutigen Leo. Noch am Tag nach unserem letzten Treffen hatte ich ein seltsames Brennen in der Nase verspürt. Verlegen sehe ich nach oben.

»Nur eine Stunde Ausgang? Oder weshalb überlegst du?« Er lächelt schief, und ein Hauch von Verachtung schwingt in seiner Stimme mit.

»Oh, ich freue mich auch, dich wiederzusehen«, sage ich gespielt verärgert.

Dann endlich begrüßen wir uns. Das erste Mal nach langer Zeit. Meine Handflächen an seine Oberarme gelegt und mit meinen Füßen auf Zehenspitzen stehend drücke ich ihm links und rechts ein Küsschen auf die Wange. Auf eine minimalistische Weise erwidert er den Gruß.

Dann laufen wir tonlos nebeneinander her, bis ich das unerträgliche Schweigen breche und mit dem Verhör beginne.

Sämtliche Fragen nach Job, Familie und Co werden jedoch von Leo mit einem lässigen Spruch abgetan. Als wir bei der Bäckerei ankommen, bin ich mit der Fragerei durch, und so sehr ich mich auch bemühe, es fällt mir keine halbwegs sinnvolle Frage mehr ein.

Dabei gäbe es doch bestimmt viel zu erzählen. Ich hätte einiges zu berichten. Da er allerdings nicht danach fragt, behalte ich den Monolog für mich.

Wir bestellen jeder einen Cappuccino, und Leo ordert dazu noch ein italienisches Frühstück. Mein Magen knurrt. Doch wenn ich daran denke, etwas zu essen, zieht er sich zusammen. Deshalb muss der Cappuccino vorerst genügen.

»Marcel also …«

Irritiert über seine Aussage blicke ich ihn an. Seine Augen funkeln feurig. Als ich meine Stimme wieder zurückgewonnen habe und nicht weiter dümmlich, mit offenem Mund, vor ihm sitzen will, lege ich meine Stirn in Falten.

»Irritiert dich die Tatsache, dass ich verheiratet bin oder eher, dass es Marcel ist?« Herausfordernd halte ich seiner Frage stand.

Leo quittiert meine Haltung mit einem anerkennenden Lächeln. »Vielmehr, wie schnell die Zeit verrinnt.« Er grinst.

Endlich lockert sich die Stimmung, und ich lasse mich erleichtert in den Sessel fallen.

»Na ja, ist doch eine ganze Weile her. Und … willst du mir noch immer nicht verraten, was du so getrieben hast?«

Ich nippe an der Kaffeetasse, ohne ihn dabei großartig anzusehen. Generell versuche ich, seinen Blicken auszuweichen.

»Weshalb sitzen wir hier, wenn du mir nichts erzählen willst?«

Er lächelt. »Weil ich dich sehen wollte.«

Hab' ich eben richtig gehört? Natürlich will er mich sehen, aber dazu gehört doch auch, dass man sich auf den neuesten Stand der Dinge bringt.

»Lebst du noch hier?« Sobald die Frage über meine Lippen kommt, ärgere ich mich.

Was für eine alberne Frage? Bestimmt nicht, denn sonst wären wir uns wohl öfter über den Weg gelaufen, in einer Stadt, die keine hunderttausend Einwohner hat. Ich fühle mich um Jahre zurückversetzt, als wäre ich immer noch das neunzehnjährige Mädchen. Dieses Gefühl löst eine derartige Unsicherheit in mir aus, dass ich nervös an meiner Jacke zupfe.

Er hingegen wirkt weltmännisch und erinnert mich keineswegs an den draufgängerischen Jugendlichen von damals. Gut, irgendwie sieht er nach wie vor wie ein verwegener Sonnyboy aus, jedoch mit Stil. Dass er eines Tages im Anzug vor mir sitzen würde, hätte ich mir nicht erträumt. Leo, der früher zerschlissene Jeans trug, in denen er zum Anbeißen aussah.

Ich bin erleichtert, als sein Handy klingelt und er sich für einen Moment entschuldigt und nach draußen geht, um zu telefonieren. Die Zeit nutze ich, um einmal ordentlich durchzuatmen und auf mein Smartphone zu spähen. Schnell überkommt mich ein unangenehmes Gefühl. Ich hätte Marcel doch einfach sagen können, dass ich mich mit Leo treffe. Dann säße ich hier nicht rum wie auf Nadeln. Marcel hätte bestimmt nichts dagegen einzuwenden gehabt.

»Guck nicht so, die bleiben.« Leo schmunzelt und deutet auf meine in Falten gelegte Stirn.

»Hör zu, ich muss los.«

Impulsiv suchen meine überraschten Augen die seinen. Wir sitzen gerade mal zwanzig Minuten in der Bäckerei. Rasch überspiele ich meine Unsicherheit und zeige mich gleichgültig.

»Kein Thema«, gebe ich lässig zurück.

Eilig übernimmt er die Rechnung, und daraufhin verlassen wir gemeinsam die Backstube. Draußen peitscht mir die Kälte ins Gesicht und die Realität holt mich ein. Unter keinen Umständen hätte ich mich auf dieses Treffen einlassen dürfen.

Zum Abschied drückt er mir einen Kuss auf die Wange. Ich erwidere nichts, stattdessen wende ich mich von ihm ab und gehe schnellen Schrittes zurück zum Wagen. Ich fühle, wie sich sein Blick in meinen Rücken bohrt.

Morgen, Längsee, 14 Uhr … denk an deine Schlittschuhe, Leo

Will er mich verarschen? Er kann mich doch nicht ständig

irgendwohin kommandieren, um dann innerhalb kürzester Zeit abzuhauen. So was tun Freunde nicht. Außerdem habe ich keine Lust, meine alten Eislaufschuhe auszugraben. Und erst recht nicht, bei den Minusgraden auf irgendeinem gefrorenen See herum zu schlittern.

Ich ignoriere seine Mitteilung und krieche zurück ins Bett zu Marcel, der es sich schon mit einem Buch bequem gemacht hat.

»Wie war dein Tag?«, fragt er und sieht zu mir herüber.

»Geht so«, antworte ich, weiche seinem fürsorglichen Blick aus und kuschle mich an seine Brust.

5

Als ich am nächsten Morgen erwache, steht Marcel bereits abfahrbereit neben dem Bett. Erschlagen reibe ich mir den Schlaf aus den Augen.

»Ist es denn schon so spät?«

Augenrollend wirft er sich den Schal um den Hals. »Du solltest konsequenter an deinen Graphiken arbeiten und morgens früher aufstehen.«

Als ich gerade zum Gegenangriff ausholen will, setzt er liebevoll nach. »Ich meine es doch nur gut.«

Ich schlucke meine Worte hinunter und lächle. Während er auf Reisen ist, arbeite ich beinahe ununterbrochen und halte mich an die Abgabetermine. Es ärgert mich, von ihm getadelt und wie ein Kleinkind zurechtgewiesen zu werden. Als er meinen warnenden Blick bemerkt, legt er seine Lippen auf meine und gibt mir einen Abschiedskuss. Zumindest werde ich mir an den nächsten drei Tagen keinen seiner Vorträge anhören müssen.

Die Tür fällt ins Schloss und ich stapfe, noch immer schlaftrunken, ins Badezimmer. Dort angekommen schießt mir mein Traum von letzter Nacht in den Kopf. Leos stechend blaugrüne Augen kommen mir in Erinnerung. Sauer schleudere ich die Zahnbrüste ins Waschbecken. Das darf doch nicht wahr sein. Warum schwirrt er in meinem Hirn herum? Marcel ist ein toller Ehemann, und ich bin verflucht glücklich.

Gestern noch wollte ich mich auf kein weiteres Treffen mit

Leo einlassen. Doch heute sieht die Sache ganz anders aus. Meine Handflächen auf das Waschbecken gepresst, so dass meine Arme völlig durchgestreckt sind, starre ich in den Spiegel, der eine Frau zeigt, die mir völlig unbekannt erscheint. Verflucht! Ich stampfe mit dem rechten Fuß auf den Fließboden und greife nach meinem Telefon, um Leo eine Mitteilung zu hinterlassen.

Sollte ich bis dahin meine Eislaufschuhe finden, werde ich kommen … Sina

Mit pochendem Herzen schlendere ich vom Parkplatz zum provisorischen Eingang, neben dem sich bereits einige Leute die Schlittschuhe anziehen. Vehement weigere ich mich, Ausschau nach Leo zu halten.

Entweder er findet mich, was aufgrund meines bescheidenen Talents auf dem Eis kein schweres Unterfangen darstellen sollte, oder ich drehe alleine meine Runden. Ohne Zweifel war es kein geistreicher Einfall, mich hier mit ihm zu verabreden.

Als ich mir die Schlittschuhe endlich übergezogen habe, hieve ich mich seitlich am Geländer hoch und stehe mit zitternden Knien auf dem Eis. Gut, immerhin stehe ich. In der Schulzeit waren wir oft eislaufen, aber besonders geübt war ich darin nie. Das Bremsen bereitete mir enorme Probleme, deshalb glitt ich im Schneckentempo dahin. Meine Klassenkameraden überrundeten mich immer innerhalb kürzester Zeit.

Als ich mich etwas sicherer fühle, lasse ich meine verkrampften Finger vom Geländer los und stelle erleichtert fest, dass ich zumindest beim Stehen keine großen Probleme habe. Selbstsicher schiebe ich den rechten Fuß seitlich nach vorn, gleich darauf folgt der linke, der es dem rechten nachmacht. Plumps. Plötzlich hocke ich mit meinem Po auf dem harten Eis. Verflucht. Schnell fahre ich herum, um sicherzustellen, dass Leo nirgends zu sehen ist und die Komödie nicht hautnah mitbekommt. Umständlich raffe ich mich auf und fühle einen leichten pochenden Schmerz in meinem Hinterteil. Irgendwie muss ich das hinbekommen. Ich versuche es erneut. Zu meiner Erleichterung stelle ich fest, dass es diesmal schon ganz gut klappt. Es sieht bestimmt nicht sehr elegant aus, aber ich komme einige Meter voran. Mit einem überheblichen Grinsen im Gesicht steuere ich auf den Teestand zu. Um ehrlich zu sein ist es mir jetzt schon viel zu kalt hier draußen.

Diesmal trifft es mich härter als zuvor. Wieder falle ich auf den kalten, nassen Boden. Wenig motiviert schaue ich nach vorne, um sicherzugehen, dass die Schenke nicht mehr allzu weit entfernt liegt. Allerdings verwehren mir zwei Beine in Jeans die Sicht. Schon im nächsten Augenblick hält mir jemand seine Hände vor die Nase, um mir aufzuhelfen. Leo natürlich.

Verlegen nehme ich die Geste an. Sein schiefes Grinsen ist nicht zu übersehen.

»Dachte ich mir schon, dass du das Jahre nicht mehr gemacht hast.«

Nachdem ich mich einigermaßen gefasst und seine Hand losgelassen habe, strafe ich ihn mit einem bösen Blick.

»Spar dir deine Bemerkungen«, murmle ich vor mich hin.

»Ach komm schon, lass uns eine kleine Runde drehen.« Er zeigt mit der Hand in Richtung Eislaufbahn, die vom Eingang wegführt.

Standfest tänzelt er auf seinen Schuhen neben mir her. Das war ja klar. Er war damals schon in allen sportlichen Aktivitäten äußerst talentiert. Mit einem Schwung fährt er los. Ich verharre auf meinem Platz. Schließlich folge ich ihm, äußerst unsicher und im Schneckentempo, weil ich meinem Po eine Pause gönnen möchte. Mit einer schnellen Bewegung wendet er sich mir zu und als ich zaghaft hinter ihm laufe, bleibt er stehen und reckt mir seine Hand entgegen. Seine Gefühle erfassen mich und meine Augen fixieren seine Hand, als hielte er eine Vogelspinne darin fest.

»Sina, es ist nur meine Hand …«, höre ich ihn sagen.

Nach einigen weiteren Sekunden nehme ich sie und lege meine Hand in seine. Sanft schließen sich seine Finger um sie. Die Hitze, die von ihm ausgeht, wärmt meinen gesamten Körper. Schon klar, für ihn ist es nichts weiter als eine Geste, doch für mich bedeutet es viel. Das Blatt wendet sich, und mir wird augenblicklich klar, dass er mein Herz höherschlagen lässt. Sei es die Sehnsucht eines lockeren Flirts oder mehr. Eines ist sicher: Das hier ist verdammt mies Marcel gegenüber und ruiniert vielleicht noch meine Ehe.

Leos Anwesenheit lässt mein Unbehagen in den Hintergrund rücken, und so genieße ich es, ohne große Worte neben ihm herzufahren. Eine lange Zeit vergeht, bevor er die Stille unterbricht.

»Es war schön, dich endlich wiederzusehen.«

Ruckartig halte ich an und muss kichern. »Du hast es nicht verlernt«, sage ich.

Auch er fällt in mein Lachen mit ein. »Ich gebe wie immer mein Bestes.«

Drängend versuche ich, ihn in Richtung der Teebar zu navigieren. Das gelingt nur bedingt, weil ich einfach zu unsicher auf dem Eis stehe. Doch bevor er vorschlagen kann, noch eine zusätzliche Runde zu laufen, ziehe ich fester an seinem Arm. Was sich als keine gute Idee herausstellt, denn im nächsten Augenblick verliere ich das Gleichgewicht. Anders als das letzte Mal, lande ich nicht auf dem harten Eis, sondern in seinen starken Armen.

Mit einem verschmitzten Grinsen sieht er auf mich hinunter. Mit strampelnden Beinen versuche ich, mich aus seinem Griff zu befreien. Auch das glückt mir nicht, bis ich mich ergebe und von ihm aufrichten lasse.

Verlegen streife ich meine Jacke glatt.

»Du bekommst deine Tasse Tee. Mir ist nicht entgangen, wie sehr du vor Kälte zitterst.«

Da habe ich noch mal Glück gehabt. Allerdings zittere ich nicht nur, weil es hier so kalt ist.

6

»Guck mich nicht dermaßen anklagend an.« Ich sehe zu Marie auf, die wortlos und kopfschüttelnd vor mir hockt.

»Ehrlich, ich hadere ohnehin mit mir und habe Gewissensbisse.«

Sie fährt sich mit ihren Fingern durchs Haar und befestigt eine lose Haarsträhne hinterm Ohr. »Du musst den Kontakt abbrechen«, rät sie eindringlich, aber keinesfalls herablassend.

Schwer atmend stelle ich den Kaffeebecher auf dem Tisch ab. »Hatte ich sowieso vor. Es waren nur zwei Treffen, und da lief auch nichts«, beteuere ich ihr.

»Gut so.« Sie nickt.

Ich weiß auch nicht, was ich mir dabei gedacht habe. Zu Beginn war es wohl die Neugierde und beim letzten Treffen wurde mir dann klar, dass das Ganze in eine komplett falsche Richtung läuft.

»Irgendwie war ich gespannt, was er die Jahre über gemacht hat … wovon er ohnehin nichts preisgab. Ich weiß noch nicht mal, wo er lebt oder welchem Job er nachgeht.« Tatsächlich weiß ich nicht das Geringste über ihn.

»Hast du dich wieder in ihn verknallt?«

Beinahe bekomme ich Atemprobleme. Darüber habe ich mir keine Gedanken gemacht, weil es total absurd ist. Ich liebe Marcel. Man kann doch nicht einen Menschen lieben und in einen anderen verliebt sein. Blödsinn. So was geht doch gar nicht.

»Schätze nicht«, antworte ich leise.

»Du klangst schon überzeugender.«

Mit durchdringendem Blick, erkläre ich ihr ein weiteres Mal meine Beweggründe. Endlich lässt sie von dem Thema ab, und wir bequatschen die Neuigkeiten, die ausnahmsweise nicht mich betreffen.

Ihr grübelnder Gesichtsausdruck entgeht mir nicht. Auch wenn sie über Leo keinen Ton mehr verliert, die Sache schwirrt noch in ihrem Kopf herum. Ihre Augenbraue wandert aufmerksam nach oben, als sie mitbekommt, dass mein Handy vibriert. Weil ich vor ihr keine Geheimnisse habe, bemühe ich mich gar nicht erst, das Display zu verdecken.

»Er will sich wieder mit mir verabreden«, erkläre ich. Dann schiebe ich das Handy auf dem Tresen zur Seite und höre ihr weiter aufmerksam zu.

»Willst du denn nicht antworten?«

Auf ihre Frage hin, schenke ich ihr ein halbes Lächeln. »Später, wir wollten doch meinen Kleiderschrank aussortieren.«

Seitdem Marcel und ich dieses Reihenhaus bezogen haben und ich über einen begehbaren Schrank verfüge, bin ich zum Messie geworden, zumindest was die Klamotten angeht. Maries Hilfe kommt mir gerade recht. Rigoros übernimmt sie die Entscheidungen, welches Kleidungsstück schlussendlich hängen bleibt und welches auf dem Boden landet. Marie hat einen ausgezeichneten Stil, deshalb wehre ich mich nicht dagegen. Manche Stücke trage ich seit Jahren nicht mehr. So wie diesen engen Jeanshosenanzug, den sie gerade lachend hin und her schwenkt.

»In dem sah ich toll aus«, bemerke ich eingeschnappt.

Meine Freundin kann sich nicht mehr halten vor Lachen und bringt nur stoßweise Silben hervor, die ich, so sehr ich mich auch bemühe, nicht zu einem Wort zusammenfügen kann.

»Das glaub ich dir aufs Wort«, spricht sie dann doch noch mühsam aus.

Als sie den Hosenanzug auf den Boden gleiten lässt, breitet sich eine unheimliche Leere in mir aus. Dieses Teil habe ich getragen, als ich Leo ein allerletztes Mal mit zu mir nahm.

»Gut, das Ding muss weg«, stimme ich überzeugt zu.

Nicht nur mein Kleiderschrank macht einen kahlen Eindruck, sondern auch der Rest des Hauses. Marcel kommt erst in einigen Stunden zurück, und so finde ich mich einsam und mit einer großen Tafel Schokolade auf der Couch wieder. Nachdem ich die erste Rippe verschlungen habe, breche ich mir eine weitere ab und hole mein Mobiltelefon. Denn eine ganz wesentliche Sache habe ich noch nicht erledigt. Ich überlege nicht lange und komme sofort auf den Punkt.

Es ist besser, wenn wir uns nicht wiedersehen. Alles Gute, Sina

Bevor mich das Teufelchen auf meiner Schulter in den Abgrund bugsiert, versende ich die SMS und warte auf Leos Reaktion. Auch das sollte ich unterlassen. Aber ich kann nicht anders, als pausenlos auf das blöde Handy zu starren.

Ist vermutlich besser so … Alles Liebe, Leo

Immer und immer wieder lese ich seine Antwort, dabei wird mir klar, dass mein Herz etwas ganz anderes will.

7

Ein Jahr später

Warum verfliegen die Tage im Dezember so rasend schnell? Die Abgabetermine drängen. Und die Weihnachtsgeschenke müssen noch geordert werden –was ich dieses Jahr ausschließlich online erledige, obwohl ich doch die Geschäftsleute in der Stadt unterstützen wollte. Die schnelllebige Zeit lässt mich so einige gute Vorsätze über Bord werfen. Ich ernähre mich fast nur noch von Fast Food. Was sich wiederum bei meinem wöchentlichen Wiegen bemerkbar macht. Zumindest meine Essgewohnheiten will ich im neuen Jahr ändern. Jetzt wäre es zwecklos, es stehen noch viele Feiern mit gutem Essen ins Haus.

Nun bleiben mir noch dreißig Minuten Zeit, bevor uns der Bus zur Location überführt, wo die diesjährige Weihnachtsfeier stattfindet. Das gemütliche Hotelzimmer im dritten Bezirk fühlt sich so gar nicht nach einer Geschäftsreise, sondern eher nach Urlaub an. Seit drei Monaten bin ich für den Werbeauftritt in diesem Konzern verantwortlich. Nach einigen Aufträgen als freie Dienstleisterin wurde ich mit einem festen Vertrag als Angestellte übernommen. Ich musste nicht lange überlegen, das Angebot war großzügig und fair. Außerdem kann ich von Klagenfurt aus arbeiten und muss nur alle zwei Wochen in Wien antanzen.

So kommt es, dass ich mich jetzt in diesem wunderschönen dunkelblauen Overall vorm Spiegel räkle. Perfekt, noch etwas

Make-up und ich bin bereit für das Fünf-Gänge-Menü im Magna Racino.

Der Reisebus hält vor dem glamourös beleuchteten Eingang. Zügig leeren sich die vorderen Plätze. Da ich ganz hinten sitze und den Ausblick noch einen Moment auskosten will, lasse ich allen anderen den Vortritt.

Ich liebe diese Art von Feierlichkeiten. Man kleidet sich schick, isst gut und unterhält sich ausgelassen, ohne vom stressigen Alltag eingenommen zu sein.

Marcel hätte mich begleiten sollen, doch leider findet auch seine Weihnachtsfeier heute Abend statt. Zu blöd, denn wir sehen uns in letzter Zeit nur selten. Ich hätte diesen Abend gerne mit ihm verbracht, weil ich jede Minute an seiner Seite genieße. Also zumindest die, in denen wir nicht wegen der Kinderplanung aneinandergeraten. Marcel möchte ein Baby, ich allerdings will mir noch ein oder zwei Jahre Zeit lassen. Ich sehe es bei unseren Freunden und Bekannten: Das Leben ändert sich schlagartig, wenn man ein Kind hat. Dafür bin ich einfach noch nicht bereit, auch wenn es nicht mehr lange dauert, bis ich eine drei vorne stehen habe. Zu gerne fahre ich am Wochenende weg, und im Job läuft es derzeit auch ganz gut.

»Kommst du?«, höre ich Natascha von vorne rufen, und als ich mich umsehe, sind alle Plätze leer. Auch der Chauffeur verrenkt sich eigenartig, um mich verwundert anzustarren. Daraufhin schnappe ich mir meine Handtasche, laufe den schmalen Durchgang hinunter und verlasse das Gefährt.

Eine eisige Kälte schmiegt sich an mein Gesicht und die feuchte Luft fühlt sich an, als würden hunderte kleiner Nadeln auf meine Haut fallen.

»Lass uns schnell reingehen«, sage ich bibbernd.

Drinnen angekommen legen wir unsere Jacken ab, und schon gesellt sich ein Kellner mit einem Aperitif zu uns. Wir lassen uns nicht lange bitten und greifen zu.

»Du wirst staunen, die Weihnachtsfeiern hier sind großartig!« Natascha prostet mir mit einem breiten Grinsen zu.

»Zum Wohl, ich kann es kaum abwarten«, gebe ich freudig zurück.

Der Empfangsbereich wurde mit edlen Accessoires bestückt, die allesamt in einem weiß glitzernden Licht erstrahlen. Ich bin erleichtert, Natascha an meiner Seite zu wissen, denn ich kenne so gut wie niemanden hier.

Über dreihundert Mitarbeiter wurden eingeladen, die sich allesamt hier versammeln. Vorwiegend die Abteilungsleiter, die Leiter der Bundesländer und die Herren aus der Chefetage. So zumindest hat es mir Natascha zugeflüstert. Die Leute stehen in Grüppchen beisammen und unterhalten sich angeregt miteinander. Wir zwei hingegen wirken wie Außenseiter, als würden wir nicht dazugehören. Wir spähen unsicher umher.

Als die musikalische Untermalung verstummt, ertönt eine maskuline Stimme mittleren Alters. Der Sprecher stellt sich vor und ruft grüßende Worte in die Menge. Er wird durch die heutige Nacht führen und bittet darum, die Plätze im Saal einzunehmen. Auch diesmal lassen sich die Leute nicht lange bitten und stürmen los. Irgendwie unpassend, wie sie sich in den schönen Abendroben drängen. Und wieder bin ich es, die von Natascha aufgefordert wird, weiterzugehen.

»Was ist los?« Sie lacht.

Schulterzuckend folge ich ihr.

Das Warten hat sich gelohnt. Wir müssen nicht umherirren, wie alle anderen zuvor, um die Plätze, die uns zugeteilt wurden, zu finden. An der rechten vorderen Seite des Saals entdecken wir einen Tisch, an dem erst zwei Personen sitzen.

»Na siehst du!« Ich strahle triumphierend und visiere das Ziel an.

Kopfschüttelnd lässt sie sich auf den Stuhl sinken. Die zwei Herren, die mit uns am Tisch sitzen, scheinen uns nicht zu bemerken, zu sehr sind sie in ihr Gespräch vertieft. Erst beim zweiten Versuch, sie zu begrüßen, werden sie auf uns aufmerksam. Es scheint ihnen nicht unangenehm zu sein, dass sie uns nicht sofort bemerkt haben. Aufgrund der beschrifteten Täfelchen vor ihnen, erfahren wir, dass sie die Qualitätskontrolle leiten.

»Na Servus«, entfährt es mir, und ich kann nicht verhindern, dass meine Augenbrauen genervt nach oben wandern.

Kurz schütteln wir einander die Hände, bis sie sich wieder abwenden und das Gespräch fortsetzen. Vielleicht auch besser so.

Ich schnappe mir die Rotweinfalsche und gieße erst Nataschas Glas voll und dann meines. Sie kann ihr Gackern kaum zurückhalten und kichert wie ein wildgewordener Teenager.

»Das tut man doch nicht.«

Ich halte ihr mein Weinglas vors Gesicht und proste ihr zu. »Wir überstehen den Abend niemals ohne Alkohol.«

Eifrig nickend stimmt sie mir zu und gönnt sich einen kräftigen Schluck.

Wenige Zeit später betritt der Moderator von vorhin erneut die Bühne und heißt uns herzlich willkommen zur diesjährigen Weihnachtsfeier. Daraufhin folgt eine kleine Showeinlage, die uns mit einem Weihnachtssong in Stimmung bringen soll.

»Mir knurrt schon der Magen.«

Prüfend schaue ich in den Korb, der vor uns auf dem Tisch steht und vorhin noch mit Brot gefüllt war. Natascha hat ihn bereits vollständig geleert. »Du isst doch schon die ganze Zeit«, stelle ich irritiert fest.

»Das ist doch nichts Richtiges«, entgegnet sie verständnislos und füllt mein Weinglas auf.

Endlich kommt die Bedienung und serviert die Vorspeise. Ihre Augen blitzen vor Erleichterung auf. Es ist vielmehr ein Feuerwerk als ein Aufblitzen.

Auch mir wird das Essen guttun, immerhin nippe ich seit geraumer Zeit immer wieder an meinem Traubensaft. Die Mineralwasserflasche hingegen steht unberührt vor unseren Nasen. Es gibt Beef Tartar ohne Brötchen, weil Natascha bereits vorweg alles aufgegessen hat. Zum Glück sorgen unsere ignoranten Tischpartner für Nachschub. Die Vorspeise schmeckt köstlich, und kaum lege ich die Gabel zur Seite, betritt der Redner erneut das Podest.

»Was soll der Blödsinn?«, frage ich zu laut, so dass ich abfällige Blicke ernte.

Meine Kollegin versucht, ein tonloses »Pssst« anzudeuten, weil sie jedoch selbst ein wenig angesäuselt ist, spricht auch sie eine Spur zu laut. Gut, wir sollten die Sache mit dem Wein langsamer angehen.

Nach einem für mich wenig humorvollen Witz, lädt der Sprecher die Vorstände ein, auf die Bühne zu kommen. Nun wird es spannend, denn noch nie zuvor habe ich einen der Herren kennengelernt. Werner, der Marketingchef, hat mich eingestellt, und alles andere wurde von der Personalabteilung abgewickelt.

»Wo sitzt Werner eigentlich?« Mein suchendes Augenpaar scannt den Saal, allerdings erfolglos.

»Er sitzt bei den Vorständen«, antwortet Natascha knapp.

Im Veranstaltungssaal herrscht absolute Stille, die Aufmerksamkeit der Mitarbeiter richtet sich auf die Bühne. Dann wandern die Scheinwerfer umher und werfen das Licht auf den Treppenaufgang, neben dem sich im Dunkeln drei Gestalten abzeichnen. Nun steigt auch bei mir die Spannung. Immerhin werden die Chefs dank dieser Showeinlage hier wie Rockstars präsentiert.

Dann betritt der Erste die Treppe. Der schon in die Jahre gekommene Mann stiert mit seiner bedrohlichen Miene auf seine Mitarbeiter. Augenblicklich fröstelt es mich. Würde mich jemand danach fragen, wie ich mir Luzifer in Menschengestalt vorstelle, würde mein Zeigefinger automatisch in seine Richtung wandern. Dicht an seinen Fersen marschiert ein Mann mittleren Alters, dessen Aura wesentlich angenehmer ist, auf das Podium. Erleichtert puste ich die angehaltene Luft aus.

Tja, ich werde wohl nicht persönlich mit ihnen zu tun haben, aber allein der Gedanke daran, für drei Männer, die aus der Hölle entflohen sind, zu arbeiten, lässt mich erschaudern. Mittlerweile hat sich die Totenstille in einen anerkennenden Applaus gewandelt. Und auch der letzte der drei Männer steigt den Aufgang hoch. Sein jugendliches Aussehen verblüfft mich. Trotz seines perfekt sitzenden Anzuges passt er so gar nicht zu den anderen beiden. Es sieht ganz danach aus, als wäre er noch nicht mal dreißig Jahre alt. Als schlage jemand auf mein Haupt, um mich wachzurütteln, ordnen sich meine Gedanken neu. Das ist doch … Das darf doch nicht … Mit weit aufgerissenen Augen verfolge ich die Person und prüfe ihre Gestalt genauestens von Kopf bis Fuß. Ach, du heilige … Plötzlich beginnt sich um mich herum alles zu drehen, und das Klatschen scheint immer weiter in die Ferne zu rücken.

»Auuaa«, kreischt Natascha mit einem schmerzverzerrten Gesichtsausdruck laut auf. Finster sieht sie mich an. Schließlich bemerke ich, wie sich meine Hand auf ihren Schenkel gelegt und sich meine Nägel in ihre Haut gegraben haben, unfähig, sich von ihr zu lösen. Ich bündle meine Konzentration, um meine Hand zu entspannen, und ziehe meine bohrenden Finger zurück.

»Jetzt wäre es noch gut, wenn du deine Hand von mir nehmen könntest!«

Mit starrem Ausdruck folgt mein Blick dem Mann auf die Bühne. Ich bin unfähig, auch nur einen Ton zu sprechen und lege die Hand zurück in meinen Schoß.

»Was ist bloß los mit dir?« Natascha sieht mich ungewöhnlich streng an.

Zum Glück sind die anderen so damit beschäftigt, das Treiben auf der Bühne zu beobachten, dass sie von alledem nichts mitbekommen. Dort oben, auf der Plattform, steht tatsächlich

Leo Winter. Der Leo, zu dem ich den Kontakt vor einem Jahr abgebrochen habe, aus Angst, meiner Ehe zu schaden.

»Leo Winter, meine Jugendliebe«, erkläre ich Natascha, als wären wir seit Jahren schon befreundet –was wir nicht sind, deshalb bereue ich sogleich meine Ehrlichkeit.

Ein schallendes Lachen kommt aus ihrem Mund, woraufhin ich mir einen großen Schluck Wein genehmige, um das Brennen in meiner Kehle zu lindern.

»Der Winter, der heißeste Kerl in dem Laden hier? Der Winter, der jedes Frauenherz zum Schmelzen bringt? Du machst doch Witze! Hätte ich dir nicht zugetraut, dass du auf so einen Typen abfährst«, gackert sie.

Augenrollend blicke ich zu ihr rüber. »Ich war jung und brauchte das Geld«, sage ich augenzwinkernd und gebe mich überraschend locker.

Langsam fange ich mich wieder und versuche Luzifers Rede zu folgen.

»Hast du dir nie unsere Homepage angeguckt?«, flüstert sie in mein Ohr.

Kurz muss ich überlegen. Natürlich, immerhin habe ich einige Graphiken dafür beigesteuert. »Doch, sonst säße ich nicht hier.«

Die Art und Weise wie der Mann, sein Name ist nicht Luzifer sondern Höllenbart, spricht, erinnert an einen Diktator. Zu meiner Erleichterung und bestimmt auch der vieler anderer hier im Saal, beendet er nach nur wenigen Minuten seinen Monolog. Sobald der Applaus abklingt, beginnt der zweite Mann mit seinem Vortrag. Lobende Worte huschen über seine Lippen und offensichtlich gutgemeinte Weihnachtswünsche. Auch er fasst sich kurz und überreicht das Mikrophon an Leo, dessen Mundwinkel augenblicklich nach oben wandern.

Allmählich lösen sich seine Augen von der Menge und eine professionelle, angenehme Stimme hallt durch die Boxen. Er könnte genauso gut für einen Radiosender arbeiten. Wieder ist es, als schlüge mir jemand mit voller Wucht auf mein Hinterhaupt. Das gibt's doch nicht. Regungslos lasse ich seine Rede auf mich wirken. Verflucht, wann hat er sich zu einem professionellen Redner gemausert?

Natürlich, es herrschte Jahre Funkstille zwischen uns, deshalb dürfte mich das hier eigentlich nicht überraschen. Aber wir sprechen hier von Leo, dem ich nie eine solche Souveränität zugetraut hätte. Das Ganze will einfach nicht in meinen Kopf.

Als er die neuen Mitarbeiter aus den einzelnen Unternehmen begrüßt und einen Zettel aus seiner Hosentasche hervorholt, werde ich zunehmend nervöser. Meine Unruhe erreicht den Höhepunkt, als er damit beginnt, Personen namentlich zu nennen, die sich dann kurz vom Stuhl erheben, um grüßend in die Menge zu nicken.

Urplötzlich wird mir speiübel. Er wird doch nicht auch meinen Namen ausrufen? Und schon im nächsten Moment verharrt sein Blick einen Moment zu lange auf dem weißen Blatt Papier. Ich ahne, was gleich passieren wird.

Ruhig höre ich ihn meinen Namen sagen, dabei lächelt er. Ein Hieb gegen meine Rippen lässt mich zusammenfahren und bringt mich gleichzeitig zurück in die Realität. So elegant wie nur möglich schiebe ich den Sessel nach hinten und erhebe mich. Anders als meine Vorgänger schaffe ich es nicht, grüßend über die Menge hinwegzusehen und halte meinen Blick fest auf ihn gerichtet. Bis mich Natascha ein weiteres Mal stößt und ich mich ruckartig zurück auf den Sitz fallen lasse.

»Das ist doch wohl ein schlechter Witz«, schnaube ich geschafft.

Dann geht alles recht rasch, und noch bevor ich mich Nataschas fragenden Blicken aussetzen muss, wird auch schon die Suppe serviert. Beim Anblick dieser Cremebrühe wird mir kotzübel.

»Ich muss mal kurz zur Toilette«, bringe ich hektisch hervor.

Schleunigst verlasse ich den überdimensional großen Raum und steuere auf die Toiletten zu. Beinahe verschwinde ich hinter der falschen Tür, weil diese Räumlichkeiten mit einem Bild gekennzeichnet sind, bei dem man genauer hinsehen muss.

Erleichtert, doch noch in der Damentoilette gelandet zu sein, betrachte ich mein verzweifeltes Bildnis im Spiegel. Immer wieder sage ich zu mir selbst, dass ich mich zusammenreißen muss. Das alles hat nichts zu bedeuten. Bis auf die wiederkehrenden Weihnachtsfeiern, bei denen ich ihn ertragen muss, habe ich nichts zu befürchten. Höchstwahrscheinlich werde ich meine Nächte damit verbringen, von Leo zu träumen, doch das habe ich bereits vor einem Jahr überwunden und werde es auch ein weiteres Mal schaffen. Immerhin liebe ich Marcel, und daran wird diese kleine Schwärmerei nichts ändern.

Nachdem ich mein Make-up aufgefrischt habe, verschwinde ich wieder nach draußen, damit ich kein Aufsehen errege. Für Natascha jedoch werde ich mir eine kleine Ausrede zurechtlegen. Als ich gerade am Grübeln bin, packt mich jemand am Handgelenk und zwingt mich abrupt zum Stehenbleiben. Wie erstarrt verharre ich in dieser Position. Ich fürchte mich davor, mich umzudrehen, weil ich ahne, wer mich mit festem Griff zurückhält.

»Und ich dachte, du wolltest mich nicht wiedersehen«, ertönt seine tiefe Stimme.

Ich genehmige mir einen tiefen Atemzug, bevor ich mich ihm stelle. »Ich wusste nicht, dass du hier arbeitest«, erkläre ich und halte seinem Blick stand.

Es wäre zwecklos dagegen anzukämpfen, ich kann von seinen funkelnden blaugrünen Augen nicht ablassen. Er hält meinen Arm weiter fest, seine Finger zeichnen sich darauf ab.

Ich versuche, den Arm ruhig zu halten und hoffe, dass mein Zittern verborgen bleibt.

»Dann sehen wir uns in Zukunft öfter.« Er zeigt ein sexy Grinsen.

»Wohl eher nicht, ich arbeite hauptsächlich von Klagenfurt aus.«

Sein Grinsen wird breiter. »Das wird sich ändern.«

Und noch bevor ich etwas entgegnen kann, lässt er mich stehen und geht schnellen Schrittes zurück zu den Feiernden. Komplett neben der Spur, was ich mir aber nicht anmerken lasse, marschiere ich wieder auf meinen Platz zu. Dort angelangt erläutere ich Natascha, dass ich vorhin überrumpelt wurde und deshalb überzogen reagiert habe. Mit einer verständnisvollen Kopfbewegung tut sie die Sache ab.

Meine kinnlangen blonden Haare lassen sich heute nicht bändigen und stehen kreuz und quer ab. Es bleibt nicht genug Zeit für eine Haarwäsche, denn meine Mitfahrgelegenheit bis nach Graz wartet bereits im Foyer. Auch meine sonst so strahlenden Augen wirken müde und sind blass und gräulich. Der gestrige Abend verlief noch recht unspektakulär, zumindest gab es für mich keine weiteren Überraschungen mehr. Ich konnte es zwar nicht lassen, immer wieder in Leos Richtung zu spähen, versuchte es aber zumindest heimlich zu tun –was mir ganz gut gelang. Was mir nicht gelang, war, ihn aus meinen Träumen fernzuhalten. Mehrmals erwachte ich mit der Befürchtung, sein Bild vor mir zu sehen, sobald ich die Augen wieder schließe. So sehr ich mich auch bemühte, es half nichts, bis ich dann am frühen Morgen nachgab und mich meinen Träumen überließ.

Warum bloß hat dieser Mann eine solche Wirkung auf mich? Und warum zur Hölle ist er nun mein Vorgesetzter? Er ist nicht mein direkter Boss, aber streng genommen könnte er mich feuern, wenn er wollte.

In Graz wird Marcel auf mich warten, denn wir wollten den Tag nutzen und unsere gemeinsamen Freunde besuchen. Wie soll ich Marcel gegenübertreten? Hintergehe ich ihn nicht ohnehin schon? Genügt die Tatsache, dass ich mich dermaßen zu Leo hingezogen fühle? Ich will das doch alles nicht.

Weil ich meinen Kollegen nicht länger warten lassen kann, beende ich meinen inneren Monolog, schnappe meinen Koffer und laufe die Treppe runter in den Eingangsbereich. Mit einem müden, aber freundlichen Augenaufschlag nimmt er mir den Koffer ab und deponiert ihn im Kofferraum des Wagens. Tatkräftig klatscht er in seine Hände.

»Gut dann lass uns fahren«, sagt er.

Als ich im Wagen sitze und er den Motor anwirft, werfe ich einen letzten Blick zurück aufs Hotel, als just in diesem Augenblick Leo aus der Drehtür schwingt. Sein Blick ist nicht zu deuten. Während der Wagen langsam ins Rollen kommt, lasse ich meinen Kopf gegen die Nackenlehne gleiten und schließe meine Lider.

In diesem Moment kann ich mir nichts Schöneres vorstellen, als mich in Marcels Armen zu vergraben. Sein vertrautes Lächeln wirkt Wunder.

»Na wie war's?«, fragt er interessiert.

Ich will noch ein wenig in seiner Umarmung verweilen, deshalb lasse ich mir mit der Antwort Zeit.

»Sonderbar, irgendwie.« Ich lächle gezwungen. Schließlich beginne ich, ihm von gestern zu erzählen. »Zugegeben, ich bin ein wenig verstört. Also, du kannst dich doch an Leo erinnern, oder?«

Seine Stirn legt sich in Falten, um sich kurz darauf wieder zu glätten. »Klar doch, wie könnte ich deine Jugendliebe vergessen.« Er prustet los. »Außerdem haben wir ihn auf dieser Neujahrsparty gesehen.« Er fängt sich wieder.

Augenrollend sehe ich ihn an. »Tja, er ist ein Vorstandsmitglied und sozusagen mein neuer Boss«, erkläre ich möglichst emotionslos.

Stille kehrt ein, ich kann regelrecht seine Gehirnzellen rattern hören. »Das hätte ich ihm gar nicht zugetraut.«

»Ich auch nicht«, gebe ich zu.

Es ist bezeichnend für Marcel, dass er der Tatsache, dass ich Leo einmal sehr geliebt habe, keinerlei Bedeutung beimisst. Er sieht in Leo keine Gefahr. Sein Vertrauen geht ins Unermessliche. Ich blicke meinen Mann an und weiß, weshalb ich keinen Moment gezögert habe, als er damals um meine Hand anhielt.

8

Marie krümmt sich vor Lachen. Wie kann sie so was Banales lustig finden? Erschöpft lege ich das Brot mit dem Hüttenkäse und den Tomaten zurück auf den Teller. Ich strafe sie mit einem strengen Blick, den sie gekonnt ignoriert. Stattdessen beißt sie ein großes Stück vom Krapfen ab, so dass die Marmelade herausquillt und auf ihrem Rock landet.

»Du hast das doch nicht nötig«, sagt sie, während sie mit ihrem Finger die Marmelade vom Schoß wischt und ihn genüsslich ableckt.

»Vermutlich nicht. Es schadet mir aber auch nicht, wenn ich ein paar Tage gesünder esse.«

Und schon hat sie den Krapfen aufgegessen und greift nach der Nussschnecke. »Sag mal, wie läuft es denn mit der Kinderplanung?«, murmelt sie mit vollem Mund.

»Du weißt doch, dass ich noch warten will«, sage ich ruppig.

»Dir fehlt wohl der Zucker.«

Ich lege das Stück Brot zurück auf den Teller und lasse meine Schultern sinken.

»Sorry … Ich kann mir ein Leben mit Baby einfach noch nicht vorstellen. Marcel stresst deshalb ohnehin schon.«

Verständnisvoll legt sie ihre Hand auf meine Schulter. Das liebe ich an Marie, ihr aufrichtiges Mitgefühl. Sie ist eine wahre Frohnatur und ich bin unendlich dankbar, sie an meiner Seite zu wissen. Anders als ich hat sie einfach kein Glück bei den Kerlen, irgendwie gerät sie immer an die Mängelexemplare.

Unruhig rutscht sie im Sessel hin und her.

»Was ist los?«

»Tja, wie läuft es eigentlich im Bett? Also, ich meine … Ihr seid doch schon eine Zeit zusammen, wird das nicht öde?« Ich nippe gerade an einer Tasse Tee, als sie mir die Frage stellt, und beinahe pruste ich ihr den Kräutertee ins Gesicht. Ich hüstele. Nicht, weil mir das Thema unangenehm ist, sondern vielmehr, weil sie wirklich nicht weiß, wie es in einer längeren Partnerschaft läuft. Mehr als drei Monate hat es bisher keiner mit ihr beziehungsweise sie mit keinem Typen ausgehalten.

»Solide.«

Sofort verfallen wir in ein mädchenhaftes Gackern.

»Es ist anders, aber gut. Man weiß, was man bekommt.«

Ihre Lippen wiederholen meine Worte, während sie mich misstrauisch beäugt.

»Wie bei unserem Lieblingsitaliener. Wir wissen, was wir bekommen … Naja, die Spannung fällt weg, dafür weißt du, was der andere will und umgekehrt«, sage ich.

Sie blickt mich weiterhin entrüstet an.

»Marie, was willst du hören? Ich habe regelmäßig guten Sex.«

»Und ich habe für gewöhnlich heißen, unvorhergesehenen, harten Sex«, presst sie hervor und stopft sich das letzte Stück Mehlspeise in den Mund.

»Den hatte ich früher auch.« Ich lache. Das ist eine Lüge. Mit Marcel läuft es ganz gut, doch so prickelnden Sex, wie ich ihn mir früher immer ausgemalt habe, hatte ich niemals. Auch nicht vor Marcel.

»Leo ist mein neuer Boss.« War ich das eben? Was zur Hölle ist in mich gefahren? Ich kann doch nicht allen Ernstes von dem Thema auf Leo kommen.

Marie schlägt sich die Hände vors Gesicht und fällt beinahe von ihrem Sitz. »Was hast du eben gesagt?«

Nervös kaue ich auf meiner Unterlippe. Schließlich offenbare ich ihr den Vorfall während der Weihnachtsfeier. Aufmerksam hört sie mir zu, speichert die Informationen in ihrem Kopf ab, ohne mich auch nur ein einziges Mal zu unterbrechen. Als ich damit fertig bin, warte ich gespannt auf ihre Reaktion.

Ausdruckslos sitzt sie mir gegenüber, was gar nicht zu ihrem Naturell passt.

»Wir werden uns nur selten sehen«, füge ich noch schnell hinzu.

»Sagtest du nicht, dass du diese Woche ein Meeting in Wien hast?«

Langsam erhebe ich mich. »Morgen.«

Besorgt schüttelt sie den Kopf. »Halt dich von ihm fern«, rät sie liebevoll, wie es eine Freundin eben tut.

Schon während der Fahrt nach Wien schwirrt Leo in meinem Kopf herum. Jeder Versuch, nicht an ihn zu denken, scheitert. Werner hat ein mehr oder weniger kurzfristiges Abteilungsmeeting einberufen, das bis heute Abend andauern soll.

Nachdem ich den Wagen in eine Parklücke manövriert habe, werfe ich einen prüfenden Blick in den kleinen Spiegel hinter der Sonnenblende. Irgendwie sehe ich abgekämpft aus, deshalb verleihe ich meinen Wangen mit etwas Rouge den nötigen Pep. Um ein passendes Outfit für die Besprechung auszusuchen, habe ich mehr Zeit als sonst in meinem Wandschrank verbracht. Alles nur wegen Leo. Vermutlich werde ich ihn nicht einmal sehen, immerhin habe ich ihn in den Monaten vor der Weihnachtsfeier auch nie zu Gesicht bekommen. Ob die Vorstände im selben Bürokomplex untergebracht sind wie ich?

Der Blick auf die Uhr verrät mir, dass ich mich sputen muss, wenn ich pünktlich im Sitzungssaal erscheinen will. Eilig nehme ich meinen Laptop von der Rückbank, schultere die Tasche und laufe hinauf in den zweiten Stock. Die anderen Teilnehmer sitzen bereits auf ihren Plätzen, und ich bin die Letzte, die den Raum betritt. Verflucht, dabei wollte ich noch schnell zur Toilette. Gut, bis zur ersten Pause werde ich es wohl aushalten. Natascha sieht irritiert zu mir hoch und fordert mich dann mit einer Handbewegung auf, meine Haare zu glätten.

Als ich mich bemühe, meine Frisur so unauffällig wie möglich zu zähmen, ernte ich unterschwellige Blicke. Natascha nickt mir kurz zu, als Zeichen, dass ich gute Arbeit geleistet habe und damit aufhören kann, wenn ich die Frisur nicht gleich wieder zerstören will.

Endlich eröffnet Werner die Besprechung. Er zieht alle Augenpaare auf sich, und ich bin nicht weiter den neugierigen Blicken meiner Kollegen ausgesetzt. Geschäftig klappe ich den Laptop auf und mache mir Notizen.

»Heute besprechen wir die neue Kampagne und den kommenden Produktkatalog, der bereits in zwei Monaten erscheinen soll«, erklärt Werner.

Ein Raunen macht die Runde, weil uns allen, die wir hier versammelt sind, eine harte Zeit bevorsteht. Denn was Werner vorhat, ist kaum machbar. Außer wir legen zahlreiche Nachtschichten ein. Und so wie es aussieht, werden wir das auch tun. Mit resoluter Stimme erklärt er uns die Vorgehensweise. Am Rande erwähnt er, dass, wenn jemandem sein Plan nicht in den Kram passen sollte, derjenige seine Unterlagen in der Personalabteilung abholen könne. Die Anweisungen kämen von ganz oben, erklärt er abschließend mit ausdrucksloser Miene. Auch ihn werden diese Nachtschichten also treffen.

Schließlich leitet er die erste Pause ein, vermutlich auch deshalb, weil er uns –mit unseren verzweifelten Gesichtern – eine Auszeit gönnen will. Ein Murren und das Geräusch von Stühlen, die über den Holzboden nach hinten geschoben werden, erfüllen den Raum. Auch ich erhebe mich zaghaft, um endlich nach draußen in die Waschräume zu gelangen. Leider komme ich jedoch nicht so schnell hinaus, denn Werner stellt sich mir in den Weg.

»Herr Winter erwartet dich nach der Besprechung.«

Ein beengendes Gefühl in meiner Brust lässt mich erstarren.

»Der Vorstand, du weißt schon«.

Ich lege meine Stirn in Falten und nicke.

Forschend beäugt er mich. »Du hast keinen Schimmer, was er von dir will?«, fragt er erstaunt.

Kopfschüttelnd verneine ich.

»Du etwa?«, frage ich und sehe ihn hoffnungsvoll an, allerdings schüttelt auch er den Kopf. Im nächsten Moment verschwindet er durch die Tür, weil er draußen im Flur jemanden entdeckt hat.

Was will Leo von mir? Meine Neugierde treibt mich in den Wahnsinn. Ich hoffe inständig, dass kein privates Anliegen dahintersteckt, welches ihn veranlasst, mich in sein Büro zu rufen, als wäre ich seine Leibeigene. Verärgert, aber immerhin zufrieden mit meinem Spiegelbild, verlasse ich die sanitären Anlagen des Gebäudes und nehme wieder im Besprechungssaal Platz.

Nach einer Weile gesellt sich Natascha zu mir. Wir tauschen Neuigkeiten vom letzten Wochenende aus und verabreden uns für später in der Kantine. Das wird mich auf andere Gedanken bringen.

Mit einem überlasteten Gehirn verlasse ich als Erste den Saal. Keinen Moment länger als notwendig will ich mich darin aufhalten. In den letzten Minuten hatte ich das Gefühl, kaum atmen zu können. Der Sauerstoff fehlte, obwohl die Räume mit einem sündhaft teuren Belüftungssystem ausgestattet sind und Werner immer wieder das Fenster aufriss, um zu lüften. Die frische Brise kam jedoch nie bei mir an. Wenn man mitten in Wien überhaupt von einer solchen sprechen kann.

Nun heißt es volle Konzentration voraus. In der Nachmittagspause erkundige ich mich nach dem Weg zu Leos Büro. Der Erklärung zufolge wartet ein Fünf-Minuten-Fußmarsch auf mich. Gezielt laufe ich drauflos. Immer wieder habe ich das Gefühl, in die falsche Richtung zu marschieren. Ich ärgere mich, denn der Gebäudekomplex ist gigantisch. Dafür wäre eine Applikation mit einem detaillierten Lageplan angebracht. Erleichterung macht sich breit, als ich auf einer schwarzen Tür Leos Namen lese. Ich nehme meinen Mut zusammen und ignoriere mein pochendes Herz, das sich alles andere als gesund anfühlt. Dann klopfe ich vorsichtig an die Tür, warte nicht auf eine Antwort, sondern lasse sie aufschwingen. Selbstbewusst mache ich einen erheblichen Schritt nach vorne. Was ich zu sehen bekomme, bringt mich abrupt zum Stillstand. Das war's dann wohl mit dem Selbstvertrauen. Er hat einen eigenen Warteraum? Wer ist er? Der Bundespräsident? Langsam lasse ich meinen Blick durch den Raum schweifen. Jetzt weiß ich auch, wer den Großteil des Gewinnes, den die Firma erwirtschaftet, abbekommt. Hier drinnen befinden sich ausschließlich Designermöbel. Hinter dem stylischen Bürotisch schaut eine schwarzhaarige Schönheit hervor. Nicht irgendein hübsches Ding, sondern eine makellos schöne Frau. Ihr glattes schwarzes Haar reicht ihr bis zum Busen, der wiederum prall ist, aber nicht übertrieben zur Geltung kommt. Meine Worte bleiben mir im Hals stecken. Es muss ziemlich doof aussehen, wie ich tonlos vor ihr stehe und sie anstarre.

»Sie sind bestimmt Frau Mouton.«

»Das bin ich, ja«, antworte ich tonlos.

»Herr Winter erwartet Sie bereits«, sagt sie freundlich und stolziert um den Schreibtisch herum.

Himmel, eine Figur hat die Frau! Ich dachte, so was gibt es nur bei der jährlichen Victoria's Secret Show. Schlagartig fühle ich mich um zehn Jahre gealtert und so was von hässlich. Dabei bin ich ansonsten ziemlich zufrieden mit meinem

Äußeren. Doch gegen ihre Kurven komme ich nicht an. Auch meine blonden, kinnlangen Haare sind nichts im Gegensatz zu ihrer prachtvollen Mähne. Und zum Teufel, sie wirkt reizend. Nichts, gar nichts gibt es an ihr auszusetzen, außer, dass sie einfach zu perfekt ist. Zehn Zentimeter kleiner als sie, stehe ich nun direkt vor ihr. Unter ihrer Berührung -sie dreht mich herum und schiebt mich dann vor sich her -zucke ich zusammen. Als wir vor einer weiteren schwarzen Tür halten, klopft sie kurz, ehe sie sie nach Leos Aufforderung öffnet. Schon im nächsten Augenblick schiebt sie mich ein gutes Stück weiter nach vorn und verschwindet wieder nach draußen.

Ich finde mich in einem großen Büro, das genauso modern und stylisch eingerichtet ist wie der Warteraum, wieder. In einem massiven dunkelbraunen Ledersessel sitzt Leo, der sich seelenruhig erhebt und auf mich zukommt. Ich hingegen weiß nicht, wie mir geschieht. Soll ich mich auf ihn zubewegen oder einfach aus diesem Büro rennen, aus dem Gebäude fliehen, mich in mein Auto setzen, aufs Gas drücken und das alles hier hinter mir lassen? Doch ich tue nichts von alledem, sondern bleibe wie versteinert stehen und starre ihn an, ohne auch nur eine Regung zu zeigen. Sein Gesichtsausdruck ist freundlich, aber auch ungewohnt distanziert.

»Hallo Sina«, begrüßt er mich und drückt mir ein Küsschen auf die Wange. Schnell wendet er sich wieder ab und marschiert zurück zu seinem Sessel, in dem er es sich gemütlich macht.

Noch immer stehe ich am selben Fleck und habe damit zu tun, diesen betörenden, männlichen Duft aus meiner Nase zu bekommen.

Nun schwindet das Lächeln von seinem Gesicht. »Willst du dich nicht setzen?« Er sieht mich mit seinen strahlenden Augen, die besonders wegen seiner buschigen Augenbrauen hervorstechen, an.

»Eigentlich will ich nicht einmal hier sein«, sage ich leise und schleppe mich bis zum Schreibtischrand.

»Setz dich«, sagt er mit einem rauen Unterton.

Als wäre ich nicht mehr fähig, meine Gliedmaßen selbst anzuleiten, nehme ich den Platz ein. »Warum bin ich hier?«

Kurz zucken seine Mundwinkel, doch er sagt nichts, stattdessen mustert er mich.

»Ich wusste nicht, dass du hier der Chef bist. Hättest du mir letztes Jahr mal etwas mehr über dich verraten, würde ich wohl nicht hier arbeiten«, erkläre ich ihm gefasst.

»Würdest du nicht?« Er grinst.

Kopfschüttelnd und mit einem entsetzten Ausdruck in den Augen wehre ich ab. »Natürlich nicht«, beharre ich.

Spielerisch lässt er seinen silbernen Kugelschreiber über seine Finger gleiten. Das macht mich vollkommen irre. »Ich hätte es dir beim vierten Date verraten.«

Zischend sauge ich die Luft ein. »Wir haben uns verabredet. Das waren keine Dates. Ich bin verheiratet.« Wieder bin ich seinen durchdringenden Blicken ausgeliefert.

»Das ist gut. Das wollte ich klarstellen. Wir werden in Zukunft öfter miteinander zu tun haben.«

Ich kann nicht glauben was er von sich gibt. Ich werde ihn öfter sehen? Wie soll ich das überstehen? Oh Gott, lass mich aus diesem Alptraum erwachen. »Also bist du der korrupte Boss, der seine Mitarbeiter ausbeutet?« Meine Stimme ist kraftvoll und laut. »Das Projekt ist nur umsetzbar, wenn wir alle Überstunden leisten«, füge ich aufgebracht hinzu.

»Sina, wir sind zwar befreundet, aber ich lasse mir meine Kompetenzen nicht absprechen. Nicht von dir«, herrscht er mich an.

Woraufhin ich den Kloß in meinem Hals hinunterschlucke. »Was soll das heißen?« Meine Fingernägel krallen sich in die Armlehne. Meine Wut ist kaum zu bändigen.

»Ich bin dein Vorgesetzter. Respektier das. Deine persönliche Meinung ist nicht gefragt, außer es handelt sich um deinen Fachbereich.«

Fassungslos erhebe ich mich und will das Büro fluchtartig verlassen, als er mir eine Mappe in die Hand drückt und weiterspricht. »Die Informationen befinden sich hier drin. Ich erwarte die Präsentation nächste Woche.«

Fix wende ich mich ihm zu und erblicke sein unverschämtes Grinsen. »Vermutlich warst du schon immer ein Arsch.«

Sein Lächeln breitet sich weiter aus. »Lass dir von Susa einen Termin geben«, höre ich ihn noch rufen, ehe die Tür ins Schloss fällt.

Wann ist er zu diesem Arschloch mutiert? Was glaubt er eigentlich? Ich könnte kündigen … doch eigentlich will ich das nicht. Einerseits, weil mir die Arbeit Spaß macht und andererseits, weil ich ihn wiedersehen will. Schon bei dem Gedanken an ihn bekomme ich ein schlechtes Gewissen. Zu Recht. Ich dürfte kein Bedürfnis verspüren, ihn wiedersehen zu wollen. Doch Leo wirkt wie eine Droge auf mich. Vergangenes Jahr hatte ich es geschafft, von ihm loszukommen, doch nun bin ich willenlos. Schon immer hatte er es geschafft, mich in seinen Bann zu ziehen. Immer wieder kam ich zu ihm zurück. Auch wenn wir uns wegen einer dahergelaufenen, anderen Frau aus den Augen verloren, im Grunde fanden wir wieder zueinander.

Im Augenblick würde ich alles geben, alles, nur um einmal in seinen Armen zu liegen, ihn einmal zu küssen, seine Haut zu berühren, um ihm nahe zu sein. Ich will es so sehr, dass ich bereit wäre, für eine Nacht mit Leo meine Ehe aufs Spiel zu setzen. Ich liebe Marcel, davon bin ich überzeugt. Leos Anziehung, die mich in den Abgrund treibt, ist surreal. Ich kann sie nicht erklären. Marcel ist mein sicherer Hafen, Leo hingegen ist alles andere. Meine Beziehung mit Marcel war nie sonderlich prickelnd und das musste sie auch nicht sein.

Von Beginn an war klar, dass wir wie füreinander gemacht sind. Wir ergänzen uns. Leo hingegen ist ein Draufgänger, der nichts von Treue hält. Jemanden wie ihn hätte ich niemals heiraten wollen. Und doch ist er es, der meinen Puls in die Höhe treibt.

Endlich komme ich im Hotel an, schlüpfe aus meiner Kleidung und stelle mich erstmal unter die Dusche. Morgen stehen mir noch einige Meetings bevor. Ich will weder an die Meetings noch an Leo denken. Nachdem ich mich in ein wohlig, weiches Badetuch gehüllt habe, krieche ich ins Bett und schließe erschöpft meine Lider.

9

Hundemüde laufe ich am nächsten Morgen mit einem Coffee to go in der Hand, der meine Rettung sein soll, ins Büro. Mein Schlaf war alles andere als erholsam. Meine Träume, die Matratze und der schnarchende Zimmernachbar haben dafür gesorgt, dass ich stündlich aufgewacht bin. Egal wie, ich muss diesen Tag überstehen und mich von Leo fernhalten.

Wir, die kreativen Köpfe, arbeiten alle im selben Raum. Mir wurde ein Tisch im hinteren Bereich zugeteilt. Weil ich die meiste Zeit von zu Hause aus arbeite, wirkt er äußert karg. Ich kann und will das auch in Zukunft nicht ändern. Marcel hätte vermutlich nichts dagegen einzuwenden, aber mir liegt es am Herzen, den Großteil von Klagenfurt aus zu erledigen. Was bisher gut klappte.

Vielleicht sollte ich mir doch ein Pflänzchen besorgen, damit das hier nicht ganz so trostlos aussieht? Kaum habe ich meinen Platz eingenommen und den Laptop aufgeklappt, steht auch schon Werner hinter mir und sieht mir neugierig über die Schulter.

»Ich war total fertig, ich habe noch nicht begonnen«, erkläre ich schnell, noch bevor er mir irgendwelche Fragen stellen kann.

»Ich wollte nur wissen, was Winter von dir wollte.«

Eben erst gekommen, werde ich wieder mit Leo konfrontiert. Alleine seinen Namen zu hören, schlägt mir aufs Gemüt. »Wir kennen uns von früher. Gleiche Heimatstadt«, entgegne ich möglichst beiläufig.

Als ich hochfahre, um ihn anzusehen, ist er auch schon wieder verschwunden. Erleichtert puste ich die angestaute Atemluft aus. So, nun muss ich nur noch ein Konzept erstellen, damit wir loslegen können. Klingt einfach? Sollte es auch sein, wären da nicht meine unaufhörlichen Gedanken an Leo.

Ich bündele meine Kreativität, mein Können und lege los. Endlich gelingt es mir, und ich kann nach nur zwei Stunden Arbeit mein Konzept beenden. In dieser Zeit habe ich nichts von meiner Umwelt mitbekommen, obwohl hier noch weitere acht Personen hocken, die in ihre Laptops hämmern und telefonieren.

Zufrieden klappe ich den Monitor nach unten, will mich aufmachen, um das Ganze mit Werner zu besprechen, als sich plötzlich Leo neben mir aufbaut. In voller Pracht.

»Was hast du hier zu suchen?«, flüstere ich, damit die anderen nichts mitbekommen.

Damit hatte ich nun wirklich nicht gerechnet. Schon gar nicht damit, dass er sich hierher, in die Holzklasse der Büros, bemüht.

»Lass uns einen Kaffee trinken.«

Noch bevor ich antworten kann, wendet er mir seinen Rücken zu und ich folge dem betörenden Duft. Ich spüre die Blicke der anderen auf mir haften. Sie fragen sich vermutlich, was ich mit einem Vorstandsmitglied zu schaffen habe. Doch darüber will ich mir vorerst keine Gedanken machen.

»Schwarz?«

»Mit viel Milch.«

Ein schiefes Lächeln entweicht ihm, als er mir den Becher reicht.

»Stehen wir hier nur so rum, oder wollen wir uns setzen?«, ich gestikuliere mit meinem Zeigefinger auf die zahlreichen freien Tische.

»Das hängt nicht von mir ab.«

Augenrollend laufe ich zum nächsten Tisch und lasse mich am Sessel nieder. Ich beobachte, wie er einen Augenblick überlegt, sich dann schließlich zu mir gesellt.

»Es tut mir leid.«

Perplex blinzele ich ihn an. Eine Weile zu lange ruht mein Augenpaar auf seinen, ich versinke darin.

»Kollegen«, bietet er an und hält mir seine Hand vor die Brust. Mir bleibt nichts anderes übrig, ich lege meine Handfläche an seine. Die prickelnde Wärme, die von ihm ausgeht, wandert meine Arme hoch, bis hin zu meinen Wangen, die augenblicklich erröten.

Nach dem durchwachsenen Vormittag und dem Kaffeekränzchen mit Leo, schlendere ich mit Natascha übers Firmengelände. Auch ich will mich bei Leo für mein Benehmen entschuldigen. Vorhin habe ich die Worte einfach nicht über die Lippen gebracht.

Natascha erzählt von ihrer spontanen Reise nach Budapest, dabei kommt sie aus dem Schwärmen nicht mehr raus. Es macht Spaß, ihr zuzuhören. Ich vermute zwar, dass sie die eine oder andere Geschichte spektakulärer darstellt, als sie sich in Wirklichkeit zugetragen hat, allerdings stört mich das nicht.

»Was willst du von ihm?«, fragt sie so beiläufig, wie nur irgendwie möglich. In Wahrheit interessiert sie sich brennend dafür.

»Gut möglich, dass ich unseren Vorstand als Arschloch bezeichnet habe und mich nun dafür entschuldigen will«, lache ich und verabschiede mich augenzwinkernd.

Als ich vor seiner Empfangsdame stehe, sieht diese mich skeptisch an. »Frau Mouton, sie haben keinen Termin.«

»Bitte sagen sie Herrn Winter, dass ich hier warte. Es wird auch nicht lange dauern.«

Sie zögert eine Sekunde lang, doch dann schlüpft sie in sein Büro und kommt wenig darauf zurück.

»Es dauert ein paar Minuten«, bemerkt sie im Vorbeigehen, ehe sie sich wieder ihrer Arbeit widmet. Natürlich, sieht sie auch heute unfassbar toll aus, als könnte sich das über Nacht ändern.

Zappelig rutsche ich auf der Bank hin und her, überlege noch, ob ich eine Zeitschrift durchblättern soll, um mich damit abzulenken, als seine Tür aufschwingt und ich mich mit einem freudigen Lächeln erhebe. Doch anstatt Leo, tritt eine schlanke blonde Frau hervor, die im Gegensatz zu seiner Sekretärin ziemlich arrogant guckt. Beim Vorbeigehen grüßt sie noch nicht mal und verlässt in ihrem knappen Outfit wortlos den Raum.

Ich bin noch damit beschäftigt, ihr nachzugaffen, als ich ein Räuspern wahrnehme. Ruckartig fahre ich herum und sehe Leo, der belustigt im Türrahmen steht und mich beobachtet. Genervt, von ihm ertappt worden zu sein, wie ich der blonden Schnepfe neidische Blicke hinterherwerfe, laufe ich selbstsicher an ihm vorbei in sein Büro.

Mein Vorhaben, mich für mein Benehmen zu entschuldigen, habe ich nicht vergessen, sondern will es einfach schnell hinter mich bringen, damit ich meinen Nachhauseweg antreten und das hier, ein für alle Mal, abschließen kann.

»Na hast du deine Präsentation schon griffbereit?«

Am liebsten würde ich ihm sein heißes Grinsen aus dem Gesicht prügeln. Stattdessen kämpfe ich mit meinen zitterten Gliedmaßen, die alleine durch seine Anwesenheit in diesen jämmerlichen Zustand versetzt werden. Meine Phantasie geht mit mir durch, und ich stelle mir vor, wie er mich hier und jetzt auf diesem Schreibtisch verführt.

»Lass dir Zeit.« Er lacht.

»Du lässt auch hier nichts anbrennen.«

Zaghaft wandert eine Augenbraue achtsam nach oben. »Deshalb bist du doch nicht hier.«

Schnell fange ich mich wieder und besinne mich darauf,

weshalb ich eigentlich hergekommen bin. »Ich hätte dich nicht als einen Arsch bezeichnen dürfen. Das tut mir leid«, sage ich emotionslos.

Seine Miene verfinstert sich. »Ist gut. Wir sehen uns nächste Woche bei der Präsentation.«

Ich schlucke schwer. »Bis dann«, verabschiede ich mich schließlich, nach einer viel zu langen Pause.

Hat er mich eben gebeten zu gehen? Ja, das hat er. Sozusagen aus dem Büro geworfen. So ein Mistkerl, was bildet er sich eigentlich ein und welches Machtspiel läuft hier eigentlich? Zumindest konnte ich mich bei ihm entschuldigen, was ich sofort wieder bereue.

Mich von der einen Seite auf die andere wälzend, liege ich eine gefühlte Ewigkeit wach. Wieder und wieder sehe ich zu Marcel rüber, der seelenruhig schläft. Er bekommt von dem ganzen Gefühlschaos, welches ich gerade durchwandere, nichts mit. Zum Glück. Das würde ihm das Herz zerreißen. Keine Frage, es sind meine Gedanken an Leo, die mich hier wach an die Decke starren lassen.

Bestimmt wäre es sinnvoller, die Zeit zu nutzen und gleich mit den neuen Graphiken zu beginnen. Andererseits will ich endlich zur Ruhe kommen, denn ich bin einfach nur erschöpft. Erschlagen von den letzten Tagen, der Autofahrt und meinen Gedanken. Ich verstehe nicht, wie ich mich bewusst in diese Lage bringen konnte. Das Klügste wäre, einfach zu kündigen und dem Ganzen den Rücken zu kehren. Doch das kann ich nicht, weil Leo wie ein Magnet auf mich wirkt, wie dieses verflixte Gegenstück. So sehr er mir auch schadet, ich schaffe es nicht, mich von ihm fernzuhalten. Ich will ihn so sehr, dass es in meiner Brust schmerzt. Es ist ein Irrsinn. Leo dürfte mich nicht interessieren. Unzählige Punkte sprechen dagegen. In erster Linie natürlich, weil ich verheiratet bin. Außerdem müsste ich mir zu schade sein, dafür, was er mit den Frauen abzieht. Soweit ich weiß, ist er nie eine feste Bindung eingegangen und ist derselbe Draufgänger wie eh und je. Er liebt die lockeren Geschichten, will unabhängig bleiben. Es würde mich nicht wundern, wenn er, wie damals, mehrere Liebschaften gleichzeitig am Laufen hätte. Widerlich. Umso länger ich darüber nachdenke, desto aufgebrachter werde ich. Meine Erklärung für sein Verhalten diagnostizierte ich schon damals. Sozusagen als Hobbypsychologin.

Sein Vater verfolgt einen ähnlichen Lebensstil wie er. Hatte seine Mutter unzählige Male betrogen und ist an den Feiertagen jedes Mal mit einer neuen Eroberung aufgetaucht. Ohne auch nur ein klein bisschen Rücksicht auf seine Familie zu nehmen. Für Leo war es das Größte, wenn sein Vater in der Stadt war. Er hatte Tage zuvor von nichts anderem gesprochen. Und wenn sein Vater dann zufälligerweise einmal keine Liebschaft im Schlepptau hatte, vergnügte er sich mit seiner Mum. Zumindest habe ich es so in Erinnerung. Wir hatten das nicht groß diskutiert. Er erzählte es mir, und ich schenkte ihm ein offenes Ohr, denn einst waren wir Freunde.

10

»Wow, du siehst rattenscharf aus«, sagt Marie und kommt mit offenen Armen auf mich zugelaufen.

»Heiß, heiß Baby.« Ich kichere, während Marcel überschwänglich die Augen verdreht.

Wir haben Fasching und sind mit ein paar von Marcels Bekannten verabredet. Marie hat sich uns angeschlossen. So kam es, dass wir uns verkleiden wollten und Marcel irgendwie keine andere Wahl hatte, als es auch zu tun.

Während eines Zwischenstopps in Dubai hat er sich eine Kandura gekauft, die er nun einigermaßen stolz trägt. Zumindest ist er somit Maries künstlerischer Gabe entkommen und musste sich nicht mit bunter Farbe beschmieren lassen. Auch ich habe vorgesorgt und bin als sexy Krankenschwester unterwegs. Nicht gerade einfallsreich, aber das Kostüm war im Angebot, und so musste ich nicht lange überlegen. Marie ist als Black Widow kostümiert. Sie trägt eine knallrote Perücke, die ein klein wenig von ihrem hautengen, schwarzen Anzug ablenkt.

In absoluter Partylaune laufen wir nebeneinanderher und können es kaum abwarten, bis wir den Eingang erreichen. Ein Mann im Clownskostüm nimmt uns die Eintrittskarten ab, und schon sind wir mitten im Geschehen.

Marcel führt uns zu dem Tisch, an dem Claudia, Christoph und René bereits warten. Auch sie haben sich redlich bemüht und tragen ausgefallene Kostüme. Dagegen komme ich, und die zehn anderen Krankenschwestern hier, nicht an. René, der ebenfalls in Feierlaune ist, reicht uns die Sektgläser, die Marie und ich freudig annehmen. René ist, wie auch Marie, Single. Vor Jahren schon wollten wir die beiden miteinander verkuppeln. Allerdings erfolglos. Wobei ich noch immer der Meinung bin, dass es zwischen ihnen funkt. Vielleicht wollen sie es auch ignorieren, weil sie beide das unabhängige Dasein genießen wollen. Keiner von beiden ist bereit, für einen anderen Menschen Kompromisse einzugehen.

Marcel unterhält sich angeregt mit Christoph. Wenn die zwei ins Reden kommen, geht es meist ums Geschäftliche und es kann Stunden dauern. Deshalb füllen wir unsere Sektgläser auf, und nachdem ich Marcel ein Zeichen gegeben habe, verschwinden wir auf die Tanzfläche.

Offensichtlich war uns beiden nicht klar, dass es mit einem Glas in der Hand nicht ganz so leicht ist, sich rhythmisch zum Beat zu bewegen. Wieder gackern wir um die Wette. Eilig leeren wir das Glas, um es dann an irgendeinem Tisch abzustellen und unseren Bewegungen freien Lauf zu lassen. Wir geben so richtig Gas, so wie früher, als wir noch jedes Wochenende in irgendwelchen Clubs unterwegs waren. Zu meinem Erstaunen spielen sie hier auch noch den einen oder anderen Hit der neunziger Jahre, zu dem wir dann völlig ausrasten. So viel Vergnügen hatte ich schon lange nicht mehr.

Als ich nach einer Weile vollkommen aus der Puste bin, tänzele ich zurück zu Marcel. René und Claudia sind ebenfalls verschwunden. So geselle ich mich zu Marcel und Christoph, die über irgendwelche Fabriken in China sprechen. Sie versuchen, mich ins Gespräch zu verwickeln. Allerdings winke ich dankend ab und trinke stattdessen ein Glas von dem köstlichen Rosé, der am Tisch steht. Dabei beobachte ich das Geschehen. Auf die Tanzfläche hat man von hier oben einen guten Blick, und was sich vor meinen Augen abspielt, lässt mich staunen. Was haben wir denn hier? Marie und René, die sich auf der Tanzfläche annähern. Von wegen, da läuft nichts! Das, was ich zu sehen bekomme, sieht ganz bestimmt nicht nach nichts aus. René schmiegt sich an Maries Hintern, was von hier oben verdammt plump aussieht. Ihr bereitet es aber sichtlich Freude. Sie presst ihren Allerwertesten in seinen Lendenbereich. Nun kommen auch noch seine Hände zum Einsatz, und ich kann nicht anders, ich muss hinsehen und schmunzeln. Ich könnte Stunden dabei zusehen, wie sie sich spielerisch necken. Da mir der Gesprächspartner fehlt, nippe ich ständig am Glas und schenke mir erneut nach. Mit einem Mal spüre ich, wie sich der Alkohol über meine Blutbahn im Körper verteilt und ein Kribbeln auslöst. Auch meine Gedanken werden wirrer und landen schließlich bei Leo. Angeregt von Maries und Renés Treiben auf der Tanzfläche frage ich mich: Wie wäre es wohl mit Leo auf der Tanzfläche? Diese Leichtigkeit, die die beiden umgibt, ist beneidenswert. Sie können tun und lassen, was sie wollen, sind keinem eine Rechenschaft schuldig. Und noch viel besser, sie dürfen es auch. Ethisch absolut vertretbar. Im Gegensatz zu mir. Eigentlich dürfte ich nicht an Leo denken. Ich betrüge Marcel in meinen Gedanken, und sie alleine sind Teil des vorsätzlichen Betruges. Hierauf muss nicht einmal etwas Physisches folgen.

Unter Marcels Berührung fahre ich zusammen. Sie kam zu plötzlich. Er legt seine Hand auf meinen Oberschenkel und streicht liebevoll auf und ab. Automatisiert schenke ich ihm ein charmantes Schmunzeln, obwohl mir weiterhin Leo im Kopf herumschwirrt. Bestimmt komme ich dafür in die Hölle. Wenn ich zur Beichte ginge, entkäme ich dann der Hölle? Mit dem Wissen, dass ich wahrscheinlich beim Buße tun wieder an Leo denke, wäre die ganze Sache mit dem Beichtstuhl ohnehin umsonst.

Kurz blicke ich zu Marcel rüber, um sicherzugehen, dass er noch ins Gespräch vertieft ist. Dann krame ich mein Handy aus meiner Handtasche hervor, was auch wieder ewig dauert, weil ich einfach viel zu viele Dinge mit mir rumschleppe. Eine Zeit lang schiebe ich es von der einen in die andere Hand. Dann aber packt es mich, ich kann es nicht lassen. Ich will Leo eine Nachricht schreiben. Eine verfluchte Nachricht. Am liebsten würde ich losschimpfen, ihn aus meinem Leben verbannen, doch das könnte mich meinen Job kosten. Deshalb überlege ich einen Augenblick länger. Würde Leo tatsächlich so weit gehen und mich feuern? Es ist traurig, doch ich kann die Frage nicht mit einem klaren Nein beantworten.

Ich ertrage deine Nähe nicht …

Schließlich schreibe ich ihm die Zeile, was ewig dauert, weil meine Finger die Buchstaben nicht so recht treffen wollen, was ich wiederum auf den konsumierten Alkohol schiebe.

Wieder schaue ich zu Marcel, der mir teilweise den Rücken kehrt. Es dauert auch nur einen Moment, bis ich das Vibrieren in meinen Händen wahrnehme.

Weil ich ein unerträglicher Arsch bin?

Auch wenn ich es nicht will, meine Mundwinkel verziehen sich zu einem breiten Grinsen. Wie gerne sähe ich in seine geheimnisvollen Augen, während er mir diese Frage stellt.

Kannst du telefonieren?, schickt er gleich hinterher.

Ich muss nicht lange überlegen und gebe Marcel Bescheid, dass ich kurz an die frische Luft gehe. Dann zwänge ich mich an den nach Schweiß riechenden, tanzenden Leuten vorbei. Es geht zackig voran. Schon stehe ich in der Kälte und wähle wie automatisiert Leos Nummer. Im Grunde müsste ich bibbern vor Kälte, doch irgendwas hindert mich daran. Ich fühle den Frost auf mir, doch mein Körper reagiert nicht darauf. Es läutet und läutet. Als ich schon dabei bin aufzulegen, höre ich seine kraftvolle, männliche Stimme. Ich brauche eine Sekunde, bis ich meine grüßenden Worte über die Lippen bekomme.

»Sag jetzt nicht, dass du auf einer Faschingsparty als Häschen verkleidet herum hoppelst«, höre ich ihn lachen.

»Nee.« Ich lege so viel Verachtung in meine Stimme, wie nur möglich. »Als sexy Krankenschwester.« Ich pruste lauthals los.

Ich kann mir seinen Gesichtsausdruck förmlich vorstellen. Ein mäßiges Grinsen, in Missachtung getaucht.

»Was ist passiert? Also, ich meine … Wir waren doch Freunde, und von einem Tag auf den anderen …«, breche ich stotternd ab, weil ich einfach nicht die richtigen Worte finde.

»Das Leben ist passiert«, sagt er ruhig.

Mir entfährt ein Schnauben. »Stimmt, gerade mir sollte das klar sein … »

Noch bevor er etwas erwidern kann, beende ich den Anruf und inhaliere die scharfe, kühle Luft, ehe ich wieder im Warmen verschwinde.

Noch in derselben Nacht schlafe ich mit Marcel. Ich werde von meinen Gefühlen dermaßen überrollt, dass ich sie einfach nur vergessen will. Marcel schläft danach sofort ein, mit einem zufriedenen Lächeln liegt er nun seelenruhig neben mir. Nur ich bin es wieder, die mit weit aufgerissenen Augen an die Decke starrt und deren Gedanken sich im Kreis drehen.

Ich bin um drei Uhr zurück. Hab einen schönen Tag!
Marcel

Mit der Notiz in der Hand stehe ich vor der Kaffeemaschine, die Marcel für mich vorbereitet hat. Die Tasse steht am rechten Fleck, die Kapsel wurde eingelegt und der Behälter mit frischem Wasser aufgefüllt. Daneben steht mein Frühstücksbecher mit meinem Lieblingsmüsli.

Marcel ist heute schon am frühen Morgen zum Skifahren in die nahegelegenen Berge aufgebrochen. Das hatten wir so vereinbart, damit ich Zeit zum Arbeiten habe, denn um ehrlich zu sein, hinke ich mit der Präsentation und den Graphiken ziemlich hinterher. Ich hatte mir einen groben Zeitplan zurechtgelegt und schaffe es nicht, diesen auch nur annähernd einzuhalten. Doch bevor ich mich hinter meinen Laptop klemme, erkundige ich mich bei Marie, ob sie sich das Taxi und womöglich auch das Bett mit René geteilt hat. Kurz darauf erhalte ich einen anzüglichen Emoticon. Freudig klatsche ich in die Hände, schnappe mir mein Koffeinelixier und mache mich an die Arbeit.

Als sich das Firmenlogo vor mir aufbaut, erstarre ich. Für gerade einmal zehn Minuten habe ich vergessen, dass mein Eheleben eine tickende Zeitbombe ist. Ausschließlich ich bin in der Lage, diese Bombe zu entschärfen.

Ich hämmere in die Tasten was das Zeug hält und unterdrücke sogar das dringende Bedürfnis, eine Toilette aufzusuchen. Ich bin dermaßen vertieft in mein Tun und lasse keine Unterbrechung zu. Marcel wird sich verspäten. So bleibt mir noch eine gute Stunde Zeit, und vielleicht bekomme ich das erste Prospekt, welches mir heute erstaunlich leicht über die Hand ging, fertig. Es fehlt nur noch der Feinschliff. Zumindest fürs Erste, Werner wird bestimmt noch Änderungen vornehmen wollen. Womöglich sollte ich öfter bis spätnachts ausgehen, irgendwie scheint das eine gewisse jugendliche Motivation mit sich zu bringen.

Mit viel Elan klappe ich wenig später meinen Rechner zu und springe zufrieden vom Sofa auf. Marie hat mir vor Stunden schon eine Mitteilung gesendet.

Der Typ hat Dinge mit mir angestellt … Sina, von denen wusste ich nicht mal, dass es sie gibt … Vergiss Fifty Shades of Grey …

Oh, du lieber Himmel. Mit vorgehaltener Hand stelle ich mir die außergewöhnlichsten Sexpraktiken vor, dabei schießt mir die Röte ins Gesicht.

Morgen Frühstück bei mir. Ich will ALLES, wirklich ALLES wissen!

11

Marcel gesellt sich noch eine Weile zu uns. Marie und ich rutschen ungeduldig auf unseren Stühlen hin und her. Beinahe kommt es mir so vor, als würde Marcel erahnen, welche schmutzigen Details wir miteinander austauschen wollen.

»Ich werde bald verschwinden.« Mit einem verschmitzten Blick beißt er kraftvoll vom Apfel ab.

Erleichterung macht sich breit, denn wir haben nicht den ganzen Vormittag Zeit. Marie muss bis Mittag bei der Arbeit sein, und ich sollte meine letzten Vorbereitungen treffen, denn morgen will ich mit meiner Präsentation vor Werner und Leo glänzen.

Endlich verabschiedet sich Marcel, und ich klatsche fieberhaft mit meiner Handfläche auf den Tresen.

»Du kannst es nicht erwarten, oder?« Marie beäugt mich und verzieht ihr Gesicht.

»Überhaupt nicht. Du weißt doch, wie neugierig ich bin.«

»Weil du selbst ein aufregendes Sexleben vermisst?«

Gespielt beleidigt hebe ich warnend den Zeigefinger. »Du hast ja keine Ahnung. Wir hatten am Wochenende hammermäßigen Sex«, erkläre ich stolz.

»Warte ab, was ich zu erzählen habe …«, prahlt sie und legt mit dem vollständigen Bericht los.

Aufmerksam, wie es sich für eine Freundin gehört, höre ich ihr zu, ohne sie auch nur einmal zu unterbrechen. Zwischendurch blitzt Neid in mir auf. Zugegeben, bei ein paar Dingen erschaudere ich und kann nicht nachvollziehen, warum sie das auch nur annähernd prickelnd fand. Meist jedoch komme ich aus dem Staunen nicht raus und sitze am Ende sabbernd vor ihr.

»Werdet ihr das wieder tun? Äh, ich meine, euch noch mal verabreden?«, keuche ich.

Ein trauriger Schleier übertüncht ihr sonniges Gemüt. »Ich weiß nicht. Er ist einfach so abgehauen. Mitten in der Nacht.«

»Wer tut denn so was? Also nach dem, was du mir gerade …« Ich breche den Satz ab, weil ich vom Piepen meines Telefons abgelenkt werde.

Zweifelsohne entgeht ihr nicht, welche drei Buchstaben am Display aufleuchten.

Nächsten Monat findet ein Partnerevent statt. Werner ist verhindert, also wirst du mich begleiten. Leo

Sofort wendet sich das Blatt, und wir sprechen nicht weiter von René, sondern von Leo.

12

Souverän eröffne ich die Präsentation, an der die leitenden Köpfe sämtlicher Abteilungen, einschließlich Leo Winter, teilnehmen. Mir liegt es, vor einer größeren Gruppe zu sprechen. Gekonnt meistere ich Folie für Folie, pflege den Augenkontakt und labere, was das Zeug hält. Erleichtert stelle ich fest, dass meine Kollegen fieberhaft zuhören und durchwegs interessierte Gesichter schneiden. Bis auf einen: Leo Winter. Er zeigt ein perfektes Pokerface, eine Mischung aus nichtssagender und grübelnder Miene. Seine Mimik bringt mich kurz ins Schwanken. Macht er das mit Absicht? Seine Augen sind leicht zusammengekniffen, dabei bilden seine vollen Lippen eine gerade Linie. Ich schüttele die Gedanken ab und gebe gegen Ende hin noch mal richtig Gas.

Nach beinahe zwei Stunden beende ich meinen mit Folien aufgelockerten Monolog und ernte Zuspruch. Erleichtert lächle ich vom Podest in die Menge und packe meinen Laptop in die Tasche, um hier schleunigst zu verschwinden. Nicht, weil ich ein Problem damit habe, Fragen zu beantworten. Nein. Sondern weil ich ihm hinterher will. Leo hatte mit einem zaghaften Nicken den Besprechungssaal verlassen. Machen das Vorstände so? Was soll das schon wieder? Er war es doch, der mich zu diesem Projekt und der Präsentation verdonnert hat. Werner hätte genügend andere Dinge zu tun und soll nur einen prüfenden Blick auf meine Arbeit werfen. Ansonsten hätte ich meine Freiheiten. Von wegen. Ich bin strikt an klare Vorgaben gebunden, und das Zeitmanagement ist jämmerlich.

Wie ein wildgewordener Teenager, der dem beliebtesten Spieler des Football-Teams hinterherläuft, sause ich ihm hinterher. »Herr Winter«, rufe ich fordernd.

Gelassen wendet er sich mir zu. »Du kannst mich mit Leo ansprechen. Wir kennen uns von früher, daher ist das absolut in Ordnung.«

Schlagartig komme ich mir unfassbar dumm vor.

»Sina, was willst du?« Er blickt ungeduldig auf seine Armbanduhr.

»Ich weiß es nicht. Hören, dass meine Präsentation gut war? Keine Ahnung. Vergiss es einfach.«

»Gierst du nach meiner Anerkennung?« Ein schiefes Grinsen macht sich auf seinem Gesicht breit.

»Verflucht. Nein!«

»Lass uns nach der Arbeit eine Kleinigkeit essen gehen, ich warte um 18:00 Uhr beim Ausgang auf dich«, schlägt er vor.

Noch bevor ich etwas einwenden kann, kommt eine aufgetakelte Frau zu ihm gelaufen, mit der er sich äußerst vertraut unterhält. Lässt er sich andauernd mit solchen Schönheiten sehen? Die haben bestimmt was am Laufen, vermute ich. Verflucht, das sollte mir am Allerwertesten vorbeigehen. Stattdessen stehe ich wie in Beton gegossen am Gang und gaffe ihnen hinterher, bis mir Natascha auf mein Schulterblatt klopft und mich tadelnd ansieht.

Seit kurz vor achtzehn Uhr warte ich im Foyer, weil ich ihn nicht verpassen will oder es einfach nicht länger aushielt, an meinem Schreibtisch zu hocken. Total lächerlich, wie ich hier rumstehe und die Treppe anstarre. Dann vernehme ich ein dumpfes Klingeln. Die Aufzugtür öffnet sich. Hervor tritt ein adrett gekleideter Leo, der aussieht, als wäre er das Model aus der »Armani Code«-Werbung. Sofort fühle ich mich unwohl in meinem Outfit, obwohl ich Stunden damit zugebracht habe, es mir zusammenzusuchen. Vorhin habe ich mein Make-up aufgefrischt und einen wunderbaren, knallroten Lippenstift aufgetragen. Absolut bereit für ein After-Work-Dinner. Wieder bilden seine Lippen eine gerade Linie, seine zusammengekniffenen, blaugrünen Augen scheinen sein neues Erkennungsmerkmal zu sein.

Früher trug er sein schwarzes Haar länger, was ihn verwegener hat aussehen lassen. Nun trägt er einen echten Kurzhaarschnitt, der außerordentlich gut aussieht und seine stechende Augenpartie großartig zur Geltung bringt. Also los. Ich setze ein niedliches Lächeln auf, mit einer Portion Arroganz. Ich kann das nämlich auch. Vermutlich nicht so gut wie er, aber für ein Gastspiel wird es ausreichen.

»Hey, können wir auch was Richtiges essen gehen? Also ein Steak oder so?«

Seine Mundwinkel wandern nach oben. »Also hast du nach wie vor einen gesunden Appetit«, stellt er zufrieden fest. Dabei wandern seine Augen langsam von meiner Brust abwärts, als hätte er einen Röntgenblick wie Superman. »Offensichtlich schadet es dir nicht.«

Meine Hände fest in meine Hüften gestemmt, starre ich ihn zornig an. »Was soll das? So kannst du deine Ladys anstarren, aber nicht mich«, schimpfe ich.

»Ich werde meine Finger bei mir lassen. Keine Angst.«

Schockiert über seine direkten Worte verharre ich kurz, ehe er mich weiter in Richtung Wagen schiebt. Baff tapse ich vor mich hin. Warum bin ich so empört? Weil er das Richtige tut oder er mich einfach nicht attraktiv genug findet und mich deshalb nicht anfassen will? Zum Teufel, ich muss damit aufhören. Sofort. Ich sollte ihn als das sehen, was er schließlich auch ist, nämlich als meinen Boss und vielleicht auch ein bisschen als einen verlorenen, platonischen Freund.

Als er sein Jackett auszieht und es auf die Rückbank des

Wagens legt, ertappe ich mich dabei, wie mein Blick auf seinem Hintern festhängt. Er hat noch immer diesen wundervollen, durchtrainierten Po. Viele Männer haben keinen oder er ist schlichtweg zu klein, so leider auch bei Marcel. Doch Leo hat den perfekten Arsch. Dagegen ist David Beckhams Hinterteil rein gar nichts.

Nach nur wenigen Minuten Autofahrt halten wir vor dem Restaurant. Weil es kein Date ist, sondern ein Essen mit einem Kollegen, reiße ich schnell selbst die Tür auf. Keinesfalls möchte ich den Eindruck erwecken, dass ich diese Geste von ihm erwarte. Was er vermutlich sowieso nicht getan hätte, also mir die Tür aufhalten. Marcel macht das heute noch, er ist ein Gentleman. Leo hingegen war früher schon das absolute Gegenstück. Nicht, dass er mir nicht auch mit Nettigkeiten den Tag versüßen wollte, aber ein Gentleman war er nie. Zweifelsohne hat er sich in den letzten Jahren verändert. Zumindest äußerlich wirkt er jetzt wie ein Ehrenmann.

Die Bedienung bringt uns an einen Tisch in den ruhigeren, hinteren Bereich. Es ist ein gemütlicher Platz. Nicht einer von denen, bei denen man das Gefühl hat, dass die Tischnachbarn einem ständig zuhören. Paare, die sich offensichtlich nichts mehr zu sagen haben, tun das. Bei manchen frage ich mich, warum sie überhaupt miteinander ausgehen. Sie sitzen sich tonlos gegenüber und stopfen teures Essen in ihre Münder. Glücklicherweise bin ich mit Marcel von diesem Punkt noch weit entfernt, zumindest der Gesprächsstoff geht uns nicht aus.

Der Kellner reicht uns die Speisekarten. Für eine Weile vergrabe ich mein Gesicht dahinter, obwohl ich schon beim ersten Hinsehen eine Wahl getroffen habe.

»Ich dachte du wolltest ein Steak?«

Meine Schonzeit ist also vorüber, ich klappe die Karte zu und stelle mich. »Ich wollte nur mal gucken.«

»Das ist typisch für dich.« Ein überhebliches Schmunzeln zeigt sich in seinem Gesicht.

Je mehr Zeit wir miteinander verbringen, desto wohler fühle ich mich in seiner Gegenwart. Anfangs spannte sich jede Faser meines Körpers an, wenn er sich in meiner Nähe aufhielt. Langsam kehrt meine Gelassenheit zurück.

»Sind wir heute Abend geschäftlich hier? Oder willst du mir endlich verraten, was sich in den letzten Jahren zugetragen hat?« Herausfordernd klopfen meine Fingerkuppen auf das Kirschholz des Tisches.

In der Zwischenzeit kommt die Bedienung und nimmt unsere Bestellungen auf. Leo ordert eine Flasche Rotwein, die nicht lange auf sich warten lässt.

»Oder wir sprechen darüber, dass du dich nach meiner Anerkennung sehnst …«, bemerkt er, während er das Glas zu seinen Lippen führt.

Ihm dabei zuzusehen, wie bedacht er jede einzelne Bewegung seines Körpers steuert, lässt meine Hormone tanzen. Meine Hormone tanzen so wild wie zuletzt die Hormone der jungen Leute auf der Berliner Loveparade in den 90ern.

»Ich war gut.« Ich proste ihm zu.

Seine zusammengekniffenen Augen treffen auf meine, die ihn freudestrahlend ansehen. Ich spüre ein seltsames Ziehen im Unterleib, was mich daran erinnert, wie sehr er mich in der Hand hat. Er bräuchte nur mit den Fingern zu schnippen, und ich wäre auf der Stelle für so ziemlich jede Schandtat bereit. Dann aber ist er es, der seinen Blick von mir wendet und zu erzählen beginnt. Tatsächlich, Leo Winter verrät mir Dinge aus seiner Vergangenheit. Gespannt höre ich ihm zu. Selbst als die Bedienung unsere Speisen serviert, fährt er unbeirrt fort. Zwischendurch spielt er mir den Ball zu, doch nur für einen kurzen Moment, dann übernimmt er weiter die Führung. Es ist gut, ihn endlich dort zu haben. Das waren meine Beweggründe, als ich ihn nach der Hochzeit kontaktierte. Ich war neugierig.

Sein beruflicher Werdegang ist beeindruckend. Schon während des Studiums war er für das Unternehmen tätig. Wo hatte er auf einmal diesen Ehrgeiz her? In den Jahren nach unserer letzten Nacht hat er einen wahnsinnigen Entwicklungssprung gemacht. Bemerkenswert, wie ich finde. Zu meinem Bedauern lässt er ausführliche Erklärungen hinsichtlich seines Privatlebens aus. Ob er wohl eine feste Beziehung hatte?

»Wie sieht's mit den Frauen aus? Gab oder gibt es eine Herzensdame?« Ich unterbreche ihn mit neugieriger, schriller Stimme.

Beide Augenbrauen wandern achtsam nach oben, während er mich mit einem geheimnisvollen Lodern straft. »Ein Mann liebt nur einmal.«

Ich pruste lauthals los.

»Ich habe die Richtige noch nicht gefunden? Gefällt dir das besser?«

»Das dürfte dir doch nicht allzu schwerfallen«, sage ich und bereue es sofort wieder. Warum kann ich nicht einfach meine Klappe halten?

»Nun, ich meinte, dass deine Chance, die Richtige zu finden, höher ist, weil du eine Vielzahl von Frauen triffst.«

Sein Grinsen wird breiter. »Wärst du gerne eine von ihnen? Und komm mir jetzt nicht damit an, dass du verheiratet bist und deinen Mann über alles liebst.« Seine Mundwinkel wandern überheblich nach oben.

Kopfschüttelnd wehre ich ab. »Natürlich nicht«, fauche ich, entrüstet über seine Frage.

Woraufhin er sich gefährlich nahe zu mir nach vorne beugt. »Sicher?«

»Ganz sicher«, bringe ich stoßweise hervor und drücke meinen Rücken fester in den Stuhl, in der Hoffnung, etwas weiter nach hinten zu rutschen.

Mit einem süffisanten Ausdruck zieht er sich zurück.

»In welchem Hotel übernachtest du?«, fragt er nach einer Weile des Schweigens.

»Ich fahre nach Hause.«

Seine Stirn legt sich in Falten. »Du kannst dir doch ein Zimmer nehmen und die Rechnung einreichen.«

Mit hochgezogenen Augenbrauen stiere ich ihm entgegen. »Du vielleicht, doch ich habe nur eine begrenzte Anzahl an Übernachtungen, die ich einreichen darf. Außerdem will ich nach Hause.«

»Die Fahrt dauert mindestens drei Stunden. Lass uns wenigstens noch einen Cappuccino trinken.«

Trotz seiner Argumente, lehne ich seinen Vorschlag kopfschüttelnd ab. Und muss mir auf die Zunge beißen, weil ich meine Entscheidung fast wieder bereue.

»Ich lass dich heute auf keinen Fall mehr fahren.«

»Das geht schon«, erkläre ich, bemüht, wach zu wirken. Zugegeben, ich bin hundemüde.

»Du kannst in meinem Gästezimmer übernachten.«

Blitzschnell werde ich hellwach. Mit weit aufgerissenen Augen starre ich ihn an.

Sekunden verstreichen, bis ich endlich einen Ton hervorbringe. »Das geht auf keinen Fall.« Kopfschüttelnd lehne ich das Angebot ab.

»Sei doch nicht kindisch, es ist mein Gästezimmer und ich erklärte doch bereits, dass ich dich nicht anfassen werde.« Prüfend mustere ich seine Miene, die aufrichtig erscheint.

Verflucht, und warum will er mich nicht anfassen? Ach ja, da war doch diese kleine Nebensächlichkeit: Ich bin verheiratet!

»Wirklich? Also, ich bin tatsächlich vollkommen erschlagen«, gebe ich schließlich zu.

»Du hast mein Wort«, entgegnet er mit tiefer Stimme.

Als wir eine Stunde später seine Wohnung betreten, folge ich ihm erwartungsvoll. Neugierig erkunde ich den geräumigen Wohnraum, der außerdem heimelig eingerichtet ist, was ich ihm nicht zugetraut hätte. Eine einladende, braune Couch steht inmitten des Wohnzimmers. Sie ist umzingelt von gefüllten Bücherregalen, die die Wände vollkommen bedecken.

»Kein Fernseher?«

Wieder umspielt ein leichtes Lächeln seine Mundwinkel. »Im Schlafzimmer«, antwortet er.

Nun stehe ich kurz vor Mitternacht in einer traumhaften Dachgeschosswohnung über den Dächern Wiens.

»Schön hier.« Ich nicke ihm anerkennend zu. »Hör zu Leo, ich fühle mich nicht wohl dabei. Also, hier zu sein. Auch wenn ich im Gästezimmer übernachte.«

»Willst du das Schlafzimmer haben?« Er feixt.

Überschwänglich verdrehe ich die Augen und verschwinde auf die Terrasse. Schließlich muss ich noch Marcel Bescheid geben, immerhin weiß er nicht, dass ich in Wien bleiben werde. Schon nach dem ersten Läuten erklingt seine Stimme. Schnell erkläre ich ihm, dass ich zu müde bin, um dreihundert Kilometer weit zu fahren. Verständnisvoll wünscht er mir eine erholsame Nacht. Er fragt noch nicht mal, wo ich übernachten werde. Auf die Frage war ich ohnehin nicht vorbereitet, genauso wenig, wie hier zu sein, hier bei Leo. Langsam lasse ich das Handy in die Tasche gleiten und ziehe die Terrassentür hinter mir zu. Ein Anflug eines schlechten Gewissens überkommt mich. Zu Recht.

Leo hat sich in der Zwischenzeit in ein Couch-Potato verwandelt und sieht selbst in diesem Outfit verführerisch heiß aus. Seine Jogginghose hängt locker auf seinen Hüften, und durch sein enges, weißes T-Shirt kann man die Konturen seiner Bauchmuskeln erkennen. Mein Blick bleibt zu lange an dieser Stelle hängen, ehe er zurück über seine breiten Schultern schweift. Der Sabber muss mir am Kinn hinunterlaufen, so irritiert starre ich ihn an.

»Die Stiege rauf und dann gleich rechts, ich habe dir ein T-Shirt rausgelegt. Das Badezimmer ist nebenan.« Er zeigt mit einer Flasche Bier in der Hand nach oben.

Sein Schlafzimmerblick fängt mich ein. Es dauert einen Augenblick, bis sich meine Beine in Bewegung setzen.

»Sobald du dann nicht mehr so sexy aussiehst, kannst du auf einen Schlummerdrink ins Wohnzimmer kommen«, höre ich ihn rufen, doch ich ignoriere ihn und laufe unbeirrt die Treppe rauf.

Auf dem Bett liegen ein Handtuch, eine verpackte Zahnbürste und das versprochene T-Shirt. Wie hat er das innerhalb der kurzen Zeit hinbekommen? Ich war doch nur ganz kurz damit beschäftigt, Marcel Bescheid zu geben. Höchstens fünf Minuten. Inzwischen duftet er herrlich nach herbem Duschgel, was darauf hindeutet, dass er sich innerhalb kürzester Zeit auch noch unter die Dusche gestellt hat. Niemals würde ich das in wenigen Minuten auf die Reihe bekommen.

Ich schnappe mir die Sachen und marschiere damit ins Badezimmer. Eilig hüpfe ich unter die Dusche, putze mir die Zähne und ziehe mir das Shirt über. Erleichtert stelle ich fest, dass mir sein Shirt bis knapp über die Knie reicht. Es würde auch als Nachthemd durchgehen, was mich aufatmen lässt. Ich hatte schon befürchtet, in meinem knappen Höschen herumzulaufen.

Ein metallischer Geschmack legt sich über meine Zunge. Eine Ewigkeit schon kaue ich im Flur stehend auf meiner Unterlippe herum. Unschlüssig darüber, ob ich mich zu ihm gesellen oder mich doch lieber ins Bett verziehen soll. Verflucht, ich sollte nicht hier sein. Ich nehme noch einen tiefen Atemzug, ehe ich nach unten tapse.

»Gute Nacht.« Überraschend schnell kommen die Worte über meine Lippen.

»Träum schön.« Ein anzügliches Lächeln schwappt über sein Gesicht.

Der Blick auf meine Armbanduhr verrät mir, dass es erst fünf Uhr ist. So sehr ich mich auch anstrenge, ich wälze mich von einer Seite auf die andere und kann einfach nicht wieder einschlafen. Genervt -weil ich bestimmt wegen meines schlechten Gewissens nicht zur Ruhe komme -schlage ich die Bettdecke zurück. Gerädert und mit einem steifen Nacken recke ich meine Gliedmaßen. Meine Arme strecke ich waagrecht aus und Kreise behutsam meinen Kopf.

Nach einigen Minuten löst sich meine Spannung, und ich erhebe mich, bedacht darauf, keinen Lärm zu veranstalten. Trotz meiner katzenähnlichen Bewegungen knirscht der Holzboden unter mir. Dann ziehe ich meine Klamotten von gestern über, mache das Bett und schnappe mir meine Handtasche. Auf Zehenspitzen schleiche ich ins Badezimmer, wasche mein Gesicht und putze mir die Zähne.

Ich will mir ein Taxi rufen, damit ich schleunigst in mein Auto steigen und nach Hause fahren kann. Unter keinen Umständen möchte ich Leo sehen. Bestimmt habe ich Glück, und er schläft noch.

Geräuschlos öffne ich die Zimmertür und recke meinen Kopf nach draußen. Es ist mucksmäuschenstill. Meine Körperteile entspannen sich. Auf Samtpfoten schleiche ich die Treppe hinunter. Schritt für Schritt. Als ich am Treppenabsatz ankomme, erblicke ich Leo, der in einem dunkelblauen Anzug in der Küche steht und ungezwungen zu mir hochsieht. Ohne es beeinflussen zu können, ziehen meine Beine ihr eigenes Ding durch und machen sich selbständig. Kurz fühle ich mich schwerelos, ehe sich ein höllischer Schmerz im Steißbein bemerkbar macht. Autsch. Verflucht. Mit ausgestreckten Beinen sitze ich am Marmorboden. Noch bevor ich mich erhebe, werfe ich einen prüfenden Blick zu Leo, der sichtlich damit kämpft, sein Lachen zurückzuhalten. Abgesehen von dem stechenden Schmerz, der fortwährend durch meinen Körper stößt, muss ich mir eingestehen, dass er wieder unfassbar attraktiv aussieht. Seine Haare haben diesen unerhört lässigen Look. Sie sehen aus, als käme er gerade erst aus der Dusche.

Mit dem Unterschied, dass sie das den ganzen lieben langen Tag tun. Tatsächlich trägt er, bis auf die Schuhe, bereits seine ansehnlichen Arbeitsklamotten. Oder läuft er in seiner Freizeit so rum? Ich muss schmunzeln, als ich mir seinen früheren Kleidungsstil in Erinnerung rufe: viel zu weite Jeans, die ein viel zu großes Stück seiner Boxershorts zeigten.

»Hier, dein Kaffee.« Er hält mir die Tasse unter die Nase.

»Du musst mich nicht fahren, danke«, sage ich.

»Würdest du denn nicht wollen, dass ich dein edler Ritter bin?«

Augenrollend erhebe ich mich umständlich vom Fußboden.

»Wolltest du frühstücken oder dich davonschleichen?«, fragt er unverblümt.

»Was glaubst du denn?« Ich funkle ihn wütend an.

»Wir fahren sofort los, ich hol noch schnell meinen Laptop.«

Ich bin müde und wegen meines grandiosen Auftritts schmerzt mein ganzer Körper. Kommentarlos nehme ich Leos Ansage hin.

13

Es ist eine Woche her, dass ich in Leos Wohnung aufgewacht bin. Inzwischen haben wir keinen Kontakt zueinander. Es gab ja auch keinen Grund. An den Wochentagen erledige ich meine Arbeiten von zu Hause aus. Heute allerdings werde ich ihn wiedersehen. Das Event, von einem unserer größten Lieferanten, findet im Casino Velden statt.

Zumindest werde ich heute nicht in die missliche Lage kommen, in Leos Wohnung aufzuwachen. Das ist aber auch schon alles, worüber ich mich freuen kann. Denn Leo Winter wird mit mir am Tisch sitzen. Zusammen mit anderen, auserwählten Abteilungsleitern.

Ich hatte gehofft, mit Marcel an meiner Seite zu erscheinen, doch dieser befindet sich gerade im Flugzeug nach Indien. Seine Geschäftsreisen werden mehr und minimieren unsere gemeinsame Freizeit. Marcel meinte, dass sich das im Sommer wieder bessern soll. Ich hoffe es so sehr.

Es ist fruchtbar kalt draußen, deshalb verzichte ich auf eine Parkplatzsuche und parke den Wagen in der Casino Tiefgarage. Ich trage ein schwarzes Etuikleid und rote Pumps. Außerdem habe ich mir einen knallroten Lippenstift aufgetragen. Ich habe keinen Schimmer, ob ich over- oder underdressed bin. Jedenfalls fühle ich mich gut in meinem Outfit, und das alleine zählt.

An meiner Stelle sollte Werner heute Abend erscheinen, allerdings hat ihn und seine Familie ein aggressiver Magen-

Darm-Virus erwischt. Kurzerhand hat er das Flugticket seiner Frau auf Natascha umbuchen lassen. Mitunter ein Grund, weshalb ich mich vielleicht doch ein klein wenig mehr freuen sollte auf diesen Abend. Natascha und ich verstehen uns prächtig. Außerdem war sie noch nie zuvor in Kärnten. Ihres Erachtens nach ist das bestimmt ein Grund, die Gläser zu erheben und darauf anzustoßen. Ihre Eltern stammen aus Serbien. So kommt es, dass sie jeden Sommer ein paar Wochen in Serbien verbringt und die restliche Zeit in Wien ist. Sie war allerdings schon einmal in der Steiermark. Sie kenne dieses ekelhafte Kernöl, welches sich die Steirer sogar aufs Vanilleeis tröpfelten, meinte sie einmal mit angewiderter Miene zu mir. Auch das Tiramisu sehe abscheulich grün aus. Ich konnte mein Kichern kaum zurückhalten. Als ich sie schließlich fragte, ob sie es denn auch ausprobiert hätte, schüttelte sie vehement den Kopf. Das hätte sie tun sollen, sagte sie. Das Öl schmecke köstlich, sagte ich überschwänglich und ein wenig belehrend.

»Wow«, höre ich meine Kollegin anerkennend rufen.

»Selber Wow.« Zur Begrüßung geben wir uns ein Küsschen auf die Wange. »Dir gefällt es hier«, stelle ich zufrieden fest.

»Es ist toll. Ich bin im Schlosshotel untergebracht.« Natascha strahlt bis hinter beide Ohren.

Für einen Moment blitzt ein Funke Neid auf.

»Du musst mich diesen Sommer in Serbien besuchen«, sagt sie.

»Oh, das würde ich gerne tun.«

Sie reicht ihre Jacke dem Mann an der Garderobe. Ich tue es ihr gleich und verstaue den Abschnitt, den der Typ mir freundlich entgegenstreckt in meinem Portemonnaie.

»In diesem See hier, kann man darin auch baden?«

Verständnislos blicke ich sie an. »Du kannst sogar daraus trinken. Trinkwasserqualität sagen wir dazu«, erkläre ich stolz. Das Land Kärnten sollte mir ein Honorar bezahlen, für diesen professionellen Werbeauftritt.

»Nicht wahr.« Sie schüttelt ungläubig den Kopf.

»Ihr könnt die Wasserqualität der Seen auch im Saal besprechen«, höre ich eine tiefe, männliche Stimme hinter mir sagen.

Prompt stellen sich meine Nackenhaare auf. Nicht auf eine beängstigende Art, sondern auf eine anregende, wohlige Weise. Die Stimme gehört Leo. Noch bevor ich mich umdrehe, schnappe ich hörbar nach Luft, um für den Gegenangriff gewappnet zu sein. Schwungvoll und mit einem freudigen Grinsen wende ich mich ihm zu.

Mein Herzschlag setzt für einige Schläge aus. Nicht, weil er in seinem schwarzen Smoking phänomenal aussieht, sondern vielmehr, weil er seine Empfangsdame bei sich hat. Erstaunt starre ich sie an. Genauestens mustere ich ihre Silhouette, dümmlich und mit offenem Mund, von den Füßen aufwärts. Beine. Beine. Beine. Es vergeht eine Weile, bis ich endlich bei ihrem hübschen Gesicht ankomme. Immerhin war ich quasi gezwungen, einen Zwischenstopp beim üppigen Dekolleté einzulegen. Natascha rammt mir ihren Ellenbogen in die Seite. Viel zu fest. Kurz fahre ich zusammen. Immerhin hat sie es geschafft, dass ich meinen Mund schließe.

»Guten Abend, Herr Winter.« Sie begrüßt ihn und hält ihm ihre Hand entgegen.

Förmlich schütteln sie sich die Hände. Ich habe nicht vor, ihm die Hand zu reichen, noch weniger, ihn mit seinem Nachnamen anzusprechen. Ich reiße mich am Riemen und begrüße stattdessen seine Sekretärin unter Einsatz meines zuckersüßen Charmes.

»Sina.« Er nickt, ergreift meinen Oberarm, zieht mich zu sich heran und legt seine Lippen an meine Wange. Viel zu schnell entfernt er sich von mir. Die Röte steigt mir ins Gesicht, und die Stelle, die er vorhin mit seinen Lippen berührt hat, fühlt sich so an, als würden dort unzählige Ameisen herumtoben und eine emsige After-Work-Party veranstalten. Natascha nickt den beiden entschuldigend zu und zieht mich mit sich.

»Was war das eben?« Sie sieht mich mit geweiteten Augen an.

»Nichts«, knurre ich genervt. Daraufhin betreten wir den Saal, indem bestimmt an die vierzig Rundtische mit Bestuhlung Platz gefunden haben. Eine Dame fragt uns nach unseren Namen und geleitet uns zu unseren Plätzen. Herr Tischler, unser Qualitätsmanager, und Frau Mießthaler, die Leiterin des Accounting, sitzen bereits dort. Ich habe sie zuvor bei Meetings getroffen und bin erleichtert, ihnen hier zu begegnen.

»Sie sind doch von hier, oder?«, fragt Herr Tischler, um ins Gespräch zu kommen.

»Aus Klagenfurt, ja«, antworte ich geistesabwesend, weil ich jeden Augenblick mit Leo und seiner Begleitung rechne.

»Früher war ich mit meiner Frau oft hier.« Er lächelt.

»Das sollten Sie wieder tun.« Abermals, höre ich Leos Stimme hinter mir.

»Herr Winter.« Mit einem Ruck erhebt sich Herr Tischler und schüttelt Leos Hand.

Frau Mießthaler hält ihm ebenfalls seine Hand entgegen, allerdings bleibt sie dabei sitzen.

»Es ist herrlich hier. Sie sind doch auch aus Kärnten?«, fragt Frau Mießthaler.

Unterdessen rückt Leo den Stuhl seiner Begleitung zurecht, die sich darauf elegant niederlässt. Ich kann es mir nicht verkneifen und rolle mit den Augen. Alles unter stetiger Beobachtung von Natascha, die mich empört anstarrt.

»Klagenfurt.« Er schmunzelt. »Sina und ich, wir kennen uns von früher«, fügt er lässig hinzu, als wäre es eine Nebensächlichkeit.

Wie eine verfluchte Nebensächlichkeit! Das war es aber nicht. Wir waren ein verfluchtes Liebespaar. Waren Freunde. Inzwischen hat auch Leo seinen Platz eingenommen und sitzt mir gegenüber. Toll, das Augenrollen kann ich ab jetzt also auch vergessen.

Verlegen nehme ich die Menükarte zur Hand und studiere diese, gebe mich beschäftigt, um einer möglichen Frage aus der Vergangenheit auszuweichen. Denn das ist es, die Vergangenheit. Ich bin verheiratet und er ist mein Vorgesetzter. Wir sind kein Liebespaar und noch viel weniger befreundet.

»Gänseleber mit Herzkirschen.« Ich lese die Menükarte, dabei rebelliert mein Magen. Das klingt scheußlich. Meine Augen scannen die weiteren Gänge. »Roulette vom Zaren-Wildlachs mit Kaviar.« Ich hasse Kaviar. Angewidert schiebe ich die Karte zurück in die Mitte des Tisches.

»Ist nichts Passendes für dich dabei?« Leos Spott ist unüberhörbar.

»Doch, doch, klingt doch hervorragend.«

Seine Augenbraue schießt nach oben. Natürlich weiß er, dass ich eher sterben würde, als die Gänseleber zu essen.

»Ich liebe Gänseleber.« Die Worte fliegen nur so über meine Lippen.

Oh, Oh, was tue ich hier eigentlich? Ich schaufle mir mein eigenes Grab. Jetzt muss ich diese unappetitliche Leber essen. Vielleicht kann ich sie unter dem Tisch verschwinden lassen? Plötzlich durchzieht ein Hitzeschwall meinen Körper. Alkohol. Und schon steht ein Kellner zu meiner Linken und lässt mich zwischen dem roten oder weißen Wein wählen.

»Rot«, entfährt es mir viel zu schnell.

Ich bemerke wie sich Leos Blick in mich bohrt. Wie soll ich diesen Abend durchstehen? Der Kellner füllt mein Glas auf und geht weiter zu Natascha. Noch bevor alle am Tisch sitzenden ein volles Glas vor sich haben, nehme ich einen beachtlichen Schluck vom Rotwein.

»Ich mag keinen Wein«, höre ich Leos Begleitung kichern. Diesmal unterdrücke ich das Bedürfnis, meine Abneigung kundzutun.

»Ich kann ihnen ein Glas Sekt anbieten«, gibt die Bedienung höflich zurück.

Sie gluckst nickend. Oh nein, Oh nein. Das ist also seine Begleitung? Schöne lange Beine, ein perfekter Körper, ein wunderhübsches Gesicht und das war's? Außer dem unentwegten, verstohlenen Gekicher gibt sie nicht viel her. Irgendwie habe ich sie anders in Erinnerung. Im Büro strahlte sie eine gewisse Souveränität aus, wirkte weniger dumm.

Ziemlich lange unterhalten wir uns über belanglose Firmengeschäfte. Leo und seine Begleitung Anna, deren Namen ich vorhin in Erfahrung gebracht habe, halten sich zurück. Unser Geschäftspartner, der dieses Event ausgerichtet hat, begrüßt die hier Anwesenden und hält eine kurze Ansprache. Und dann –ich hatte sie schon vollkommen verdrängt – kommt sie. Die Gänseleber. Nur wenige Zentimeter von meinem Mund entfernt. Unruhig rutsche ich auf meinem Stuhl hin und her. Als ich aufblicke, sind alle schon damit beschäftigt, einen Bissen nach dem anderen zu genießen. Gut. Du nimmst jetzt ein kleines Stückchen zwischen deine Zähne und spülst kräftig mit diesem vollmundigen Wein nach. Das sollte klappen. Eilig schiebe ich die Gabel mit der Gänseleber in den Mund. Ekelhaft ist kein Begriff dafür, welche Empfindungen meine Geschmacksnerven an mein Gehirn weiterleiten. Ich muss meinen Würgereiz unterdrücken. Befehle mir, das Zeug nicht sofort auszuspucken. Ohne meinen Kopf, der inzwischen tiefrot angelaufen ist, zu erheben, lasse ich Gabel für Gabel in meinen Mund gleiten. Jedes Mal nehme ich einen kräftigen Schluck vom alkoholischen Traubensaft dazu, schiebe die Mischung hin und her, ehe ich sie dann hinunterwürge.

Endlich, der Teller ist geleert. Ich habe es tatsächlich vollbracht. Weiterhin versuche ich, den Geschmack von Wein und Gänseleber loszuwerden und nehme mir noch ein Stück Weißbrot aus dem Brotkorb. Besser. Immerhin habe ich den ersten Teil bravourös gemeistert. Folgen noch zwei weitere Gänge der Qualen.

Als ich aufblicke, trifft mich Leos strahlender Blick. Er amüsiert sich köstlich darüber, wie sehr ich mich martere. Sein Blick wirkt, als würde er in mich hineinsehen können. Durchdringend.

»Das war köstlich.« Ich proste ihm zu.

»Du warst schon immer gut, dir die Dinge schönzureden.« Sein Gesichtsausdruck wird eisig.

Die anderen am Tisch werden hellhörig und mustern uns. Begierig huschen ihre Blicke hin und her.

»Also, ich mag so was gar nicht essen«, gackert Anna.

Und zum ersten Mal bin ich froh drüber, dass sie hier ist und diese eigentümliche Stimmung unterbricht. Dann beobachte ich, wie Leo ihr ein warmes Lächeln schenkt und ihr, für meinen Geschmack, viel zu lange in die Augen sieht. Es ärgert mich, dass er sie mitgenommen hat. Schlafen sie etwa auch im selben Zimmer? Bestimmt tun sie das.

»Und Anna, wurdest du auch im Schlosshotel untergebracht?«

Nervös kaut sie auf ihrer Unterlippe und sieht dabei ungeheuer sexy aus. Herausfordernd lauere ich auf ihre Antwort. Natascha verpasst mir einen Tritt gegen mein Schienbein, unter dem Tisch, so dass es keiner bemerkt. Auch Leo straft mich, mit zusammengekniffenen Augen.

»Es soll sehr schön sein, meinte Natascha jedenfalls.« Ich rudere zurück.

»Ja, wir schlafen in der Kaisersuite. Du solltest sie sehen. Ich kann dir später Bilder davon schicken …«, sprudelt es aus ihr heraus.

Ich hüstele, weil ich mich am Wein verschlucke, so sehr

trifft mich die Erkenntnis, dass er tatsächlich mit ihr im selben Zimmer schläft. Noch dazu in der Kaisersuite. Die muss ein Vermögen kosten. Dürfen Vorstände das Geld zum Fenster rauswerfen oder bezahlt er sie von seinem eigenen Geld?

Nun wird auch Anna mit Leos finsterer Miene bestraft, woraufhin sie sich erschlagen in den Stuhl fallen lässt. Herr Tischler und Frau Mießthaler lauschen neugierig. Meine Mundwinkel wandern triumphierend nach oben. Das geschieht ihm recht, er hätte sich eben eine schlauere Begleitung zulegen sollen.

Während der nächsten Gänge kehrt das bedeutungslose Gerede von vorhin zurück, und ich zwinge mich, wie vorhin, das Essen einigermaßen anständig hinter mich zu bringen. Jedenfalls bis zu dem Zeitpunkt, als ich beobachte, wie Leos Hand sanft über Annas Unterarm streift. Eine kleine, aber ausdrucksstarke Geste der Zärtlichkeit. Das wird mir zu viel. Ruhig nehme ich meine Serviette vom Schoß, säubere meine Mundwinkel, lege sie auf den Tisch, schiebe den Stuhl zurück, nicke entschuldigend in die Runde, erhebe mich und laufe zügig zur Toilette.

Dort angekommen, erblicke ich im Spiegel eine Frau, die mir so gar nicht ähnelt. Bereit, ihre Ehe aufs Spiel zu setzen. Eifersüchtig wegen eines Mannes, für den sie nichts empfinden dürfte. Kopfschüttelnd versuche ich, mich zu besinnen und lasse eiskaltes Wasser über meine Handinnenflächen laufen. Nur schwer kann ich meine Wut bändigen. Meine Wut auf mich selbst. Ich hätte kündigen sollen, sofort nach der Weihnachtsfeier. Finanziell sind Marcel und ich auf diesen Job nicht angewiesen. Es ist noch nicht zu spät, ich könnte immer noch kündigen …

Eine Tür wird aufgeschlagen, und ein metallisches Scheppern dröhnt durch den Raum. Erschrocken schüttele ich mich. Mein Puls verdoppelt sich. Leo Winter. Seine sonst so strahlenden, blaugrünen Augen haben sich verfinstert. Der äußere Ring ist olivgrün und geht sternförmig in ein Nachtblau über.

»Bist du verrückt? Das ist die Damentoilette«, donnere ich ihm entgegen.

Doch er lässt sich davon nicht beirren und macht einen weiteren Schritt auf mich zu.

»Reiß dich zusammen. Es muss nicht jeder wissen, dass ich meine Sekretärin vögle.«

Ich schnaube verächtlich.

»Dann hättest du dir eine andere Begleitung zulegen müssen. Und nicht so eine doofe Kuh.«

Er lacht laut auf. »Kuh? Wie alt bist du? Fünfzehn?«

Meine Lippen fest zusammengepresst, mache auch ich einen beachtlichen Schritt auf ihn zu, so dass uns nur wenige Zentimeter voneinander trennen.

»Warum ist sie hier? Du könntest sie mit wesentlich weniger Aufwand flachlegen …«

Er fällt mir ins Wort. »Weil ich es kann. Und, weil ich sie heute die ganze Nacht vögeln werde, in jedem beschissenen Eck dieser Suite und …«

»Hör sofort auf«, brülle ich hysterisch und hebe meine Hände, um mich vor weiteren Informationen abzuschirmen. Meine Brust hebt und senkt sich, in einem rasanten Tempo. Wir streiten uns? Ich streite mich tatsächlich mit ihm über sein Sexualleben?

»Sina, du gehst da jetzt raus und reißt dich zusammen«, fordert er.

»Sonst was?« Ich blicke ihn herausfordernd an.

»Ist es vermutlich besser, wir gehen auch beruflich getrennte Wege.«

Ungläubig schüttle ich den Kopf. Hat er mir angedroht, mich zu kündigen? Träume ich?

»Fick dich, du Arschloch«, schmettere ich ihm entgegen.

Im selben Moment ist das metallische Geräusch von vorhin wieder zu hören, Frau Mießthaler steht unbeholfen im Türrahmen und starrt uns an. Die Situation ist peinlich. Nur wenig darauf tritt sie den Rückzug an und lässt die Tür hinter sich zufallen.

»Du bist eifersüchtig.« Jetzt klingt er ruhig und bedacht, die Erregung von vorhin ist verschwunden.

»Ist doch lächerlich«, wehre ich wütend ab.

»Ja, ich weiß, du bist verheiratet.« Er fällt mir ins Wort und lässt seinen prüfenden Blick auf mir ruhen.

»Du interessierst mich kein bisschen.«

»Wie gesagt, du warst schon immer gut darin, dir die Dinge schönzureden«. Dann beugt er sich weit zu mir vor, beinahe streifen seine Lippen mein Ohr. Ich erstarre vollkommen, als sein Atem stoßweise meinen Nacken streift.

»Du willst mich«, haucht er und wendet sich grinsend von mir ab.

Wie angewurzelt rühre ich mich nicht vom Fleck und starre ihm hinterher.

14

Am nächsten Morgen räkle und biege ich mich im Bett, doch es ist zwecklos, ich komme einfach nicht zur Ruhe. Wieder nicht. Es ist einfach zu viel vorgefallen. Zugegeben, ich habe mich danebenbenommen. Selbst bei der Erinnerung an den gestrigen Abend überkommt mich eine volle Wucht Schamgefühl. Verflucht. Meine Szene war mehr als nur unangebracht. Ich schlage mir die Hände gegen die Stirn und vergrabe mein Gesicht darin.

Als ich die Türklingel wahrnehme, fahre ich hoch. Wer mag das sein? Marie kündigt sich immer an. Die Sternsinger können es auch nicht mehr sein. Die GIS vielleicht? Am Sonntag? Natürlich habe ich die Rundfunkgebühr ignoriert. Marcel liegt mir deshalb schon seit längerem im Ohr.

Bei der Tür angekommen, kann ich es kaum glauben. Leo ist am Monitor des Türöffners zu sehen. Umgehend beschleunigt sich mein Pulsschlag. Flott spreize ich meine Finger und fahre mir damit durchs Haar. Das Prozedere wiederhole ich einige Male, bis es erneut klingelt.

»Sofort«, rufe ich, während ich den Schlüssel im Schloss herumdrehe und ihm öffne.

Hier steht er: Leo Winter. Nicht wie gewohnt im Anzug, sondern mit einer zerrissenen Jeans und einem grauen Kapuzenpulli. Er ist zum Dahinschmelzen. Ich deute ihm an, hereinzukommen und trete ein Stück zur Seite. Er überlegt kurz, doch dann wagt er den Schritt über die Schwelle. Meinen Kopf richte ich beschämt zu Boden. Seine unmittelbare Präsenz zerreißt mich förmlich.

»Ich dachte, du könntest ein Frühstück vertragen«, erklärt er und drückt mir eine warme Papiertüte in die Hand. Sein Schmunzeln, als er mich von Kopf bis Fuß beäugt, entgeht mir nicht.

»Dachtest du«, erwidere ich mit hochgezogener Augenbraue, ehe ich an dem Säckchen schnuppere. »Fastfood? Und das am Morgen.«

»Ich ging davon aus, dass du Deftiges verträgst.« Er zaubert mir ein Lächeln aufs Gesicht.

Im Grunde müsste mir die Situation unangenehm sein. Angefangen von meiner lila Pyjamahose mit Bärchen darauf, bis hin zu meinem zerknitterten Gesicht. Ich habe mir noch nicht mal die Zähne geputzt. Schnell schüttle ich die Gedanken ab.

»Kaffee?«, schlage ich mit leiser Stimme vor.

»Ja.«

Er wirkt nachdenklich. Kein Wunder. Nach dem gestrigen Desaster. Ich schreite voran und er folgt mir. Als wir in der Wohnküche ankommen, schnappt er sich einen Hocker und lässt sich darauf nieder. Ohne ihn zu beachten, schalte ich die Kaffeemaschine ein, nehme zwei Tassen aus dem Schrank und lege zwei Kapseln bereit. Ungeduldig klopfe ich mit den Fingern auf die Arbeitsplatte der Kochinsel, weil ich es kaum abwarten kann, bis die Maschine endlich auf Betriebstemperatur läuft. Unter ständiger Beobachtung der Espressomaschine blende ich Leo aus. Zumindest bis zu dem Zeitpunkt, als ich seine warme Handinnenfläche auf meinen zappeligen Fingern spüre. Eine Welle der Vertrautheit fließt durch meinen Körper. Seine Berührung fühlt sich unfassbar gut an. Für eine verheiratete Frau, zu gut.

Ich neige meinen Kopf in seine Richtung. Stelle mich ihm. Seine ernste Miene lässt eine weitere Flut durch meinen Körper strömen. Dieses Mal ist es nicht die wohlige Vertrautheit, sondern vielmehr das Verlangen, welches in jeder Faser meines Körpers zu spüren ist und wogegen ich nichts, rein gar nichts tun kann. Die Sehnsucht, seine gebräunte Haut auf meiner zu spüren, in seinen starken Armen Zuflucht zu finden. Schleppend bündle ich meine Gedanken und entziehe mich ihm, widme meine ungeteilte Aufmerksamkeit erneut der Kaffeemaschine.

»Milch? Zucker?«

»Schwarz«, antwortet er mit tiefer Stimme.

Was sucht er hier? Sollte er nicht mit seiner Sekretärin sämtliche Stellungen des Kamasutras vollführen? Als das ersehnte Licht aufleuchtet und die Kaffeemaschine bereit ist, atme ich erleichtert aus. Ich gebe die erste Kapsel hinein und drücke auf den Knopf. Sofort fließt das herrlich duftende Heißgetränk in die Tasse. Allerdings erscheint mir das im Augenblick eine Ewigkeit zu dauern. Das fürchterliche Schweigen katapultiert mein Unbehagen in atemberaubende Höhen. Nachdem der Vorgang endlich beendet ist, schiebe ich die zweite Tasse unter die Maschine. Leos Espresso wandert in seine Hände, ohne dass ich seinen Blick großartig wahrnehme. Und wieder. Es dauert ewig. Geduldig warte ich, dabei brennen sich Leos Blicke unter meine Haut.

»Also? Weshalb bist du hier? Willst du mich feuern?« Ich beobachte, wie seine Mundwinkel zucken.

»Du wirst dir das doch kein weiteres Mal leisten … davon gehe ich jedenfalls aus. Nein. Ich bin nicht hier, um dich zu feuern«.

»Nicht?« Überrascht weiten sich meine Augen.

»Iss was, du hast bestimmt Appetit.«

Wie Recht er doch hat. Mein Magen knurrt schon, seitdem ich mich letzte Nacht ins Bett gelegt habe. Hungrig spähe ich in die Tüte. Er hat das richtig deftige Zeug dabei. Ich nehme den Frühstücksburger zwischen meine Finger. Semmel mit gebackenem Hähnchen, Sauce Tartare und Zwiebel. Ich warte nicht auf ein Zeichen von ihm und beiße kräftig in den Leckerbissen hinein.

»Willst du nichts?«, frage ich kauend.

»Wenn du mir was übriglässt? Vielleicht.« Er lacht.

»Sieht nicht gut für dich aus.«

Gierig schlinge ich den Burger hinunter. Meine Manieren vergesse ich dabei vollkommen. Ist auch nicht so wichtig. Immerhin weiß er, dass ich ein schlingender Vielfraß sein kann. Ich nehme mir die Tüte Pommes heraus, tunke die Pommes nach und nach in den Sour Cream-Dip und lasse sie in meinem Mund verschwinden.

»Wenn du mir nicht kündigen willst, weshalb bist du dann hergekommen?« Abwartend beäuge ich ihn, bis mir meine eigenen Worte im Kopf widerhallen.

»Ich wollte sichergehen, dass es dir gutgeht.« Nun ist er wieder da, der finstere, ernste Ausdruck in seinen Augen.

Eilig schnappe ich die leere Verpackung, kehre ihm den Rücken zu und werfe die Pappschachtel in den dafür vorgesehenen Mülleimer, der sich unter der Spüle befindet, nur um ihn auszuweichen. Bevor ich die Chance habe, mich ihm wieder zuzuwenden, fühle ich eine wohlige Wärme hinter mir, die mich vollkommen einhüllt. Sein heißer Atem prallt stoßweise in meinen Nacken, was augenblicklich ein Kribbeln in mir auslöst. Er schnürt mir die Luft zum Atmen ab. Wie komme ich hier raus? Befangen lasse ich meinen Blick umherschweifen, ehe ich bemerke, dass er seine Hände an den Seiten gegen die Anrichte stemmt und ich gefangen bin. Endlich atme ich meine angestaute Luft aus. Es ist vielmehr ein Stöhnen. Seine Lippen liegen nahe an meiner Halsbeuge, gerade einmal ein Blatt Papier würde noch dazwischen passen.

»Ich will dich«, flüstert er kaum hörbar.

Das ist zu viel. Einfach zu viel. Hunderttausend Dinge schießen durch meinen Kopf. Ich bin verheiratet! Das muss aufhören! Dann ist es zu spät, mein Gehirn stellt jegliche

Funktion ein. Ich lasse meinen Kopf zurückfallen, so dass er auf seinem Schlüsselbein zum Liegen kommt. Es fühlt sich wunderbar an. Ganz anders, als es sich jemals bei Marcel angefühlt hat. Dann spüre ich, wie seine Lippen meinen Hals hochwandern, zärtlich knabbernd.

»Du willst mich doch auch«, raunt er an meinem Ohr.

Mein Unterleib zieht sich zusammen, wie er es noch nie zuvor getan hat. Ja. Ich will ihn.

»Sag es«, sagt er in einem herrischen Tonfall.

»Das kann ich nicht«, wimmere ich.

Seine Hand wandert meine Taille hinab, schiebt sich unter den Hosenbund und schlängelt sich weiter hinab bis zu meinem Höschen. Ich japse.

»Sag es.«

Ich bringe keine Silbe hervor, stattdessen schüttle ich energisch den Kopf. Wütend schnaubt er und schiebt das Höschen nicht gerade liebevoll zur Seite. Behutsam streicht er mit seinen Fingerkuppen über meine empfindlichste Stelle. Spätestens jetzt weiß er, wie sehr ich ihn will.

»Sag es.«

Noch im selben Augenblick verstärkt er seinen Druck und verwöhnt mich. Mit kreisenden Bewegungen, an der Stelle, zu der er und auch kein anderer jemals hätte vordringen dürfen. Mit jedem Mal wird es heftiger und ich drohe zu explodieren. Noch nie zuvor konnte ein Mann solche intensiven Gefühle in mir hervorrufen. Ein schmerzendes Lustgefühl überrollt mich und ich erzittere. Meine Beine beben. Mein Körper bebt. Meine Lider flattern. Ich nehme nichts anderes wahr als seine Nähe. Ich würde zusammenbrechen, wenn er mich nicht mit seinen Händen stützen würde. Unser Atem ist im Einklang. Zaghaft zieht er seine Hand zurück, sein Wange presst sich weiterhin gegen meine.

»Ich werde dich nicht wieder anfassen. Versprochen.«

Baff reiße ich meine Augen auf. Dann entzieht sich mir die

wohlige Wärme, die Geborgenheit, er weicht von mir zurück. Starr rühre ich mich kein bisschen. Will ihn nicht ansehen. Es ist zu beschämend.

»Das hier ist nie passiert. Wir sind Arbeitskollegen, nicht mehr und nicht weniger. Und Sina, jetzt kannst du mich einen Arsch nennen«, höre ich ihn noch rufen, bevor die Tür ins Schloss fällt.

Ich verharre noch eine Ewigkeit in dieser Position. Fassungslos. Was habe ich getan.

Als ich eine Weile später aus der Erstarrung erwache, stelle ich mich unter die Dusche. Da bleibe ich bestimmt eine halbe Stunde lang. Ich lasse das Wasser auf mich prassen, um mich zu säubern. Kein bisschen hilft es, ich fühle mich schmutzig.

Schuldbewusst empfange ich Marie. Nach der ausgiebigen Dusche habe ich sie angerufen und gebeten, vorbeizukommen. Sie wollte nicht wissen, was passiert war, sondern hat sich umgehend auf den Weg gemacht. Mein gesenkter Blick spricht Bände. Ich wage es nicht, zu ihr aufzusehen.

»Wie schlimm?« Ihre Stimme klingt keinesfalls vorwurfsvoll, es ist vielmehr ein sorgenvolles Zittern darin zu hören.

»Eine totale Katastrophe«, gebe ich zurück und schaue sie an.

Wir gehen weiter in die Wohnküche, dort setze ich einen Tee auf, was, dank der Induktionsplatte, schnell geht. Ich stelle die heißen Teetassen auf dem Couchtisch ab und geselle mich zu ihr aufs Sofa.

»Hier, gar nicht schlimm. Guck, die Statistik …«, quasselt sie mit Blick auf ihr Smartphone drauflos.

Ich bin verunsichert, welche Statistik?

»Und seit 1997 wurde der Ehebruch aus dem Strafgesetzbuch gestrichen.«

Meine Stirn legt sich in Falten.

»Im Hochmittelalter hätte dir die Pfählung gedroht.«

»Was?« Mit großen Augen starre ich aufs Display.

»Zweiunddreißig Prozent der Männer und vierundvierzig Prozent der Frauen waren schon einmal untreu.« Laut wiederhole ich das Geschriebene.

»Marie, das entschuldigt mein Verhalten in keiner Weise.«

Beruhigend faltet sie meine Hände zwischen ihre und wiegt sie hin und her. Ich habe ihr Mitgefühl nicht verdient. Das Ganze ist doch meine Schuld, und dann finde ich auch noch Trost? Es gibt wohl keine bessere Freundin als sie.

Nach einer Zeit des Schweigens finde ich wieder zu mir und erzähle ihr jedes noch so kleine Detail. Ich lasse nichts aus. Ich rede auch nichts schön. Aus meinem Mund kommt die Wahrheit, auch wenn sie weh tut. Als ich mit der vollständigen Beichte fertig bin, schweigt sie. Geduldig und unsicher warte ich auf ihre Reaktion.

»Was willst du tun?«, fragt sie schließlich.

Ich bin durcheinander. Keine Vorwürfe? »Du schimpfst gar nicht mit mir?« Meine Stimme klingt leise, wie bei einem Kind, das gerade Unsinn angestellt hat und dabei ertappt wurde.

»Ich bin doch nicht deine Mutter.« Sie schenkt mir ein zaghaftes Lächeln. »Und dass du einen Fehler gemacht hast, weißt du ohnehin. Ich werde dich nicht mit Vorwürfen bestrafen. Das Chaos, welches du angerichtet hast, soll dir Strafe genug sein.«

»Ich weiß das zu schätzen.«

»Also?« Sie drängt.

»Ich weiß es nicht.«

Soll ich Marcel die Wahrheit sagen? Meine Ehe aufs Spiel setzen? Er hat doch die Wahrheit verdient. Doch dafür bin ich zu feige, schätze ich. Kündigen? Die Arbeit macht mir Spaß und ich müsste als Selbstständige von vorne beginnen. Neue Kunden akquirieren. Will ich das? Jedenfalls muss ich einen großen Bogen um Leo machen, sollte ich mich dazu entschließen, weiterhin im Unternehmen zu bleiben.

»Denk in Ruhe darüber nach.«

»Ich liebe Marcel doch«, jammere ich schluchzend. Sie beäugt mich misstrauisch.

»Liebst du ihn als deinen Ehemann oder eher als Freund? Möglicherweise liebst du die Vorstellung, ihn zu lieben …« Sie bricht ab. »Darüber solltest du dir Gedanken machen«, fügt sie noch hinzu.

Ihre Worte treffen mich hart, aber genau darüber sollte ich mir im Klaren werden. Betrügt man, wenn man jemanden wirklich liebt? Kann einen das sexuelle Verlangen dazu treiben? Zweifelsohne empfinde ich mehr für Leo, als ich mir eingestehen wollte, das kann ich nicht mehr leugnen. Nicht mal mehr vor mir selbst.

Spät abends, noch am selben Tag, kommt Marcel von seiner Geschäftsreise nach Hause. Als er seinen Kopf zur Tür hereinsteckt, rutscht mein Herz in die Hose. Wie konnte ich das nur tun? Marcel derart hintergehen.

Mit einem strahlenden, aber müden Lächeln tritt er auf mich zu, schließt mich in seine Arme und küsst mich. Meine Arme hängen anteillos nach unten. Ich bin überfordert. Kann ich so tun, als wäre nichts vorgefallen? Ja. Ich kann so tun, als wäre nichts vorgefallen, sogar überraschend gut. Ich erwidere seinen Kuss.

»Alles okay bei dir? Wie war die Veranstaltung?« Er steht neugierig vor mir.

»Ach, ganz gut«, wiegle ich schnell ab. »Komm, ich mach dir dein Essen warm.«

Dann reiße ich mich aus der Umarmung los und stapfe in die Küche. Dort angekommen bemerke ich meine zitternden Hände. Marcel räumt währenddessen seinen Koffer leer und trägt die Schmutzwäsche nach oben ins Badezimmer. Als er wieder nach unten kommt, ist das Essen aufgewärmt und steht am Tresen für ihn bereit.

»Lasagne. Super.« Er grinst zufrieden.

»Wie war's bei dir?«

»Lass uns nicht über die Arbeit sprechen. Der übliche Kram. Gehen wir morgen eislaufen?« Woraufhin er mich anstrahlt, wie ein erwartungsvoller kleiner Junge.

Ich muss schmunzeln. »Das machen wir.«

Und für den Moment fühlt es sich so an, als wäre alles in bester Ordnung.

15

Ich habe mich für meine Ehe mit Marcel entschieden. Dafür, Leo aus meinem Herzen zu verbannen und ihm aus dem Weg zu gehen. Das hat in den letzten zwei Wochen hervorragend funktioniert. Ich konnte wieder mehr von zu Hause aus arbeiten und musste nur einmal nach Wien. An diesem Tag habe ich peinlichst genau darauf geachtet, nicht in seine Arme zu laufen. Das hat ausgesprochen gut funktioniert.

Allerdings nicht heute. Heute weiß ich, dass er an der Besprechung teilnehmen wird. Ich habe mir vorgenommen, ihn als einen Kollegen, besser gesagt als meinen Boss, wahrzunehmen und alles andere auszublenden. Darin bin ich mittlerweile ganz gut.

Die Glasschiebetür beim Portal öffnet sich, und ich trete ein. Die Dame am Empfang sieht freundlich zu mir rüber. Eilig laufe ich an ihr vorbei, und ohne meinen Kopf nach links oder rechts zu drehen, steuere ich auf den Lift zu. Dort angekommen drücke ich den Knopf, um den Aufzug zu rufen. Ich bin erleichtert, als sich nur wenige Sekunden später die Tür öffnet. Schnell schlüpfe ich hinein und drücke den Button des obersten Stockwerkes. Bestimmt haben sich die meisten schon im Besprechungssaal versammelt. So werde ich nicht in die Verlegenheit kommen, in unnütze Gespräche verwickelt zu werden. Insbesondere will ich mit Leo kein Wort wechseln. Die Lifttüren schließen sich, und noch bevor der Vorgang beendet ist, huscht Leo zu mir in den Aufzug. Sein Anblick verrät, dass auch er überrascht ist, mich hier drinnen anzutreffen. Fest presse ich meine Lippen aufeinander. Aus dem Augenwinkel heraus kann ich ein Schmunzeln erkennen. Das ärgert mich, vielmehr koche ich vor Wut. Endlich setzt sich der Aufzug in Bewegung. Wie es eben in solchen Situationen ist, kommt es mir vor, als würde diese Fahrt eine Ewigkeit andauern. Eisern halte ich meinen Blick nach vorne gerichtet. Auch wenn ich seine Augenpaare seitlich auf mir ruhen spüre, schenke ich ihm keine Beachtung.

»Also Funkstille?« Seine Worte prassen hart auf mir nieder.

Weiterhin ignoriere ich ihn. Endlich hält der Aufzug, und die Tür öffnet sich. Mein Körper kann es kaum abwarten, und mein Fuß setzt zu einem beachtlichen Schritt an. Ich lasse ihn, ohne etwas zu erwidern, zurück.

Mein Ärger lässt langsam nach, als ich Natascha entdecke, die mir außerdem einen Platz neben sich freigehalten hat. Sofort erhebt sie sich und begrüßt mich überschwänglich mit einem Küsschen.

»Bin ich froh dich zu sehen.« Sie grinst.

»Das waren gerade Mal acht Tage.« Ich runzle die Stirn.

»Das ist zu lange«, entgegnet sie.

Ich schlüpfe aus meinem Blazer, hänge ihn über meinen Sessel und setze mich seufzend.

»Es ist so heiß hier drin«, klage ich.

Natascha verpasst mir einen Hieb gegen meine Rippen. »Das liegt wohl an unserem sexy Vorstand.« Sie lacht, dabei streift sie sich eine lose Haarsträhne hinters Ohr.

Erschrocken erstarre ich. Ahnt sie denn was?

»Komm schon, er ist ein Schnittchen, und deshalb brauchst du dir auch keine Gedanken zu machen. Du darfst gucken, ich verrate es auch niemandem.«

Ich rolle mit den Augen.

»Du weißt doch, dass wir uns von früher kennen …«, sage ich schließlich und seufze.

Erst jetzt bemerke ich, dass Leo seinen Platz eingenommen hat. Er holt seinen Laptop hervor, ein Schreibinstrument und legt sein Handy auf den Tisch. Dann unterhält er sich mit seinem Tischnachbarn, der auch zu den oberen Machthabern des Unternehmens gehört. In seinem dunkelgrauen Anzug mit der hellblauen Krawatte dazu sieht er, wie immer, einfach zu gut aus. Dann schießen die Bilder vom Morgen vor zwei Wochen durch meinen Kopf, meine Muskeln spannen sich an, und ich schüttle mich kurz, um sie wieder zu lockern.

»Du hast doch keine Wallungen. Ist dir jetzt kalt?« Sie starrt mich überrascht an.

»Alles gut.« Ich tätschle ihre Hand, die sie ruhend am Tisch abgelegt hat, um sie zu besänftigen. Nur keine weiteren Fragen, denke ich mir.

Im Saal wird es still, als sich ein Regionalleiter zum Sprecherpult aufmacht. Es ist ein Meeting, bei dem sämtliche leitende Angestellte anwesend sind. Warum Natascha und ich zu diesem Anlass eingeladen wurden, ist uns beiden nicht klar. Üblicherweise nehmen wir an den Sitzungen, die das Marketing betreffen, teil, nicht aber an den Quartalssitzungen der Führungskräfte.

»Wo bleibt Werner?«, flüstere ich ihr ins Ohr.

»Er fehlt bereits die zweite Woche.«

»Das ist mir gar nicht aufgefallen. Seine Mails hat er beantwortet.«

»Ja, aber im Büro war er nicht.«

Merkwürdig, Werner ist ansonsten andauernd irgendwo auf dem Firmengelände unterwegs.

Die Stimme des Regionalleiters, sein Name ist Fitzek, dringt durch den Raum. Er ist eine rhetorische Koryphäe, deshalb ist er es, der durch solche Meetings führt. Er verkündet die anstehenden Punkte der Besprechung und skizziert die Zahlen des letzten Quartals. Es dauert nicht lange, bis ich mich meiner Träumerei hingebe. Zahlen haben mich noch nie sonderlich interessiert. Es ist vielmehr die kreative Arbeit, für die ich mich begeistern kann. Wieder ist es Natascha, die mich aus meiner Seifenblase holt und mich dabei ertappt, wie ich Leo anhimmle.

»Dagegen musst du was unternehmen.« Sie befiehlt es mir mit einem messerscharfen Ton.

»Ich weiß«, antworte ich schulterzuckend.

Nach zwei Stunden genehmigen sie uns die erste Pause. Ich eile zum Buffet, um mir den nötigen Koffeinnachschub zu holen. Dieses langweilige Gerede raubt mir die Energie. Ich schnappe mir eine Tasse und stelle sie unter die Espressomaschine. Just in dem Moment, als ich auf den Knopf drücke, um die Maschine in Gang zu setzen, fühle ich eine vertraute Person dicht hinter mir.

»Ich muss dich sprechen«, höre ich ihn in seinem tiefsten Tonfall sagen.

Ich versteife mich und umklammere die Kaffeetasse, so dass ich eigentlich Angst haben müsste, dass sie zerbricht.

»Jetzt. Im Besprechungsraum drei.« Er lässt keinen Widerspruch zu.

Allmählich lockern sich meine Finger, vermutlich nur deshalb, weil er nicht mehr in meiner Nähe ist. Soll ich jetzt wirklich hinterherlaufen und mich auf ein Gespräch einlassen? Jedenfalls lasse ich mir Zeit. Gemächlich schütte ich etwas Milch in den Kaffee und lasse zwei Stück Zuckerwürfel in die Tasse gleiten.

»Kommst du mit raus?« Erschrocken fahre ich herum, als plötzlich Natascha dicht hinter mir auftaucht.

»Herr Winter möchte mich sprechen.« Dabei halte ich meine Gefühle nicht zurück und zeige ihr offensichtlich, dass ich keine Lust darauf habe.

Ich betrete den Raum, in dem Leo sich bereits an den großen Tisch gesetzt hat. Kurz verharre ich, weil ich befürchte, gleich zu kollabieren. Selbst meine Bachblüten Notfalldrops, die ich im Mund hin und her schiebe, können mich nicht beruhigen. Die betörende Duftessenz seines Parfüms haftet an den Innenseiten meiner Nase. Die Rezeptoren leiten die Impulse an mein Gehirn weiter. Das hier, er, macht mich noch zu einem vollkommen verrückten Menschen.

»Was willst du?« Ich stemme meine Hände in die Hüften.

Er quittiert mein Auftreten mit einem spitzbübischen Grinsen und deutet mir an, mich zu setzen. Mir entfährt ein Seufzer, schließlich gebe ich nach und lasse mich vor ihm nieder.

»Es geht um die interimsmäßige Position des Marketingleiters.«

Mein Pulsschlag verlangsamt sich. Das ist gut, keine privaten Gespräche.

»Was ist mit Werner?«

»Seine Tochter ist an Leukämie erkrankt, und er zieht sich vorerst zurück, um gemeinsam mit seiner Familie durch diese schwere Zeit zu gehen.«

Fassungslos und mit großen Augen, die sich langsam mit Tränen füllen, stiere ich ihn an. »Das ist fruchtbar …« Meine Stimme bricht.

Auch sein Ausdruck spiegelt bedingungsloses Bedauern und Mitgefühl wider. Leo gibt mir die notwendige Zeit, um mich halbwegs zu fassen. Unaufgefordert hält er mir ein Taschentuch hin. Ich blinzle die letzten Tränen aus den Augen und wische sie mir mit dem Tuch von meinen Wangen.

»Also, wer wird seinen Job erledigen?« Nun klinge ich gefasster.

»Du. Also, das hoffe ich zumindest.«

Überrascht hüpfen meine Augenbrauen nach oben.

»Das ist viel für mich. Zuerst die Krankheit von Werners

Tochter, und nun soll ich auch noch seine Aufgaben übernehmen?« Ich bemühe mich, meine Atmung zu kontrollieren und unterdrücke einen hysterischen Heulkrampf.

»Ich kann das doch nicht. Seine Kompetenz überragt meine um Längen«, widerspreche ich.

Leos Ausdruck ist gepaart mit Fürsorge und der festen Überzeugung, dass ich die Person bin, die Werner vertreten kann. »Du leistest gute Arbeit. Weißt mit Kollegen und Kunden umzugehen. Deine Ideen sind großartig. Du wächst da hinein.« Er versucht, mich zu beruhigen.

»Ich werde regelmäßig in Wien sein«, stelle ich nüchtern fest.

Er fährt sich mit den Händen durch die Haare, einen Moment verharren sie darin, bis er sie vor sich ineinander verschränkt. »Wir werden eine professionelle Beziehung zueinander pflegen, das verspreche ich dir.«

Mir entfährt ein verächtliches Schnauben. »So wie am Sonntagmorgen vor zwei Wochen?«

Seine Miene verfinstert sich.

»Du hast mich gedemütigt«, presse ich voller Verachtung hervor.

Achtsam blitzen seine Augen auf. »Ich weiß. Das Ganze tut mir leid. Wenn du einmal an dein Telefon gegangen wärst, hätte ich dir das auch schon eher sagen können«, fügt er verbissen hinzu.

»So kommen wir nicht voran. Hör zu, ich übernehme Werners Aufgabengebiet unter der Voraussetzung, dass ich Natascha zur Seite gestellt bekomme, so wie ich Werners rechte Hand war. Und … du lässt mich zufrieden.« Fordernd ruht mein Blick auf ihm.

»Gut«, stimmt er zu.

Ich erhebe mich und kehre ihm den Rücken zu. Bevor ich aus dem Raum verschwinde, wende ich mich noch einmal zu ihm um.

»Du kannst jede haben, bitte lass mich zufrieden«, sage ich flehend.

»Wir sind in den nächsten Monaten auf Geschäftsreise, aber ich verspreche dir, dass ich meine Finger bei mir behalten werde. Du bist ein wunderbarer Mensch, und ich bin fürchterlich.«

Nachdem ich Natascha über Werners Lebenssituation aufgeklärt habe, bin ich, noch vor Ende der Sitzung, nach Hause gefahren.

Auch Natascha war zutiefst betroffen. Ich hadere schon die ganze Fahrt über damit, ob ich Werner anrufen soll. Wie kann man in einer solchen Lage überhaupt helfen? Immer wieder war ich versucht, Werner anzurufen und ihm mein Mitgefühl auszusprechen. Dann aber habe ich überlegt, wie es mir wohl in einer solchen schrecklichen Situation ergehen würde, dass ich auf solche Anrufe wahrscheinlich verzichten könnte. Deshalb habe ich es gelassen und beschlossen, mich zu einem späteren Zeitpunkt zu melden.

Nun fahre ich, einige Stunden früher als geplant, unsere Hauseinfahrt hoch und bin überrascht, denn sowohl Marcels Fahrzeug, als auch Maries, parken unterm Carport. Ich halte den Wagen seitlich an der Auffahrt, steige aus, hieve meine Laptoptasche vom Rücksitz und donnere die Fahrzeugtür zu. Das war dann doch zu impulsiv, immerhin scheine ich somit einen Teil meiner Aggression auf diese ungerechte Welt abzubauen. Ich inhaliere einen tiefen Atemzug der kalten Luft und fühle, wie sich meine Lungenflügel aufblasen. Das tut gut. Daraufhin laufe ich hinein, bereit, meinen Ehemann und meine beste Freundin zu sehen und den entsetzlichen Tag hinter mir zu lassen. Im Vorraum angekommen, rufe ich lautstark ins Wohnzimmer hinein. Zeitgleich rufen sie mir grüßende Worte zurück. Dann höre ich das Mahlen der Kaffeemaschine.

»Schatz, wir wollten gerade einen Kaffee brühen. Willst du

auch einen?« Marcel schreitet mir entgegen und drückt mir einen Kuss auf meine Lippen.

»Bitte, ja. Marie, schön dich zu sehen.«

Sie sieht mich mit einem halbherzigen, verlegenen Lächeln an.

»Alles klar bei dir?« Neugierig bohre ich nach.

»Klar. Ich hatte dein Kleid dabei, das du mir letzte Woche geliehen hast und da dachte ich, wenn ich schon in der Gegend bin, bringe ich es eben schnell vorbei.«

Mein Blick wandert zum Sofa, wo das gute Stück, umhüllt von einer Plastikfolie, liegt.

»Du hättest es nicht in die Reinigung bringen müssen.«

»Das ist doch das Mindeste. Immerhin ist es ein Kleid von Versace.«

Unsere Münder verschmelzen zu einem breiten Grinsen. Es ist nicht nur irgendein Kleid, das Prachtstück ist mein Lieblingskleid.

»Warum bist du schon hier?«

»Das ist keine schöne Geschichte.«

Ich mache eine Pause, dann schließlich beginne ich zu erzählen. Von Werner und seiner Tochter. Meiner neuen Position. Und, dass ich in Zukunft mehr Zeit in Wien verbringen werde. Beide hören mir aufmerksam zu. Sie sind genauso betroffen, obwohl sie Werner nicht kennen. Maries Augen füllen sich mit Tränen.

Wir sitzen eine ganze Weile zusammen und debattieren über den Sinn des Lebens. Die Stunden vergehen wie Minuten, so sehr sind wir in das Gespräch vertieft. Ich bin überglücklich, die zwei Menschen um mich zu haben. Sie sind meine Anker. Ich liebe sie sehr. Gerade für Marie würde ich mir einen Mann wünschen, der sie auf Händen trägt und mit ihr gemeinsam das Leben meistert. So wie es Marcel an meiner Seite tut. Doch irgendwie scheint es bei ihr einfach nicht zu klappen. Warum auch immer.

Erst spät abends schleppe ich mich, erschöpft von den Ereignissen des Tages, ins Bett. Marcel will noch länger wach bleiben, weil er noch Arbeit zu erledigen hat. Er hat viel um die Ohren. Augenscheinlich scheinen wir das im Augenblick alle zu haben.

16

Es sind einige Tage vergangen, seit ich zur Leiterin der Marketingabteilung ernannt wurde. Gestern bin ich noch spät abends nach Wien gereist, um heute die frühen Kundentermine wahrnehmen zu können. Ich vermute, hier im Hotel Dauergast zu werden und konnte auch schon einen besseren Tarif für mich herausschlagen.

Mit Werner konnte ich in der Zwischenzeit auch schon sprechen. Es geht seiner Tochter den Umständen entsprechend gut. Die Chancen, dass sie vollkommen gesund wird, sind ausgezeichnet. Außerdem pflegen Leo und ich einen angenehmen, respektvollen Umgang miteinander. Wir konnten telefonisch einige Firmenangelegenheiten klären, denn für einige Dinge muss ich mir seine Genehmigung einholen. Gerade, was die Kosten betrifft, die restlichen Entscheidungen überlässt er mir. Gestern hat er mir Bescheid gegeben, dass er die nächsten Tage in Urlaub fährt. Ich musste mir auf die Zunge beißen, beinahe wäre mir ein blöder Kommentar über die Lippen gekommen. Zum Glück konnte ich mein loses Mundwerk zügeln. Zwar habe ich mir den Kopf darüber zerbrochen, mit welcher Schönheit er herumturtelt und sich am Strand räkelt, doch auch diesen Gedanken wurde ich irgendwann wieder los.

Die Termine, bei denen ich Natascha im Schlepptau hatte, verliefen ganz ordentlich.

»Wir können zufrieden sein«, stelle ich fest.

Natascha quittiert das mit einem Nicken.

»Du warst eine eiserne Geschäftsfrau, die die Interessen des Unternehmens mit Bravour vertreten konnte.« Anerkennend klopft sie auf meine Schulter. »Leo wird das gefallen.«

Meine Mundwinkel gleiten nach unten, und meine Lippen schließen sich zu einer geraden Linie.

»Nun guck nicht so. Ich meine ja nur«, sagt sie und zieht die Schultern entschuldigen hoch zu ihren Ohrläppchen.

Meine in Falten gelegte Stirn glättet sich.

»Du weißt nicht zufällig, auf welchem Kontinent unser Vorstand verweilt?« So wie die Worte meinen Mund verlassen, bereue ich sie auch wieder. Ein triumphierendes Grinsen taucht in Nataschas Miene auf.

»Das weißt du nicht?«

»Was weiß ich nicht?« Ich klinge leicht panisch.

»Er fährt doch bei diesem 24-Stunden-Rennen mit, in Le Mans«, erklärt sie.

Ungläubig stiere ich sie an.

»Was? Dieses verrückte Event, bei dem sie die ganze Nacht durchfahren und sich nur wenige Stunden dazwischen ausruhen?«, sage ich entsetzt. »Leo ist doch kein Rennfahrer.« Ungläubig schüttle ich den Kopf.

»Er ist kein Profi, nein, aber er trainiert regelmäßig und soll als Privatier in der Sportwagen Amateurklasse teilnehmen.« Wovon zur Hölle spricht sie eigentlich? Und warum höre ich davon zum ersten Mal?

»Ich hatte keine Ahnung.«

Sie kichert.

»Jeder weiß darüber Bescheid, dass unser sexy Vorstand eine besondere Leidenschaft für schnelle Sportwägen hegt.«

»Nur ich nicht«, bemerke ich.

Leo wagt sich auf eine Langstrecke, bei der es schon einige tödliche Unfälle gab. Der Gedanke gefällt mir kein bisschen. Vielleicht finden das die meisten weiblichen Damen attraktiv, draufgängerisch und ziemlich heiß, aber mich bringt es zum Erschaudern. Mein Onkel, der in Lavadon lebt, wo ich als Kind mehrere Sommer verbrachte, hat mich ein paarmal zu diesen Rennen mitgenommen. Es ist ein riesiges Spektakel. Zugegeben, als Kind war ich begeistert. Nicht nur, weil es dort einen kleinen Vergnügungspark mit Riesenrad gibt, sondern auch die Kulisse, und die lauten, schnellen Autos konnten mich begeistert. Ich kann es nicht fassen. Er hätte es mir doch wenigstens erzählen können.

Je länger ich darüber nachdenke, desto mehr Erinnerungen flammen vor meinem inneren Auge auf. Die Zuschauer bauen ganze Zelte auf, sitzen auf der Wiese, Kinder spielen inmitten des ganzen Lärms, das mitgebrachte Fleisch landet auf dem Rost, während sich das Spektakel vor ihren Augen abspielt. Zugegeben, man sieht die Autos nur für einen kurzen Moment vorbeifahren, aber ich erinnere mich noch, als wäre es gestern gewesen.

Ich kann es nicht lassen und sende Leo eine Nachricht.

Bist du nun vollkommen verrückt geworden?

Daraufhin stecke ich das Smartphone zurück in die Tasche und widme meine Aufmerksamkeit Natascha, die mich misstrauisch beäugt. »Du machst dir Sorgen.« Ihre Augen blitzen auf.

»Das tue ich.« Ich werde mich nicht weiter vor ihr verstellen. Obwohl wir in unserer Freizeit kaum miteinander zu tun haben, habe ich bei ihr ein gutes Gefühl und schenke ihr mein Vertrauen.

Seine Antwort kommt prompt.

Sorgst du dich um mich?

Ich rolle mit den Augen und tippe eine Antwort.

Du bist ein Idiot. Natürlich mache ich mir Gedanken um dich. Muss das sein?
Ja, ich habe tausende von Euros investiert. Nicht an den Start gehen ist keine Option. Du könntest mir viel Glück wünschen.
Du kannst mich mal.

Genervt stecke ich das Handy weg und will es auch so schnell nicht mehr hervorholen.

»Komm lass uns einen Tee trinken gehen.« Natascha zeigt auf ein kleines Kaffeehaus, das sich auf der gegenüberliegenden Straßenseite befindet.

»Tee mit Rum«, fordere ich.

Gegen Mittag kehren wir zurück ins Büro. Natascha macht sich umgehend an die Arbeit. Werners Abwesenheit ist spürbar. Wir haben viele Aufträge, die sich auf dem Tisch stapeln. Auch ich arbeite ununterbrochen an den neuen Konzepten. Zumindest fast immer. Zugegeben, jetzt gerade durchstöbere ich die Homepages der Airlines, um einen passenden Flug nach Le Mans zu finden.

Rasch werde ich fündig. Ein Flug, am Samstag nach Paris mit einem Anschlussflug nach Le Mans. Somit wäre ich am frühen Nachmittag auf der Rennstrecke. So zumindest der Plan. Herrgott, ich bin vollkommen wahnsinnig. In einem Anflug von Besorgnis und Hingabe zu Leo, zücke ich meine Kreditkarte und buche doch tatsächlich diesen verdammten Flug.

Mein Herz rast, als der Vorgang abgeschlossen ist. Vierhundert Euro für diesen verfluchten Hin- und Rückflug. Warum auch muss er das dämliche Rennen fahren? Und was sage ich, wenn ich dort auftauche? Komme ich überhaupt an ihn ran? Die Boxen sind doch relativ gut abgeschottet. Will ich das denn überhaupt? Gott, ich will einfach nur, dass er dieses Rennen unbeschadet übersteht. Ich schließe die Bürotür und wähle Maries Nummer. Sofort ertönt ihre fröhliche Stimme am anderen Ende.

»Marie, ich bin eine Idiotin.«

»Nicht schon wieder«, entfährt es ihr.

»Nein. Ich will … äh, ich werde Marcel nicht betrügen, aber ich muss dorthin.«

»Wohin?«, fragt sie mit sanfter Stimme.

»Leo nimmt am 24-Stunden-Langstreckenrennen von Le Mans teil. Ich habe keine ruhige Minute hier. Mein Flug geht am Samstag und am Montag werde ich wieder zurück sein.«

Sie schweigt.

»Hat er dich eingeladen?«, fragt sie schließlich, nach einer elendslangen Pause.

»Er weiß nicht, dass ich komme.«

»Was willst du Marcel sagen?«

»Keine Ahnung, dass ich übers Wochenende in Wien bleibe, weil sich die Arbeit häuft. Das wäre keinesfalls gelogen, zumindest der Teil mit der Arbeit.«

»Gut.«

»Warum sagst du mir nicht, dass ich den größten Fehler meines Lebens begehe und hierbleiben soll?«, werfe ich ihr vor.

»Sina, du bist eine erwachsene, mündige Frau. Ich werde dir nicht sagen, was du zu tun oder zu lassen hast.«

»Wenn zwischen euch was läuft, musst du es ihm früher oder später aber sagen«, fügt sie eindringlich hinzu.

»Da wird nichts laufen. Ich will nur … Ach, ich weiß auch nicht.«

»Pass auf dich auf.«

»Danke.«

Daraufhin beende ich das Telefonat und zwinge mich zu meiner Arbeit, für die ich schließlich bezahlt werde.

Als ich Stunden später den Laptop erschöpft zuklappe, stehe ich sozusagen vor einer weiteren Schwierigkeit. Davor, welche Geschichte ich Marcel auftischen soll. Die Wahrheit wäre, ihm zu offenbaren, welch ein durchgeknalltes, berechnendes, hinterhältiges, herzloses, verlogenes Miststück ich bin. Ich bebe bei dem Gedanken daran, mein Vorhaben tatsächlich in die Tat umzusetzen, also Leo nachzureisen.

Zumindest ein Problem konnte ich aus der Welt schaffen. Ich habe mir Zutritt zur Box, in der sich Leo und sein Team aufhalten werden, verschafft. Aufgrund meiner neuen Position habe ich Zugriff auf sämtliche Werbeverträge. Besser gesagt, ich soll einige davon sogar übernehmen. Jedenfalls bin ich so dahintergekommen, dass auch das Unternehmen eine großzügige Summe an das Racing Team Lawine, für das Leo an den Start geht, investiert hat. Der Rest erledigte sich quasi wie von Zauberhand, und schon hielt ich ein VIP Ticket in meinen Händen.

Dann klingelt mein Telefon. Marcel ruft an. Mein Herzschlag pocht mir bis zum Hals hinauf, und in meiner Brust ist ein qualvolles Ziehen spürbar. Mir stockt der Atem.

»Hey«, presse ich hervor.

»Na, kommst du voran?«

»Schleppend.« Ich schnaufe hörbar. Meine rechte Hand vergräbt sich in meinen Haaren.

»Übernimm dich nicht. Versuch, die Aufgaben zu delegieren«, mahnt er mit strenger Stimme, woraufhin ich mit den Augen rolle, was er zum Glück nicht sehen kann.

»Du hast deine Augen verdreht, weil du genervt von meinen Aussagen bist.« Ihm entfährt ein Lachen.

»Stimmt«, gebe ich zu und muss dabei schmunzeln.

»Weshalb ich anrufe: Ich muss morgen nach Indien, und diesmal werde ich übers Wochenende bleiben. Am Montag und Dienstag stehen einige Termine im Programm.«

Baff höre ich ihm zu.

»Dann sehen wir uns vor Mittwoch nicht?«, frage ich überrascht.

»Nein.«

»Sei nicht sauer«, fügt er nach einer Pause hinzu.

»Um ehrlich zu sein, passt mir das ganz gut.«

»Übernimm dich nicht. Wir hören uns später.«

»Bis dann.« Ich verabschiede mich und starre ungläubig auf mein Telefon.

Am späten Abend komme ich ins Hotel und durchwühle meinen Koffer. Schnell stelle ich fest, dass sich nicht genügend Klamotten für einen Wochenendtrip nach Frankreich darin befinden. Kurz ärger ich mich darüber, beruhige mich aber mit der Entscheidung, mir morgen am Flughafen noch ein paar Kleidungsstücke zu besorgen. Ich gehe davon aus, dass diese maßlos überteuert sind, aber darüber ärgere ich mich erstmal nicht. Die Kreditkartenabrechnung wird sowieso üppiger als geplant ausfallen. Da kommt es auf zwei- oder dreihundert Euro auch nicht mehr an.

Leo habe ich nichts von meinem Vorhaben erzählt. Ich weiß noch nicht, ob ich mich ihm zeigen will. Es ist gut möglich, dass ich mich einfach nur in der Nähe aufhalten werde. Beim Gedanken an das Rennen bekomme ich ein mulmiges Gefühl in der Magengegend. Ich will nicht, dass ihm etwas zustößt. Ehrlich gesagt will ich nicht mal, dass er in die Nähe eines Rennwagens kommt.

Nachdem ich meinen Trolley neu organisiert, meine Zähne geputzt habe, schnappe ich meinen Laptop und lasse mich schwungvoll aufs Bett fallen. Ich suche mir die notwendigen Adressen für die Reise zusammen. Nachdem ich damit fertig bin, beginne ich, zu recherchieren, um meine Motorsportkenntnisse aufzubessern. Schlagartig wird mir speiübel. Ich stoße auf einen Artikel, in dem ein katastrophaler Unfall vom Jahr 1955 beschrieben wird. Bei dem Unfall verloren 84 Menschen das Leben. Aufgebracht lese ich den Artikel zu Ende. Ich scrolle weiter nach unten, und als mir erneut ein

Beitrag vorgeschlagen wird, bei dem es offensichtlich um eine Karambolage geht, klappe ich den Laptop zu und stelle ihn aufs Nachtkästchen.

Schwer atmend liege ich noch eine Weile wach und wälze mich im Bett herum.

17

Der stockende Verkehr, und die Parkplatzschilder weisen darauf hin, dass wir uns dem Ziel nähern. Mein Herz flattert aus unzähligen Gründen: Ich hintergehe Marcel auf eine fiese Art und Weise; die Angst, Leo könnte etwas zustoßen; die Panik vor seiner Reaktion, wenn er mich sieht.

Der Verkehr geht schleppend voran, immer wieder halten wir, um dann wenige Sekunden darauf ein paar Meter weiterzufahren. Ungeduldig starre ich aufs Telefon. Ich hatte Marcel eine Nachricht hinterlassen und warte auf seine Antwort. Mein schlechtes Gewissen hat mich zu einer zuckersüßen Nachricht verleitet. Auch das ist hinterhältig und falsch von mir. Doch irgendwie scheine ich nicht mehr ich selbst zu sein.

Angewidert von mir selbst neige ich meinen Kopf zur Seite und starre aus dem Fenster. In Scharen laufen die Leute, bepackt mit Campingkram, an uns vorbei.

»Der Eingang ist ein paar Meter weiter vorne. Sie können hier aussteigen«, erklärt der Taxifahrer auf Englisch, mit französischem Akzent.

Wie wunderbar das klingt. Er entlockt mir ein Lächeln.

Ich bedanke mich und halte ihm einen Fünfzigeuroschein nach vorne, den er dankend an sich nimmt. Mit einem Nicken deute ich an, dass er sich das Restgeld behalten kann. Eilig schnappe ich mir meine Tasche, schultere sie und öffne die Wagentür.

Eine feuchte, frische Brise schlägt mir entgegen. Wir haben

Juni, allerdings fühlt es sich an wie ein Regentag im März. Nass, matschig und ungemütlich. So stapfe ich inmitten der Menschenmassen zum Ring. Heulende Motoren und quietschende Reifen begleiten mich. Ich kann die Rennatmosphäre förmlich riechen. Wie damals, als ich noch ein Kind war und mein Onkel mich hierher mitgeschleppt hatte.

Beim Eingang angekommen, zücke ich meine Eintrittskarte und reiche sie bereitwillig dem Sicherheitsmann. Und schon befinde ich mich auf dem großen Areal des Circuit des 24-Heures, der sich über dreizehn Kilometer erstreckt. Mein Blick richtet sich auf meine Armbanduhr. In wenigen Minuten beginnt das Rennen. Vierundzwanzig Stunden, das ist doch verrückt.

Ich gönne mir eine kurze Verschnaufpause. Auch deshalb, weil ich gar nicht weiß, wohin ich soll. Klar, ich habe noch ein Ass im Ärmel und die VIP-Tickets dabei. Aber kann ich einfach so in der Box auftauchen? Will ich Leo vor dem Start in die Arme laufen? Wie wird er reagieren? In meinem Kopf laufen die verschiedensten Szenarien ab.

Meine Recherche hat ergeben, dass er den Start übernimmt und die ersten Stunden im Auto sitzen wird. Bei dem Gedanken daran setzt mein Herz einen Schlag aus. In wenigen Minuten ist es so weit. Ich laufe an den Händlern, die T-Shirts und Souvenirs verkaufen, vorbei und bahne mir den Weg zur Rennstrecke. Ein paar Meter weiter kann ich den Ring ausmachen. Ein hoher Maschendrahtzaun und die Leitplanken versperren mir die Sicht auf die Rennstrecke. Ich nehme an Tempo zu und beginne beinahe, zu joggen, denn ich will den Start auf keinen Fall verpassen. Durch die Lautsprecher ist eine Ansage zu hören, allerdings ist mein Französisch nicht gut genug, um auch nur irgendwas zu verstehen. Solide Französischkenntnisse sind noch aus meiner Kindheit vorhanden. Aufgrund der Geräuschkulisse bin ich allerdings chancenlos.

Endlich komme ich bis ganz nach vorne zur Absperrung.

Gut, es sind nur einige Meter der Strecke einzusehen, aber damit gebe ich mich erstmal zufrieden. Nun beginnt der Regen wieder zuzunehmen, und ich schlüpfe in den Regenponcho, den ich mir am Flughafen, vollkommen überteuert, gekauft habe.

Die Stimme des Sprechers, der über die Lautsprecher zu hören ist, wird energischer. Dann geht alles Schlag auf Schlag, und der erste Wagen, gefolgt von einem zweiten, braust an mir vorbei. Ich bin überwältigt von der Stimmung, der jubelnden Autobegeisterten, die sich neben mir versammelt haben. Das Motorengeräusch und die Geschwindigkeit treiben meinen Puls in die Höhe. Mein Augenpaar hält Ausschau nach einem Aston Martin V8 Vantage mit der Nummer neunundsechzig.

Im Sekundentakt fahren die Fahrzeuge an mir vorüber. Gespannt spähe ich auf den Asphalt, als endlich der Aston Martin mit der Nummer neunundsechzig für einen Bruchteil einer Sekunde vor meinen Augen erscheint. Überwältigt von dem Gefühl, hautnah dabei zu sein, erstarre ich. Ich hoffe so sehr, dass er seine Grenzen kennt und es nicht übertreibt. Noch eine Zeit lang verfolge ich mit Herzklopfen und Hornissen im Magen das Treiben, bis ich dann schließlich den Rückzug antrete und mich aufmache.

Nicht ganz drei Stunden lang laufe ich nun schon die Promenade der Händler auf und ab. Mein Gemütszustand schwankt von totaler Verzweiflung zu ohnmächtiger Besorgnis. Das hier fühlt sich schlichtweg nicht gut an.

Es gab zwei Unfälle. Schockminuten, bis ich herausfand, welche Wagen daran beteiligt waren und welche nicht. Ein auf und ab meiner Emotionen. Nachdem Leo unbeschadet an den verunfallten Fahrzeugen vorbeifuhr, wollte ich die ganze Welt umarmen. Keine zehn Minuten später kam es zur nächsten Kollision, und die grässliche Aufregung kam zurück. Eines wurde mir bei diesem Schrecken klar: Ich will in Leos Augen sehen, sobald er aus diesem Gefährt steigt. Die Box konnte ich von der Tribüne aus ausfindig machen. Meine Erkundung ergab, dass die Fahrerwechsel meist alle drei Stunden stattfinden. Deshalb mache ich mich langsam auf.

Die Beschilderung ist übersichtlich, und es gelingt mir auf Anhieb, in die Boxenstraße zu gelangen. Ich passiere eine Absperrung, an der ein Mann steht, der meinen Zutrittspass fordert. Ich halte ihm meinen VIP-Pass vor die Nase und werde mit einem Nicken weitergewinkt. Bebend stiere ich in Richtung der Boxen. Einen Moment werde ich von meinem vibrierenden Telefon, das ich durch die Tasche hindurch spüre, abgelenkt. Ich fingere das Telefon hervor und lese Marcels Mitteilung.

Ich bin gut angekommen. Leider schlechten Empfang. Ich melde mich morgen, wenn ich in der Stadt bin. Küsschen

Einerseits erleichtert es mich, ihm heute nichts mehr vorlügen zu müssen, andererseits verschlägt es mich zurück in die Realität meines Lebens und erinnert mich daran, welch hinterhältiges Biest ich bin. Ich schnaube vor Verachtung, die ich mir selbst zuzuschreiben habe. Das monotone Motorengeräusch oder die Tatsache, dass ich mich nur ein paar Schritte vor meinem Ziel befinde, löst ein Schwindelgefühl in mir aus. Vielleicht ist es auch ein Zusammenspiel aus beidem.

Ich nehme all meinen Mut zusammen, ohne zu wissen, was geschehen wird oder auf wen ich gleich treffen werde und gehe souveränen Schrittes durch die offenstehende Tür hindurch. Als Erstes stechen mir die ganzen Ersatzteile, Anbauteile für die Karosserie und die Reifen, ins Auge. Erleichtert darüber, nicht gleich auf einen Unbekannten zu treffen, der mich umgehend von hier verweist, atme ich auf. Denn in Wirklichkeit habe ich hier einfach nichts zu suchen.

»Sina?«, höre ich eine ungläubig klingende Männerstimme hinter mir rufen.

Ich erschrecke und fahre herum. Erstaunt beäugt er mich.

»Oh Gott, was machst du hier?«

Ich stocke. Ich kann nicht anders, laufe auf ihn zu und schließe ihn in meine Arme. Werner steht im ersten Moment etwas unbeholfen da, bis er dann schließlich meine Umarmung erwidert.

»Schön, dich zu sehen.« Ich schluchze an seiner Schulter.

In dieser Position verharren wir eine Weile. Zaghaft löse ich mich von ihm und beäuge ihn eindringlich.

»Es geht … Die erste Therapie ist abgeschlossen und hat gut angeschlagen«, erklärt er, als hätte ich ihm die Frage bereits gestellt.

»Ich freue mich, dich zu sehen, und über diese Neuigkeiten.« Er schenkt mir ein halbes Lächeln.

»Was hast du hier zu suchen?« Er lässt nicht locker.

Verlegen sehe ich zu Boden.

»Also stimmen die Gerüchte.«

Weiterhin stiere ich schuldvoll zu Boden.

»Leo wird gleich in der Box sein. Komm.«

Er schiebt mich vor sich her, vorbei an den Ersatzteilen, bis wir in einen Raum kommen, in dem sich Computer, Werkzeuge und ein ganzes Team von Mechanikern und sonstigen Leuten, die mit Kopfhörern und in Rennanzügen herumlaufen, befinden.

»Ich sollte nicht hier sein«, flüstere ich mit einem Kloß im Hals.

»Nun bist du es eben.« Er macht ein freundliches Gesicht.

Unsicher verharre ich an seiner Seite.

»Leute, hört zu. Das hier ist Sina. Sie ist eine Kollegin. Gebt ihr einen Kopfhörer und lasst sie auch mal auf den Bildschirm gucken«, ruft er lautstark.

Drei Männer wenden sich mir zu, heben flüchtig die Hand und konzentrieren sich dann wieder auf den Monitor. Die anderen dürften Werners Ansage nicht gehört haben, immerhin tragen sie diese überdimensional großen Kopfhörer.

»Vielleicht sollte ich gehen.«

Werners Augenbrauen wandern gefährlich nahe an seinen

Haaransatz. »Womit haben wir Männer euch Frauen verdient.« Die Ironie in seiner Stimme ist unüberhörbar.

Noch bevor ich zur Gegenwehr ansetzen kann, wird es im Nu hektisch. Die Mechaniker sprinten, mit einem Kotflügel im Schlepptau, nach draußen. Werner folgt ihnen. Ich beobachte, wie er einem Mann im Rennoverall auf die Schulter klopft. Sie unterhalten sich kurz, ehe sie vollkommen aus meinem Blickfeld verschwinden.

Wie ein begossener Pudel stehe ich inmitten dieser Betongarage. Das Brummen des Motors hallt durch die stahlharten Mauern. Ich linse nach draußen, kann allerdings nicht sonderlich viel erkennen. Adrenalin schießt durch meine Adern, als ein in einen weißen Rennoverall gekleideter und mit einem roten Helm ausgerüsteter Mann die Box betritt. Ich verharre in dieser Position und kann meine Augen nicht von ihm abwenden. Das Visier des Helmes ist nach unten geklappt und außerdem verspiegelt. Breitschultrig steht er regungslos vor mir.

Wie in Zeitlupe greift er mit beiden Händen an die Seiten des Helmes und zieht ihn nach oben. Nach und nach erscheint seine ausdruckslose Miene. Bedächtig fährt er sich mit seiner freien Hand durchs Haar, was unbeschreiblich sexy aussieht. Kurz kommt seine Hand zum Liegen, ehe er sie nach unten purzeln lässt. Wie gerne würde ich mich in Staub auflösen.

»Komm mit«, sagt er mit rauer Stimme und läuft an mir vorbei.

»Und wenn ich das nicht will?« Ich blicke ihm hinterher.

Abrupt hält er inne, dreht sich zu mir herum und funkelt mich an. »Komm jetzt.«

Wortlos marschiere ich hinter ihm her. Wir laufen an zahlreichen Wohnmobilen vorbei, bis er an einem grauen Mobilheim anhält und die Tür öffnet. Er lässt mir den Vortritt. Wieder zögere ich, was er mit einem genervten Schnauben quittiert. Schließlich gebe ich viel zu schnell nach und stapfe hinein. Ich höre, wie er die Tür hinter sich zuzieht, zum Kühlschrank geht und zwei Wasserflaschen herausfischt. Eilig öffnet er eine davon, setzt sie an seine Lippen und trinkt sie mit einem Zug leer. Gleich darauf öffnet er die zweite, die er allerdings nur bis zur Hälfte austrinkt. Währenddessen bin ich eine Gefangene seiner Augen.

»Also?«

»Ich hatte eine Todesangst um dich …«, sprudelt es aus mir heraus, ehe ich abbreche, weil ich mehr preisgebe, als ich will.

Sein Unterkiefer spannt sich an. »Sina, mir wird nichts geschehen.« Sein Ausdruck wird milder.

»Ich weiß, aber ich konnte nicht anders.« Ich mache eine kurze Pause, ehe ich fortfahre. »Was jetzt nicht bedeuten soll, dass du über mich herfallen kannst, wie über deine Sekretärinnen im Büro. Ich bin als Freundin hier, mit äußerst platonischen Absichten.«

Seine Mundwinkel zucken. »Mit äußerst platonischen Absichten«, wiederholt er mit einem schiefen Grinsen.

»Leo!«, stoße ich warnend hervor.

Unschuldig hebt er seine Hände. »Willst du bleiben?«

Unschlüssig blicke ich in seine herrlich glühenden Augen und bringe keine Silbe hervor.

»Ich muss mich ausruhen und will später noch in die Box, um zu sehen, wie's läuft. Davor brauch' ich noch eine Dusche.« Er lächelt und geht in den hinteren Teil des Wohnmobiles.

Bevor er im Badezimmer verschwindet, wendet er sich mir zu. »Schön dich zu sehen.« Er lächelt, und es ist ein aufrichtiges Lächeln.

Ein weißes Handtuch, das er um seine Hüften geschlungen hat, verwehrt mir die Sicht auf seinen vollkommen nackten Körper. Meine Kehle fühlt sich seltsam trocken an, und ich habe das Gefühl, nicht genügend Sauerstoff aufnehmen zu können. Mit einem zusätzlichen Handtuch, das er zwischen seinen Fingern hält, trocknet er sein nasses Haar. Sein sehniger, trainierter Körper lässt meine Wangen erröten. Mein Blick wandert von seiner definierten Brust abwärts, über seine Bauchmuskeln, und bleibt an seinem Unterbauch hängen. An der Stelle hängt das Handtuch einfach zu tief. Unaufhörlich starre ich auf seine appetitliche Leistengegend.

»Der Sabber läuft dir aus den Mundwinkeln.«

»Nicht wahr. Halt die Klappe«, blaffe ich, schaffe es jedoch immer noch nicht, meine Augenpaare abzuwenden.

»Wie der Bernhardiner meiner Großmutter.«

Endlich kann ich mich loseisen. »Herrgott Leo! Ich gehe wieder zu Werner.« Gerade, als ich die erste Stufe der Treppe besteigen will, fühle ich seine Anwesenheit dicht hinter mir.

»Wir sehen uns nachher noch?« Ein bittender Unterton schwingt in seiner Stimme mit.

»Mein Flug geht erst morgen«, antworte ich überraschend barsch.

»Komm, lass uns ein Stück laufen«, fordert mich Werner auf, als ich die Box betrete. Meine Verlegenheit, weil ich nicht hier sein sollte, ist unübersehbar. Ich schäme mich dafür, dass Werner hinter mein kleines Geheimnis gekommen ist.

»Ich werde dir keine Vorwürfe machen, Sina. Hör dir erstmal meine Geschichte an.«

Zuerst laufen wir ein Stück schweigsam nebeneinanderher. Möglicherweise auch, weil wir von dem Treiben hier draußen abgelenkt werden. Wir marschieren weg von den zahlreichen Leuten, weiter entlang der Rennstrecke, über die Wiese, bis nur noch wenige Menschen und Zelte zu sehen sind.

»Seit wann läuft das zwischen euch?«, unterbricht er die Stille.

Ich schaue weiterhin nach vorne. Ich seufze einmal lautstark, als ich antworte: »Da läuft nicht wirklich was. Also ich meine … da war eine Kleinigkeit, aber nicht mehr. Jedenfalls soll und wird da nichts mehr laufen«, stottere ich.

Mit hochgezogenen Augenbrauen kräuselt er die Nase. »Ich fürchte, da liegst du falsch«, erklärt er unverblümt und beginnt, zu erzählen.

Oft muss ich ein Kichern unterdrücken. Werner erzählt mit einem besonderen Charme, der eine andere Seite an ihm zum Vorschein bringt. Werner, der frivole Bad Boy. Er berichtet, dass er schon als Teenager nichts anbrennen ließ und auch nicht sonderlich viel von Treue hielt. Er hatte seinen Vater, der ein Gläschen zu viel getrunken hatte, bei einem Gespräch mit einem sogenannten Saufkumpel belauscht. Die Essenz dieser Unterhaltung war: »Eine Frau ist keine Seife, sie wird nicht weniger.« Schließlich gibt Werner zu, dass er eine ganze Zeit dieser Ansicht war. Erst vor wenigen Jahren hat sich das Blatt gewendet. Er zeigt sich erstaunlich offenherzig, immerhin sind wir Kollegen und kennen uns erst wenige Monate. Werner versucht, mir seinen Standpunkt näherzubringen. Er meint, dass die körperliche Anziehung nicht zwingend was mit Liebe oder Verliebtheit zu tun hat. Dahinter stecke lediglich der sexuelle Reiz nach dem Unbekannten. Wir diskutieren dieses Thema zu Tode.

»Was ich dir damit sagen will: Ich hätte meine Frau um ein Haar verloren, weil sie wieder einmal hinter eine Affäre kam. Eine Welt wäre für mich zusammengebrochen, wenn sie mich damals verlassen hätte. Ich liebe sie, sie ist eine starke Frau. Mein Lebensmensch. Ohne sie würde ich die Krankheit meiner Tochter keine Sekunde ertragen. Werde dir darüber im Klaren, wie wichtig dir deine Ehe ist und handle fair.«

Ich blinzle mir eine Träne aus dem Auge. Werner hält abrupt an und greift nach meiner Hand. Er wiegt sie leicht hin und her.

»Denk darüber nach«, sagt er mit eindringlicher Miene.

»Ich weiß nicht, was mit mir los ist.« Ich breche in Tränen aus.

Kurz steht er, überfordert von meinem Gefühlsausbruch, mit hängenden Armen vor mir. Schnell fasse ich mich wieder, als er schon zu einer Umarmung ansetzen will. Was bin ich eigentlich für eine dämliche Kuh. Werner hat ganz andere Sorgen, als diesen aufgeblasenen Herzschmerz.

»Es lenkt ab, wenn man sich mit anderen Dingen auseinandersetzt. Zumindest kurz.« Er lächelt schwach, als könnte er meine Gedanken lesen.

Mit meiner flachen Hand klopfe ich ihm auf das linke Schulterblatt, so wie es vermutlich ein Kumpel tun würde. Ich kann mich nicht überwinden, ihn zu umarmen. Nicht, weil ich es nicht wollte, sondern weil ich das Gefühl habe, dass er diese körperliche Nähe schwer erträgt. Schließlich setzen wir unseren Gang fort und schlendern tonlos nebeneinanderher. Es tut gut, nichts sagen zu müssen.

Als wir zwei Stunden später zurück in den Rennstall kommen, empfängt uns Leo mit einem skeptischen Gesichtsausdruck. Ich muss ein Schmunzeln unterdrücken. Leo Winter sieht doch ziemlich neugierig aus.

»Wir sind auf dem 2. Rang«, erklärt er schließlich.

Werner klatscht vor Freude in die Hände. Mir entfährt ein schrilles Kichern, was mir umgehend strafende Blicke einbringt.

»Willst du uns was mitteilen?« Leo sieht mich fragend an.

Sofort rudere ich zurück. »Sorry, war nicht so gemeint. Ihr wirkt nur wie … äh, wie kleine Jungs, die mit einer Carrera Bahn spielen.«

Ein tiefes Brummen und verachtendes Schnauben hallt mir entgegen.

»Ich versohl' dir deinen Hintern, wenn du dich noch mal über mich lustig machst«, haucht Leo beim Vorbeigehen in mein Ohr. Seine Mundwinkel zucken.

Mit offenem Mund starre ich ihm hinterher. Doch es wird noch peinlicher. Nun laufe ich ihm nach und halte ihn an seinem Oberarm zurück, woraufhin er sich zu mir umdreht.

»Das funktioniert vielleicht bei Millionen von Frauen, die ein fades Sexualleben haben oder auf der Suche nach Christian Grey sind. Bei mir, mein Lieber, kannst du dir solche Sprüche sparen«, warnend hantiere ich mit dem Zeigefinger vor seiner Nase herum.

Ich meine es todernst. Ihn jedoch scheint das köstlich zu amüsieren.

Wenig später ziehe ich mich zurück und gönne mir eine Auszeit. Ich lasse mich in den Sessel gleiten, der im hinteren Bereich bei den Ersatzteilen platziert ist. Ruhig schließe ich meine Lider. Die letzten Tage waren anstrengend, besonders die letzte Nacht. Ich gönne mir ein wenig Ruhe –nach den emotionalen Strapazen der letzten Tage.

Motorengeräusche und die fürchterliche Kälte, die mir an den Beinen hochsteigt, lassen mich aus meiner Rast erwachen. Widerwillig schlage ich meine Augen auf.

Tatsächlich, das war kein Traum, sondern ich bin wahrhaftig hier in Le Mans. Wieder fröstelt es mich. Ich gucke an mir hinab und stelle fest, dass mir jemand eine Decke übergeworfen hat. Ich kauere im Sessel, vollkommen bekleidet, sogar meine Jacke ist bis obenhin zugezogen. Trotzdem beutelt es mich wieder. Es ist ungemütlich, die Luft ist feucht und schlichtweg zu kalt. Ich werfe die Decke zurück, strecke meine Glieder, um mich dann schwungvoll zu erheben. Schleichend spähe ich nach vorne, dorthin, wo die Monitore aufgebaut sind, in der Hoffnung, Werner oder Leo zu entdecken. Erst beim genaueren Hinsehen bleibt mein Blick an Werner hängen. Das Gespräch von vorhin schießt mir sofort durch den Kopf. Werner hat mir eine kluge Sicht der Dinge vorgezeigt. Ich muss mich entscheiden, so kann es jedenfalls nicht weitergehen.

»Ausgeschlafen«, höre ich eine bekannte Stimme hinter mir flüstern.

Ruckartig, als hätte mich jemand bei etwas Verbotenem ertappt, fahre ich zu ihm herum. Ein strahlendes Augenpaar sieht mich an. In seinem engen Rennoverall sieht er einfach zu heiß aus für diese Welt. Stoßend atme ich aus.

»Der Helm.« Als brächte ich keinen vollständigen Satz hervor, deute ich mit meiner Hand auf seinen Helm, der in seiner Hand baumelt.

Sein Mund verzieht sich zu einem breiten Grinsen. »Ein Helm, Sina.«

Lässig schwingt er ihn nach oben, legt seine zweite Hand darauf und zieht ihn sich lässig über den Kopf.

»Du … du fährst schon wieder?« Meine Augen weiten sich zu einer unglaublichen Größe.

Daraufhin zwinkert er mir zu und klappt das Visier nach unten. Überrascht starre ich ihm hinterher, als er am Absatz kehrtmacht und mich ohne ein weiteres Wort zurücklässt.

Nachdem Leo wieder in diesen verfluchten Aston Martin gestiegen ist, habe ich mir erstmal was zu essen besorgt. Mein Magen knurrt neuerdings ununterbrochen. Mit einem Baguette, belegt mit leckerem französischen Käse, geselle ich mich zu Werner.

»Das riecht ja phantastisch«, bemerkt er ironisch.

Demonstrativ beiße ich genussvoll von der Köstlichkeit ab und mache übertrieben laute Kaugeräusche. Er boxt mir mit seiner Faust leicht gegen meinen Oberarm und konzentriert sich dann weiter auf den Monitor. Neugierig versuche auch ich, das Rennen über diesen Bildschirm zu verfolgen.

»Wie sieht's mit Leo aus?«

»Oh, halt dieses stinkende Ding von mir weg.« Sein Zeigefinger deutet auf mein gefülltes Weizengebäck.

»Er hat Bremsprobleme, kommt dann gleich in die Box, damit die Mechaniker nachsehen können«, erklärt er schließlich, ohne ein weiteres Statement zum Käse. »Hier, hör mal.« Werner hält mir seine Kopfhörer ans Ohr, so dass ich Leo hören kann.

Und wie ich ihn höre. Ein Schimpfwort jagt das andere. Kopfschüttelnd und augenrollend bedeute ich ihm, dass ich genug davon habe. Werner schmunzelt und setzt sich die Dinger wieder auf sein Haupt. Plötzlich schlägt sich Werner seine Hand gegen die Stirn und tiefe Schreilaute dröhnen durch die Box. Sofort ist mir klar, dass irgendwas nicht stimmt. Meine Augenpaare fahren zwischen den Technikern und Werner umher. Egal, wohin ich blicke, ich sehe verzerrte, betroffene Gesichter. Nun bleibt mir ein Brotstück im Rachen stecken und eine Höllenhitze schlängelt sich durch meine Bahnen. Beim Blick auf den Monitor bekomme ich Gewissheit. Leos Wagen hat sich um 180 Grad gedreht und liegt mit dem Dach auf dem Boden. Wortlos starren wir weiterhin auf den Bildschirm. Mein Herz hört auf zu hämmern, meine Muskeln geben nach, und das Baguette landet auf dem Boden. Im nächsten Moment fährt ein Rettungsdienst zum verunfallten Wagen. Noch immer ist keine Bewegung aus dem Wageninneren wahrzunehmen. Die Männer sprinten aus dem Rettungswagen und eilen zum verunfallten Fahrzeug. Meine Hände krallen sich an Werners Oberarm fest, somit verhindere ich, dass ich augenblicklich umkippe.

Das Szenario spielt sich in Zeitlupe ab. Warum dauert das so lange? Ich zittere und schicke Stoßgebete in den Himmel. Erst jetzt sind die Männer beim Wagen und reißen die Fahrertür auf. Ein Helfer verschwindet im Wageninneren, der zweite Sanitäter bleibt neben der geöffneten Tür stehen. Es ist mucksmäuschenstill hier drinnen, jeder einzelne, der hier anwesend ist, bangt um Leos leben.

Noch immer tut sich nichts am Bildschirm. Diese Totenstille, das alles hier ist nicht zu ertragen. Auch Werner vergräbt weiterhin seine Hand in seinen Haaren und stiert erschüttert vor sich hin. Dann endlich rührt sich jemand. Der Mann, der vorhin im Fahrzeug verschwunden ist, tritt schrittweise vom Wagen zurück. Seine Arme sind mit Leos, der bewusstlos mit seinem Kopf am Bauch des Helfers lehnt, verhakt. Behutsam und mit Bedacht zieht er ihn langsam heraus. Ein Stechen im Brustraum, das Gefühl nichts mehr unter Kontrolle zu haben, brennt in meinem Inneren. Eilend stoßen weitere Sanitäter dazu. An den zischenden Motoren draußen erahne ich, dass das Rennen, ohne Unterbrechung, fortgesetzt wird. Unvorstellbar. Hier ringt ein Mann um sein Leben und sie stoppen nicht mal das Rennen?

Die Situation manövriert mich in einen Ausnahmezustand. Meine Atmung, meine Motorik, nichts lässt sich steuern. Ich möchte nicht weiter hier abwartend rumstehen und hoffen, dass Leo sein Bewusstsein zurückerlangt und unversehrt aufwacht. Ich möchte verdammt noch mal an seiner Seite sein, seine verfluchte Hand halten und ihn bitten hierzubleiben. Unentwegt stiere ich auf den Monitor und schüttle geistesabwesend den Kopf. Die anderen Helfer sind nun bei Leo angekommen, hieven ihn auf eine Trage und schieben ihn in den Rettungswagen. Nun geht alles blitzschnell und der Van fährt mit brausendem Tempo ab.

Mit tränengefüllten Augen blinzle ich in die Runde, in der Hoffnung, einen brauchbaren Hinweis zu erlangen. Eine Information, die mir vorenthalten wird. Ein verfluchtes Lebenszeichen von Leo. Allerdings erwidern ausschließlich ängstliche, verunsicherte, traurige Augenpaare meinen Blick. »Wohin wird er gebracht?«, frage ich mit krächzender Stimme.

»Ins Centre Hospitalier.« Werner bemüht sich, sich nichts anmerken zu lassen und souverän zu klingen.

Im selben Augenblick sacke ich vor ihm zusammen. Ich falle auf meine Knie und flehe ihn an, mich dorthin zu bringen. Meine Hände hängen an seiner Jeanshose, wie bei einem Kleinkind während eines Trotzanfalles.

»Herrgott, bitte, bring mich dorthin«, jammere ich schluchzend.

Er packt meinen Oberarm, zieht mich hoch und zerrt mich nach draußen. Mein Gang automatisiert sich, ich setze ein Bein vors andere und folge Werners schnellen Schritten.

Mittlerweile warten wir geschlagene drei Stunden auf Informationen. Am Boden kauernd hocke ich im Warteraum. Ich gebe mir keine Mühe, meine Gefühle vor Werner zurückzuhalten. Selbst vor Marcel könnte ich sie in dieser Situation nicht verbergen. Werner versucht, telefonisch an Neuigkeiten zu gelangen, allerdings bleiben seine Bemühungen erfolglos.

»Trink.« Werner hält mir eine Coke entgegen, die ich kopfschüttelnd ablehne.

»Du solltest was trinken, Liebes.« Ihre sanften Töne umhüllen mich.

Schleppend richte ich mich auf und versuche einzuordnen, wem diese beruhigende Stimme gehört. Natürlich, Leos Mutter. Ihre warmen, dunkelbraunen Augen schenken mir Trost und geben mir die notwendige Kraft, um mich ein wenig zu beruhigen.

»Es wird alles gut, Sina.« Sie lächelt schwach.

»Wirklich?«, frage ich sie und die pure Verzweiflung schwingt darin mit.

Sie nickt, legt ihre Hand an meinen Oberarm und streicht beruhigend rauf und runter.

»Mutter.« Eine tiefe, männliche Stimme lässt sie herumfahren.

Sie gibt sich der Emotion hin, kehrt mir den Rücken zu und schließt ihren Sohn in die Arme. Leo verstärkt ihre Umarmung und gibt ihr, was sie in diesem Moment am dringendsten braucht, seine Nähe.

Ungläubig und vollkommen sprachlos beobachte ich die zwei. Auch Werner steht mit offenem Mund dicht an meiner Seite gedrängt. Eilig wische ich mir die Tränen von den Wangen, was aufgrund des Gemisches aus Tränen und Mascara alles verschlimmert. Ich muss fürchterlich aussehen. Schwerfällig trennen sich Mutter und Sohn und halten für eine weitere Sekunde inne. Ein Strahlen umspielt Leos Mundwinkel, welches ausschließlich seiner Mutter gilt. Ich kann meine Augen nicht von ihnen abwenden. Zaghaft löst sich der angestaute Druck auf und mir wird klar, dass Leo den Unfall, offensichtlich unbeschadet, überstanden hat.

Nun wendet er sich von ihr ab und richtet seine Aufmerksamkeit auf mich. Ich bin eine Gefangene seiner Aura. Mein Herz setzt für ein paar Schläge aus und seine Lippen verziehen sich zu einem breiten, aufrichtigen Lächeln. Er macht einen beachtlichen Schritt auf mich zu. Ich spüre die kalte Wand in meinem Rücken und stemme mich noch weiter nach hinten, um den für mich notwendigen Abstand zu wahren. Dann springt Werner auf ihn zu und klopft ihm erleichtert auf die Schulter. Auch seine Gesichtsmuskeln entspannen sich, nach Stunden der Ungewissheit, wieder.

»Mann, du hast keine Ahnung wie sehr ich mich freue dich zu sehen.«

Leo nickt, hält aber sein Augenpaar unaufhörlich auf mich gerichtet. Dann Leos Vater, der ihn kumpelhaft in seine Arme schließt. Ununterbrochen fixieren wir einander. Mein Herz musste noch nie zuvor solche Turbulenzen überstehen.

Nachdem er sich aus der letzten Umarmung befreit hat, steht er plötzlich dicht vor mir, so dass ich seinen warmen Atem in meinem Gesicht spüre. Unentschieden darüber, ob ich aus dem Krankenhaus rennen oder ihn in meine Arme schließen soll, verharre ich in meiner Steife. Neugierige Augenpaare beobachten uns. Doch Leo lässt sich davon nicht beirren und bleibt weiterhin vor mir stehen. Sorgsam wandert seine Hand in meinen Nacken, mit einem leichten Druck führt sie mich an seine Lippen heran.

»Nicht«, hauche ich ihm entgegen.

Sanft lösen sich seine Finger. Verwirrung spiegelt sich in seinem Anblick wieder. Ich blinzle mich aus seinem Bann und erlange meine Stimme zurück.

»Ich bin froh, dass du am Leben bist«, erkläre ich nüchtern und entgleite der Gefahrenzone mit einem seitlichen Schritt.

Nach nur kurzer Zeit ist die unbehagliche Stimmung vorüber, und Leo wird mit Fragen gelöchert. Ich bin nicht imstande, zuzuhören, höre lediglich, dass Leo eine Nacht im Krankenhaus zur Überwachung hätte bleiben sollen, das Krankenhaus trotz Anraten der Ärzte allerdings verlassen hat. Die Tatsache, dass er seine Gesundheit missachtet, macht mich zornig.

»Du bist ein Idiot«, fahre ich ihn mit bebender Stimme an und sprinte nach draußen, um schnellstmöglich ein Taxi zu bekommen und das hier hinter mir zu lassen.

Draußen angekommen, laufe ich zum erstbesten Wagen. Als ich die hintere Türe aufreiße und zum Sprung ansetze, legt sich eine Hand auf mein Schlüsselbein. Es ist nicht Leos Hand, sie ist viel geschmeidiger als seine. Während ich noch überlege, mich der Hand zu entreißen, höre ich ihre vertraute Stimme, und ich wende mich ihr zu.

»Du liebst ihn, nicht wahr?«

Ich schlucke schwer und eine weitere Träne kullert meine Wange hinab.

»Ich bin verheiratet.«

»Liebes, das war nicht die Antwort auf meine Frage.«

Mit aller Kraft bemühe ich mich, ein Schluchzen zu unterdrücken.

»Leo ist kein Mann, mit dem man bis an sein Lebensende

glücklich sein kann«, erwidere ich, löse mich aus der Berührung, schließe die Tür und gebe dem Fahrer ein Zeichen. Augenblicklich tritt der Fahrer aufs Gas.

18

Mein dramatischer Wochenendtrip nach Frankreich liegt bereits drei Wochen zurück. Ich konnte den Unfall und meine Gefühle für Leo ins hinterste Eck meines Herzens rücken. Auch seitens Leo kam der Vorfall nicht mehr zur Sprache und zu meiner Erleichterung hat er mich auch nicht gedrängt, ihm mein spontanes Auftauchen in Le Mans zu erklären. Wir sind da, wo wir uns bereits befanden und auch hingehören. Auf einer beständigen emotionalen Ebene. Er ist mein Boss, und so haben wir uns die letzten Tage auch verhalten. Da ich aufgrund Werners Freistellung mit Arbeit eingedeckt bin, hatte ich kaum Freizeit, um mich mit Marie zu verabreden. Deshalb freue ich mich auf unser gemeinsames Frühstück heute. Freuen ist eine Untertreibung, ich bin deswegen schon den ganzen Morgen hibbelig im Haus herumgesprungen. Ich brauche meine Freundin, sie bringt die Farbe in mein Leben.

Ich strahle wie ein Honigkuchenpferd, als ich die Bäckerei betrete. Es duftet himmlisch, ein warmer, süßer Buttergeruch schwebt durch den Raum. Ich nehme einen tiefen Atemzug, schließe kurz die Augen und genieße diese herrliche Süße. Vorbei an den Leckereien, mache ich mich auf in Richtung der Tische. Ich muss mich nicht lange umsehen, schon entdecke ich meine Freundin, an einem der Rundtische wartend.

Als sie mich entdeckt, fährt sie hoch, um mich zu begrüßen. Kurz halte ich inne, denn irgendetwas an ihr gefällt mir nicht.

»Ist alles okay?«, frage ich sie, während wir uns drücken und uns ein Küsschen geben.

»Ja.«

Meine Stirn legt sich in Falten.

»Sicher? Du wirkst angespannt«, bohre ich besorgt nach.

»Es geht mir gut, mein Nacken bereitet mir Schmerzen. Vermutlich ist es das.« Sie tut das Ganze mit einer Handbewegung ab.

Misstrauisch beäuge ich sie. Schließlich werde ich von der Bedienung unterbrochen, die unsere Bestellungen aufnimmt.

Die Anspannung von vorhin verfliegt langsam.

»Bist du mir böse wegen Leo? Ich schwöre dir, da läuft nichts.«

Sie schenkt mir ein Lächeln. »Sina, das geht mich ohnehin nichts an.«

Erleichtert atme ich aus. »Gut. Und glaubst du mir auch?«

»Ja.« Sie legt ihre Daumen in meine Handfläche und umschließt mit den restlichen Fingern meine Außenseite.

»Ich will trotzdem von der Reise hören. Jedes noch so kleine Detail«, fiepst sie neugierig.

Ihre Tonlage bringt mich zum Kichern. Nachdem ich mich wieder beruhigen konnte, beginne ich mit dem Reisebericht. Ich hatte ihr bereits von Leos Unfall erzählt, allerdings nicht sonderlich ausführlich. Außerdem berichte ich vom Flug nach Frankreich, vom Gespräch mit Werner, von Werners Tochter und von meiner verfrühten Abreise. Mit geweiteten Augen lauscht sie meiner Schilderung.

»Du bist dann einfach zurück? Zuerst fährst du ihm hinterher und dann lässt du ihn, nach dem einschneidenden Erlebnis, einfach so dort?«

Ich muss schmunzeln. »Ich habe mich für Marcel entschieden und das ist gut so. Ich liebe Marcel, er ist der Mann meines Lebens. Leo hat mir nur ein kleines bisschen den Kopf verdreht. Das ist alles.«

Kopfschüttelnd starrt sie mich an.

»Glaub mir«, beharre ich.

»Du kannst dich vielleicht selbst belügen, aber Sina, du liebst diesen Kerl. Ich, als deine Freundin, flehe dich an, klär es, bevor es zu spät ist.« Ihr Ton klingt barsch.

Meine Stirn legt sich in Falten. »Lass uns das Thema wechseln«, schlage ich friedvoll vor. Innerlich koche ich vor Wut. Was erlaubt sich Marie eigentlich? Oder hat sie womöglich recht?

Zu meiner Erleichterung geht sie auf meinen Vorschlag ein und erzählt von den letzten Wochen. Sie schwärmt von den neuesten Modellen und zeigt mir einige Fotos auf ihrem Handy. Sie hat wirklich Geschmack, und ein Händchen für Mode. Dieses Jahr darf sie zwei Prominente für den Opernball einkleiden. Sie strahlt und es tut gut, meine Freundin glücklich zu erleben. Wir kommen erst gar nicht wieder aufs leidige Männerthema. Wie sehr nur wünsche ich mir einen charmanten, liebevollen Mann an ihre Seite.

Nach dem Frühstück sind wir noch lange an der Promenade spaziert. Welch ein Glück, an so einem traumhaften Ort zu leben. Das wurde mir heute einmal mehr bewusst, als ich auf die Weite des Sees hinaussah und die erfrischende Luft in mir einzog.

»Ironman oder Thor?« Marcel lässt die DVD-Hüllen abwechselnd in die Höhe hüpfen.

»Was für eine blöde Frage«, gackere ich.

Augenrollend legt Marcel den Film in den Blue-Ray Player ein. Zufrieden kuschle ich mich mit einer Schüssel Popcorn auf die Couch. Marcel bringt das elektronische Gerät zum Laufen und tut es mir gleich. Als endlich Chris Hemsworth am Bildschirm auftaucht, entfährt mir ein lautstarker Seufzer.

»Kannst du wenigstens so tun, als würdest du ihn nicht dermaßen sexy finden?« Spielerisch verpasst er mir einen Hieb gegen meine Rippen.

»Äh, er ist nicht mein Typ?«, grunze ich.

Marcel straft mich mit einem eisernen Ausdruck, was ihm allerdings nicht gelingt, denn er kann einfach nicht den harten Kerl mimen. Er ist nicht hart, er ist der liebevollste Mann auf Erden. Er rächt sich und kitzelt mich an den Seiten. Ich gluckse vor mich her, doch das interessiert ihn ganz offensichtlich nicht. Erst als mir vor Lachen die Tränen in die Augen steigen, lässt er von mir ab. Sein Blick ruht liebevoll auf mir.

»Wir können richtig Spaß haben.«

»Hatten wir schon immer«, bringe ich atemlos hervor.

»Wir sind uns immer einig.«

»Ich weiß«, stimme ich ihm zu und schenke ihm ein halbes Lächeln.

Gestern sahen wir uns noch einen weiteren Film an, und weil Hugh Jackman keine Glücksgefühle in mir hervorruft, blieb mir ein weiterer Kitzelangriff erspart. Wir gingen erst kurz nach Mitternacht schlafen, weshalb ich mich abgeschlagen und matt fühle. Es ist gut, dass ich nicht mit meinem Wagen nach Wien fahren muss, sondern mich in einem Airbus 319 in Richtung Köln befinde und so noch etwas zur Ruhe kommen kann.

Dankend nehme ich den Kaffee, den mir die Flugbegleiterin anbietet, an. Ich schütte zwei dieser kleinen Sahnedöschen in den Pappbecher und rühre noch etwas Zucker darunter. Der Kaffee an Bord schmeckt grauslich, aber verzichten will ich nicht darauf, immerhin könnte mir etwas Koffein den nötigen Kick verschaffen.

Als wir die Reiseflughöhe verlassen und uns auf den Landeanflug vorbereiten, wird mir mulmig zumute. Zuvor hatte ich mir wegen der Geschäftsreise mit Leo keine Gedanken gemacht, weil ich mich auf mein Leben, das Leben mit

Marcel, gestürzt habe. Nun breitet sich doch eine sonderbare Unruhe aus, immerhin werden wir zwei volle Tage miteinander verbringen. Die Meetings, die Verhandlungen und die gemeinsamen Dinner. Während ich aus dem Fenster auf die Stadt hinunterblicke, schüttle ich den Kopf, als würde ich mit jemandem sprechen und eine Antwort verneinen, was eine Flugbegleiterin dazu veranlasst, stehenzubleiben und sich nach meinem Befinden zu erkundigen. Ich versichere ihr, dass alles in bester Ordnung sei. Mit einem ungläubigen Nicken lässt sie widerwillig von mir ab und sammelt den restlichen Müll ein. Der Eindruck, den ich hinterlasse, muss jämmerlich sein.

Ich krame meinen Kosmetikspiegel aus meiner Handtasche hervor, überprüfe mein Aussehen und lege mir noch etwas mehr Make-up auf, um meinen erschlagenen Augen ein Strahlen zu verleihen. Nach dem, was ich in dem kleinen Spiegel erkennen kann, gelingt es mir ziemlich gut. Außerdem sprühe ich mir noch etwas von meinem süßen Duft auf, was meinen Sitznachbarn die Nase krausen lässt. Ich unterdrücke ein Kichern. Er sieht ziemlich genervt aus. Zuerst goss ich beinahe meinen Kaffee über ihn, dann nervte ich ihn zweimal, weil ich zur Toilette musste, und nun bekommt er die volle Brise meines Parfüms ab. Der arme Kerl hält sich zurück und nimmt meine Fauxpas einfach hin, also bis auf die gerümpfte Nase jedenfalls.

Für elf Uhr wurde unser erstes Meeting angesetzt. Damit wir gemeinsam beim Kunden eintreffen, wartet Leo in einem Café am Flughafen auf mich. Mir wäre es lieber gewesen, zuerst zum Hotel zu fahren, weil ich ehrlich nicht weiß, wohin mit diesem Ungetüm von Koffer.

Mit der großen, schwarzen Jetset-Travel-Tasche von Michael Kors in der einen Hand, und dem mittelgroßen Koffer in der anderen, versuche ich die Tür des Cafés zu öffnen. Ganz klar. Ich habe keine Chance. Hilflos hantiere ich herum, bis eine schwarzhaarige Dame, die im Café sitzt, sich die Mühe macht, aufzustehen und mir die Tür aufzuhalten. Erleichtert bedanke ich mich, trete über die Schwelle, bis ich ruckartig zurückgehalten werde. Blitzschnell wende ich mich um, um nachzusehen, wer mich zurückhält und stelle zu meinem Entsetzen fest, dass der Koffer im Türrahmen feststeckt. Die Situation ist mir unangenehm, weil ich weiß, dass er mich aus irgendeinem Winkel beobachtet. Zornig verpasse ich dem Koffer einen Tritt nach hinten, dann drehe ich ihn schwungvoll zur Seite und hieve ihn durch die Tür. Die Schweißperlen müssen mir auf der Stirn stehen, zumindest fühlt es sich so an. Die Schminkerei vorhin im Flieger dürfte somit umsonst gewesen sein. Ich marschiere einige Schritte nach vorne, stelle den Koffer ab und durchsuche das Lokal nach Leo.

Natürlich entdecke ich ihn. Einen grienenden Leo Winter, der sich lässig gegen den Barhocker stemmt. Bemüht, mich keinesfalls berührt peinlich zu zeigen, baue ich mich unbefangen vor ihm auf.

»Na, bleibst du länger?« Sein Sarkasmus ist unüberhörbar.

Genervt schnaube ich. »Möglicherweise habe ich nach unseren Terminen noch was vor.«

Daraufhin verringert er den Abstand zwischen uns. Und dann geschieht es wieder. Ich kann nicht anders, als seine vollen Lippen anzustarren. Wissentlich zucken seine Mundwinkel. Unaufhörlich glotze ich seinen geschwungenen, vollen Mund an. Ich sehne mich nach seinen weichen Lippen. Aufhören. Kopfkino.

»Ich hätte nichts dagegen«, sagt er. Ich spüre die brennende Hitze, die von ihm ausgeht.

Wieder schlucke ich schwer. »Wogegen?«

Er kommt noch ein Stück näher, unsere Münder sind nur wenige Millimeter voneinander entfernt. Ich inhaliere die warme Luft, die er ausstößt.

»Du willst meine Lippen auf deinen spüren«, haucht er.

Ich schnappe nach Luft und suche nach einem schlagfertigen Einwand. »Gott, du bist so taktlos! Und überhaupt, das stimmt doch gar nicht.«

»Ach Sina, du willst mich so sehr«, bemerkt er unverblümt.

»Mistkerl«, schimpfe ich. »Wir hatten doch eine anständige Basis in den letzten Wochen, meinst du nicht?« Mein Groll ist unüberhörbar.

»Hatten wir das?« Er zeigt ein unverschämt sexy Lächeln.

»Leo, ich warne dich. Hör auf damit! Sonst … sonst zeige ich dich wegen sexueller Belästigung an. Du Schuft, du …«

Nun ist es endgültig um ihn geschehen, und er bricht in schallendes Gelächter aus. Es ist sinnlos, ich lasse meinen Koffer zurück und marschiere mit meiner Jetset-Traveltasche nach draußen. Ich habe keine Ahnung, ob er den Koffer mitschleppt oder ihn dort stehenlässt, das ist mir gerade ziemlich egal. Ich will einfach etwas Abstand zwischen uns bringen.

»Der Schuft wird dir nicht mehr zu nahe treten. Es tut mir leid«, höre ich ihn hinter mir sagen, dabei stößt sein Atem in meinen Nacken.

Ein angenehmes Kitzeln breitet sich von der Stelle aus, an der sein Atem auf meine Haut trifft.

»Lass dich von mir nicht hochschaukeln.«

Hochschaukeln? Ich blinzle ungläubig. Macht er Witze?

»Okay, irgendwie müssen wir die zwei Tage überstehen.« Mein energisches Nicken untergräbt das Vibrieren meiner Stimme.

Er reißt sich sichtlich am Riemen und schluckt eine Bemerkung runter, das sehe ich ihm an. »Ich bin froh, dass wir uns in diesem Leben noch mal begegnet sind«, sagt er schließlich und schenkt mir ein aufrichtiges Lächeln.

Übermüdet von den zahlreichen Terminen, stelle ich mich unter die Dusche. Das Wasser habe ich einige Grade kälter eingestellt als sonst, in der Hoffnung, dadurch wacher zu werden. Ich könnte das Essen absagen und mich schlafen legen, andererseits knurrt mein Magen, ich habe einen Bärenhunger. Wir haben es nicht geschafft, mittags was zu essen, die Termine gingen Schlag auf Schlag, und ehe wir uns versahen, war es sechs Uhr. Der Blick auf die Uhr verrät mir, dass ich in wenigen Minuten mit Leo verabredet bin. Schnell trockne ich mich ab, schlüpfe in mein rotes Etuikleid, forme mir noch einige Locken mit dem Glätteeisen ins Haar. Ich sollte schon längst in der Lobby sein, doch das ist mir egal. Mit einem roten Lippenstift, der hervorragend zu meinem Kleid passt, ziehe ich meine Lippen nach. Noch zwei Spritzer meines Lieblingsparfüms und ich gucke mich zufrieden im Spiegel an. Ich sehe so anders aus. Tatsächlich laufe ich privat fast ausschließlich in Jeans rum. Bei der Arbeit trage ich meist einen schwarzen Hosenanzug oder dunkle Businesskleider. Dieses reizende Kleid habe ich tatsächlich noch nie zuvor getragen, es hing ein Jahr lang in meinem Kleiderschrank rum. Welche Verschwendung.

Im Aufzug zupfe ich ehrgeizig am Saum des Kleides, und meine Füße fühlen sich wie Wackelpudding an. Darauf öffnen sich die Lifttüren und ich bin erleichtert, als ich sehe, dass Leo mit seinem Smartphone beschäftigt ist. Ich fächere mir etwas Luft zu, danach stolziere ich auf ihn zu. Erst als ich mich räuspere, nimmt er mich wahr.

Er zögert, bis er mich schließlich von oben bis unten scannt und ein sexy Lächeln über seine Lippen huschst. Irritiert stiere ich ihn an. Der Duft seines herben Parfüms steigt meine Nasenflügel empor. Ich muss mich zusammennehmen. Wir sind Kollegen. Wir sind Freunde. Diese Worte laufen in Dauerschleife. Sozusagen mein innerer Monolog.

Anders als erwartet, hat er seine Krawatte abgelegt, sich ein blaues Hemd mit einem dunkelblauen Sakko und in eine Jeans geworfen. Oh, ich könnte sterben, Leo trägt Jeans und er sieht hammermäßig scharf darin aus. Gut, das tut er auch in seinen Anzügen, aber irgendwie erinnert mich das an den jüngeren Leo. Vermutlich gefällt es mir deshalb so gut.

»Nun, jetzt weiß ich, weshalb du so spät dran bist.«

Ich kneife meine Lider zusammen. »Ich hatte noch einige Mails zu beantworten«, lüge ich.

»Wirklich?«

»Lass uns ins Restaurant gehen.« Ich wechsle das Thema und laufe mit schnellen Schritten voran.

Er lässt sich Zeit, gibt sich nicht besonders viel Mühe, mich einzuholen. Als ich vorm Restaurant, das sich im Hotel befindet, ankomme, und mich zu ihm wende, ertappe ich ihn, wie er mir auf den Hintern starrt.

»Hast du eben auf meinen Po gegafft?« Entrüstet stemme ich meine Arme in die Hüften.

»Womöglich …« Er grinst.

Unweigerlich verdrehe ich die Augen, behalte allerdings jeden weiteren Kommentar für mich. Mein teuflisches Ich jubelt vor Begeisterung. Mein Po ist knackig, und selbst eine Frau würde für einige Sekunden mit ihren Augen darauf hängenbleiben. Gott, Allah, Shiva oder was weiß ich wer, hat mich mit einem wohlgeformten Hintern gesegnet. Ich treibe kaum Sport, deshalb fürchte ich schon den Tag, an dem sich das ändert. Gut, Marcel und ich sind viel in den Bergen unterwegs, und ab und an drehe ich eine Runde entlang der Promenade, aber das war's dann auch.

»Ein Tisch für Zwei?« Die Bedienung reißt mich aus meinen Gedanken.

»Im Nichtraucherbereich«, fordert Leo.

Darauf nickt der Mann und bittet uns, ihm zu folgen. Wir werden an einen Tisch geleitet, vorbei an einem beachtlichen Aquarium, das wohl als Raumteiler dienen soll. Es ist ein abgeschiedenes Plätzchen, doch plötzlich breitet sich Unbehagen in mir aus.

Der Kellner nimmt unsere Bestellungen auf und bringt die

Flasche Wein, die Leo zuvor bestellt hat. Ich trinke liebend gerne Wein, allerdings kenne ich mich zu wenig mit den verschiedenen Sorten aus, deshalb habe ich keinen Ton gesagt, als Leo die Weinkarte studierte.

»Ausgezeichnet, danke«, bestätigt Leo, als er ihn verkostet.

Dann wird sein Glas nachgefüllt und auch ich habe endlich den nötigen Tropfen Alkohol vor meiner Nase stehen, der mich bestimmt lockerer werden lässt. Ich greife nach dem Glas und führe es an meine Lippen, als Leo mich mit einem frechen Feixen unterbricht.

»Jetzt stoßen wir nicht einmal mehr an?« Er klingt belustigt.

Ich kann es nicht lassen und rolle mit den Augen.

»Dieses Augenrollen ist neu.«

Blitzschnell erhebe ich mein Glas. »Zum Wohl.«

Ich warte nicht, bis er mir zuprostet, und führe das Glas schleunigst zurück an meine Lippen. Zu schnell kippe ich es nach hinten, so dass ich mich an dem kalten Weißwein verschlucke und hüstle. Nachdem ich mich wieder gefangen habe, hebe ich warnend den Zeigefinger.

»Sei still«, warne ich ihn und muss dabei kichern.

Warum zur Hölle schaffe ich es nicht, in solchen Momenten meine Ernsthaftigkeit überzeugend rüberzubringen?

Mich durchfährt ein plötzliches Kribbeln, als er kurz meine Hand, die am Tisch abgelegt ist, berührt.

»Sei nicht so gierig, die haben bestimmt noch mehr Wein hier.«

Es ist, als hätte ich einen Kloß im Hals. Schlagfertig ist nicht gerade mein zweiter Vorname. Es wird noch peinlicher, denn ich kann nicht aufhören, auf die Stelle meiner Hand zu glotzen, an der eben noch seine abgelegt war. Nach einer kleinen Verschnaufpause fasse ich mich wieder, quassle ununterbrochen über unsere Kunden und zukünftige Projekte. Ich tue geschäftig. Es ist ein Selbstschutz. Damit wir nicht auf private

Themen abschweifen, rede ich hier ohne Punkt und Komma, als wäre mein Leben in Gefahr. Selbst als das Essen serviert wird, führe ich meinen Monolog fort. Leo hat seinen Teller bereits geleert, ich habe meinen kaum angerührt. Aufgrund des Weines fliegen die Silben nur so über meine Zunge.

Er wartet geduldig und beobachtet mich mit seinen glühenden, blaugrünen Augen. Sie sind zu leichten Schlitzen geformt, und seine Lippen verziehen sich im richtigen Augenblick zu einem charmanten Lächeln. Er weiß, dass er mich mit diesem Ausdruck um den Finger wickeln kann. Das war schon immer so.

Der Kellner stellt eine weitere Weinflasche auf den Tisch, öffnet diese und schenkt uns nach. Wie konnte das passieren? Ist die andere Flasche tatsächlich leer? Oh. Oh. Oh. Ich sollte weniger trinken. Und schon ergreife ich das volle Glas und nehme den nächsten gierigen Schluck daraus.

»Wollen wir den ganzen Abend über die geschäftlichen Gegebenheiten plaudern?«

Ruckartig fahre ich hoch und blicke in seine funkelnde Miene. Nervös streiche ich mir eine Haarsträhne hinters Ohr.

»Über was willst du denn sprechen?« Oh. Oh. Oh. Ich hätte ihm niemals den Ball zuspielen dürfen. Das weiß er, deshalb verzieht sich sein Mund zu einem wohlwollenden Schmunzeln.

»Da gäbe es viele Themen. Allerdings habe ich das Gefühl, dass du krampfhaft über die Aufträge quasselst, aus Angst, ich könnte dich über deine Ehe ausfragen.«

»Lass Marcel aus dem Spiel«, blaffe ich. »Außerdem löchere ich dich auch nicht mit Fragen zu deinen Bettgeschichten.«

»Touché. Es interessiert dich brennend, oder?« Mit einer hochgezogenen Augenbraue beäugt er mich.

»Verflucht. Ja«, kreische ich nun.

War ich das eben? Zur Hölle mit mir. Er strahlt triumphierend. Na gut, wer A sagt … muss auch … Was für ein dämlicher Spruch eigentlich!

»Es gefällt dir, dass dir die Frauen hechelnd hinterherlaufen.« Herausfordernd schürze ich meine Lippen.

»Eine hat mir das Herz gebrochen.«

»Quatsch«, entfährt es mir, gleichzeitig breitet sich ein schmerzhaftes Ziehen in meinem Brustkorb aus. »Sie hat dich aber nicht vorm Traualtar stehengelassen?« Ich lache und nehme mir ein Stück Brot aus dem Körbchen, dabei warte ich mit zitternden Knien auf seine Antwort.

»Dafür waren wir zu jung, zu dumm …«, sagt er mit ernster, tiefer Stimme.

Höre ich richtig? Wird das etwa eine ernstzunehmende Unterhaltung, ganz ohne Sarkasmus?

»Erzähl mir davon.«

Fieberhaft und quirlig tapsen meine Fingerspitzen auf der Tischkante umher. Allmählich zeigt auch der Alkohol eine deutliche Wirkung.

»Sie war zauberhaft.« Bedeutungsschwer haftet sein Blick an mir.

Ich glühe, meine Wangen dürften wie die von Heidi, das Mädchen aus der Zeichentrickserie, aussehen.

»Wir haben uns aus den Augen verloren«, fügt er hinzu, ehe er eine Pause einlegt. »Da war auch ein anderer Kerl im Spiel, soweit ich mich erinnere …«

Stirnrunzelnd nehme ich seine Worte auf und überlege, wen er damit meinen könnte.

»Wie alt warst du damals?«, frage ich mit zitternder Stimme.

Er schmunzelt. »Neunzehn«, sagt er schließlich.

Beinahe kippe ich vom Stuhl. Wir kannten uns, als wir in diesem Alter waren! Zu dieser Zeit hatten wir uns aus den Augen verloren.

Und wer mag diese zauberhafte Frau wohl gewesen sein? Es gibt zu viele … Immer wieder hat er irgendwelche Schlampen abgeschleppt. Ich ärgere mich und schnaube verächtlich.

»Was ist los?«

»Das hast du dir selbst zuzuschreiben. Wenn ich an deine Tussis denke, die du Nacht für Nacht abgeschleppt hast …«

Meine Kehle fühlt sich seltsam trocken an, deshalb trinke ich einen weiteren Schluck vom köstlichen Wein.

»Sie war keine Tussi.«

Die Verachtung ist mir ins Gesicht geschrieben. »Na klar.«

»Würdest du dich als Tussi bezeichnen?«

Etappenweise hebe ich meinen Kopf und wage es, ihn direkt anzusehen. »Komm schon, lass das.«

Sein Ausdruck verdüstert sich. »Du hast tatsächlich keine Ahnung, wie verrückt ich nach dir war …« Er bricht den Satz kopfschüttelnd ab.

»Das kannst du unmöglich ernst meinen.« Verzweifelt suche ich nach einem Anzeichen, dass das Ganze einfach nur ein schlechter Scherz ist.

»Eines solltest du über mich wissen, Sina …«

»Du lügst nicht«, sage ich und beende seinen Satz.

Ich weiß nicht was ich erwidern soll, deshalb stiere ich auf meine Hände, die ich am Tisch ineinander verflochten abgelegt habe.

Nach einer Weile blicke ich in seine verführerischen Augen, und ein angenehmes Kribbeln breitet sich in meiner Magengegend aus. Oh. Oh. Oh. Mein Blick wandert weiter nach unten und bleibt an seinen makellosen Lippen hängen. Wie sehr sehne ich mich danach, seine Lippen auf meinen zu schmecken. Verflucht. Ich komme in die Hölle.

»Das alleine kann doch nicht der Grund dafür sein, dass du dich nicht binden willst«, stammle ich.

Lässig fährt er sich mit der Hand durchs Haar und grinst.

»Ein klitzekleiner Teil in mir denkt an eine Familie. Nur ein winzig kleiner. Nicht der Rede wert«, sagt er und lacht.

»Wir könnten deinem Vater die Schuld daran geben.« Ich falle in sein Lachen mit ein, obwohl es im Grunde nicht lustig ist.

Sein Vater hat seine Finger nie bei sich behalten können. Leo hat mir damals immer wieder sein Leid geklagt. Mir tat seine Mutter unendlich leid. Sie sind heute noch zusammen. Ich habe keinen blassen Schimmer, wie man so was verzeihen kann. Seine Mum wusste nicht von jeder Affäre, allerdings kam sie hinter einige. Aber welche Anmaßung erlaube ich mir hier? Ich bin keinen Deut besser als sein Vater. Benommen von der Erkenntnis, nippe ich am Glas.

»Dir scheint der Wein zu schmecken. Möchtest du eine Nachspeise?«

Oh Gott, ja, die möchte ich, und die verführerische Süßspeise heißt Leo Winter. »Äh, nein danke.«

Als wir eine Zeit darauf aus dem Lokal treten und in der Lobby stehen, schlägt Leo einen kurzen abendlichen Spaziergang vor. Mein teuflisches, alkoholgetränktes Ich lehnt seinen Vorschlag natürlich nicht ab. Wortlos schlendern wir nach draußen, wo uns eine kühle Luft entgegenschlägt und mich kurz ins Schwanken bringt. Spätestens jetzt zeigt der Alkohol seine volle Wirkung. Ich fröstle. Leo zieht sich sein Sakko aus und wirft es mir über die Schultern, noch bevor ich mich dagegen wehren kann.

»Wer hätte gedacht, dass du mal mein Boss sein würdest«, ich kichere wie ein kleines Mädchen.

»Siehst du mich denn als solchen?« Mit einer hochgezogenen Augenbraue wartet er auf meine Antwort.

»Tja, vermutlich nicht. Also, ich meine, du bist es. Es ist nur furchtbar sonderbar.«

»Auch für mich«, entgegnet er.

Wir laufen ein ganzes Stück, kommen an einen verspielten Teich vorbei, und langsam genieße ich den Spaziergang in vollen Zügen. Obwohl ich mich irrsinnig konzentrieren muss, damit es Leo nicht auffällt, wie beschwipst ich eigentlich bin. Der kühle Wind bläst immer stärker, deshalb marschieren wir nach einer kleinen Runde zurück ins Hotel.

Noch immer baumelt sein Sakko über meinen Schultern. Als wir in den Aufzug steigen und in unserem Stockwerk ankommen, weiß ich, dass der Abend zu Ende ist. Bei meiner Zimmertür angekommen, rüttle ich das Sakko umständlich von mir ab, und Leo fängt es in letzter Minute auf, bevor es auf dem Fußboden landet.

»Wir sehen uns um acht.« Er klingt gefasst.

Augenblicklich fühlt sich mein Herz schwer an, als wäre es in Blei gegossen. Ich will ihn aufhalten, ihm sagen, wie sehr ich ihn brauche. Seine strahlenden Augen ergründen noch mein Gesicht, ehe er mir seinen Rücken kehrt.

»Gute Nacht«, flüstere ich kaum hörbar und starre ihm hinterher, als wäre es ein Abschied für immer. »Leo«, rufe ich ihm noch hinterher.

Zaghaft hält er inne und wendet sich mir zu. Mit geduldiger Miene ergründet er meine. Nun, was will ich ihm denn sagen, verflucht? Dass ich ihn so heiß finde und die Nacht mit ihm verbringen will? Am liebsten mein restliches Leben.

Mit lodernden Augen tritt er auf mich zu. Er überragt mich um mindestens fünfundzwanzig Zentimeter.

»Es ist kaum zu ertragen, wie sehr ich dich will«, hauche ich kaum hörbar.

Sofort spannen sich seine Gesichtsmuskeln an. Ich mache einen Schritt auf ihn zu, stelle mich auf die Zehenspitzen, bereit, ihn zu küssen, als er mit seiner Hand mein Kinn ergreift, es zwischen seinen Fingern festhält und mich zwingt, in seinen flammenden Ausdruck zu blicken.

»Du bist betrunken. Ich werde dich nicht küssen.«

Ich blinzle mir die Enttäuschung aus dem Gesicht.

»Bleib heute Nacht bei mir«, flehe ich, woraufhin sich sein Griff verstärkt.

»Ich werde nicht mit dir schlafen.« Seine Stimme klingt scharf.

Nun hilft auch das Blinzeln nichts mehr und meine Augen

füllen sich mit Tränen. Nicht, weil Leo nicht mit mir ins Bett will, sondern vielmehr wegen der Tatsache, dass ich es überhaupt so weit habe kommen lassen. Ich schlucke schwer.

»Keinen Sex mit dir zu haben war der größte Fehler meines Lebens.«

»Du willst es so sehr«, stellt er nüchtern fest.

Ich nicke, weiterhin halte ich seinem Blick stand, dabei kribbelt mein Körper, als würden hunderttausend Ameisen über meine nackte Haut trippeln.

»Und du glaubst, damit könntest du mich aus deinen Gedanken verbannen? Mich vergessen?« Er lacht lauthals.

Was soll das schon wieder? Endlich ändert sich meine Stimmung, vielmehr beginne ich zu kochen. Obwohl ich mir eingestehen muss, dass er wohl recht behalten würde. Zum selben Zeitpunkt geben meine Füße unter mir nach, und ich sacke zusammen.

Langsam verschwindet die Dunkelheit und ich finde mich in Leos starken Armen wieder, die mich stützend ins Zimmer führen. Ich habe keinen Schimmer, woher er meine Zimmerkarte hat, die er gerade vor die Tür hält, um sie aufzuschließen. Behutsam setzen wir ein Bein vors andere, bis wir ans Fußende des Bettes gelangen.

Als ich wieder bei Kräften bin und mir seine Worte von vorhin in Erinnerung rufe, setze ich mich zur Wehr. Ich entreiße mich seinen Armen.

»Geh. Bitte.«

Mit nachdenklicher Miene beäugt er mich, so als wolle er herausfinden, ob ich wirklich will, dass er verschwindet. Anschließend stapfe ich wutentbrannt ins Badezimmer, knalle die Tür hinter mir zu, putze mir die Zähne und schäle mich umständlich aus dem Kleid. Mein Spiegelbild sieht erbärmlich aus. Meine Augen sind gerötet und meine Lider schwer. Nachdem ich das Make-up entfernt habe, ziehe ich mir ein Shirt über und gehe zurück in den Schlafraum.

»Auf was wartest du noch?« Ich klinge nicht mehr wütend, vielmehr schwingt Verzweiflung in meinem Ton mit.

Er jedoch wirkt belustigt, und das macht mich blitzartig zornig. Nur in seiner Gegenwart müssen meine Emotionen diese Höllenfahrt durchmachen. Keine andere Person ist in der Lage, meine Gefühlsebenen so durcheinanderzubringen.

»Ich wollte nur sichergehen, dass du dich hinlegst, damit du unsere morgigen Kundentermine wahrnehmen kannst.«

Seine Arme wandern unschuldig in die Luft. Daraufhin kann ich mein verachtendes Schnauben nicht zurückhalten.

»Verschwinde«, zische ich.

Noch bevor er geht, wendet er sich ein letztes Mal in meine Richtung. »Ich hätte damals nicht gehen sollen«, sagt er schließlich und verschwindet in der Dunkelheit des Ganges.

Als ich am nächsten Morgen im Hotelzimmer erwache, bauen sich langsam die Bilder vom gestrigen Desaster vor meinem inneren Auge auf. Ich vergrabe mein Gesicht im Kissen und schicke Stoßgebete in den Himmel, in der Hoffnung, dass damit der gestrige Abend vollkommen ausgelöscht werden kann. Das funktioniert natürlich nicht. Mein Verhalten, welches ich gestern an den Tag gelegt habe, ist mir unbeschreiblich unangenehm. Ich überlege sogar zu kündigen, und mit dem Taxi zum Flughafen zu fahren. Mir einen überteuerten Flug nach Wien zu buchen, nur um alles hinter mir zu lassen. Andernfalls könnte ich mein Gesicht fester in das Kissen drücken, so dass ich ersticke. Wäre auch eine Möglichkeit.

Ein Klopfen lässt mich hochfahren. Oh nein, lass es das Zimmermädchen sein. Schnell springe ich aus dem Bett, wische mir übers Gesicht, streife mein Haar glatt, so gut das jedenfalls geht, und laufe zur Tür.

Ich hätte keinesfalls öffnen sollen. Schon gar nicht, ohne vorher nachzufragen, wer da ist. Natürlich, es ist Leo. Sofort schiele ich zu Boden. Ich bin zu beschämt, um ihm die Stirn zu bieten. Außerdem muss ich schrecklich aussehen. Als verheiratete Frau sollte man keinen anderen Mann halbnackt in seinem Hotelzimmer empfangen. Trotzdem weiche ich zurück und lasse ihn an mir vorbeiziehen, als wäre es selbstverständlich. Ich schließe die Tür hinter ihm und marschiere wortlos ins Badezimmer.

»Willst du mich nicht wenigstens begrüßen? Also gestern warst du … hm, wie soll ich das nur ausdrücken? Irgendwie anders drauf?« Er lacht.

Hastig stecke ich meinen Kopf aus dem Badezimmer und hebe warnend den Zeigefinger. Beziehungsweise, war das eben mein Mittelfinger?

»So gefällst du mir besser.«

»Sei still. Es ist ohnehin einfach nur schrecklich.« Ich breche den Satz ab, als ich ihn plötzlich dicht hinter mir spüre.

»Du siehst verdammt süß aus in deinem Höschen und dem Shirt.«

Meine Atmung beschleunigt sich, stoßweise entweicht Sauerstoff aus meinen Lungen.

»Lass das.«

Anstatt seine Finger von mir zu lassen, drückt er mich von hinten gegen das Waschbecken und schlingt seine Arme um meine Taille. »Ich kann nicht anders.« Begierig wandert seine Hand unter mein Shirt, streicht anbetend über meinen Bauch, bis seine Fingerspitzen meinen Busen erforschen. Seine fordernden, zärtlichen Finger entlocken mir ein heiseres Keuchen. Ich will mich nicht vollkommen der Ekstase hingeben, doch als er meine Brustwarzen zu umkreisen beginnt und mit jedem stoßenden Atemzug sein Tun verstärkt, ist es um mich geschehen. Ich ergebe mich. Schon zu lange sehne ich mich nach seinen starken Händen, seinen Lippen, seinem Körper, seinen Berührungen.

Erregt lasse ich meinen Kopf in den Nacken fallen, so dass er auf seiner Schulter zum Liegen kommt. Die eine Hand ist weiterhin mit meinen Brüsten, insbesondere meinen Brustwarzen beschäftigt, während er seine andere an meinen Hals gleiten lässt und auch hier seinen Druck verstärkt. Einen Bruchteil einer Sekunde habe ich das Gefühl, vor Lust zu ersticken. Was das Ziehen in meinem Unterleib unerträglich werden lässt. Seine Zunge bahnt sich meinen Hals entlang, bis hin zu meinem Ohr. Sanfte, beißende Spuren hinterlassen ein Prickeln auf meiner Haut. Gott, er ist zu gut.

Mit seinem Knie stößt er leicht gegen meine Schenkel, womit er mich zwingt, meine Beine zu spreizen. Seinen Fuß hält er weiterhin zwischen meine Schenkel gestellt, so dass ich sie nicht wieder schließen kann. Ich spüre seine Härte durch seine Hose, die sich augenblicklich fester an mich drängt. Passiert das hier wirklich? Ja, und ich fühle mich so lebendig wie niemals zuvor.

Seine Hand weiterhin mit festem Griff an meinen Hals gelegt, spüre ich wie die Finger seiner anderen Hand meinen Rücken hinab streichen, und an meinem Hintern verharren. Seine weichen, feuchten Lippen auf meiner Haut, seine Hände an den richtigen Stellen, ich zerfließe in seinen Armen.

Hingebungsvoll wende ich mich ihm zu, so dass ich in seine gefährlichen, blaugrünen Augen blicken kann. Atemlos starren wir einander an, ehe ich ihn begierig auf den Mund küsse. Zu gerne würde ich seine Gedanken lesen können, die ihm in diesem Augenblick durch den Kopf schießen. Jetzt gerade habe ich nicht das Gefühl, nur irgendeine seiner Gespielinnen zu sein. Nein, sondern etwas Besonderes.

Sein Begehren wird mit jeder weiteren Berührung deutlicher. Dann aber erlischt die Leidenschaft abrupt und ich hechle wie ein kleiner durstiger Köter. Ungläubig blinzle ich zu ihm auf. Mit einem schmerzlichen Gesichtsausdruck lehnt er seine Stirn gegen meine und schließt seine Lider.

»Es tut mir so unfassbar leid«, keucht er, während er mich weiterhin in seinen Armen wiegt.

»Muss es nicht«, flüstere ich.

Auch ich halte meine Augen geschlossen. Ich will der Realität entkommen, keinesfalls hören, dass wir hier einen Fehler begehen. Ich will die Lider geschlossen halten, und diesen Traum zu Ende träumen.

»Ich konnte dich nicht vergessen.«

Ich lausche seinen Worten. Gebe ihm die nötige Zeit.

»Es war kein Zufall, dass ich am Tag deiner Hochzeit im Hotel war ... ich musste es einfach sehen ... ich hatte keine Vorstellung, dass es mir das Herz brechen würde, dich in diesem atemberaubenden Kleid mit einem anderen Mann tanzen zu sehen.«

Nun presse ich meine Lider fest aufeinander. Die Tatsache, dass er absichtlich auf unserer Hochzeitsfeier aufgetaucht war, löst ein eigentümliches Gefühlschaos in mir aus. Wäre denn alles in Ordnung zwischen Marcel und mir, wenn ich Leo niemals wieder getroffen hätte? Wären wir uns zu einem späteren Zeitpunkt begegnet?

»Sag jetzt nicht, dass du dich in die Firma eingekauft hast, nur um mein Boss zu werden?« Ich klinge überraschend gefasst.

Er schmunzelt. »So wohlhabend und einflussreich bin ich nun auch wieder nicht.« Erleichtert atme ich aus.

»Was tun wir nun?«, seufze ich an seiner Brust.

»Tja, ich würde vorschlagen, keinen Sex zu haben. Darin sind wir doch wahre Meister.« Er lacht spitzbübisch.

»Du hast ohnehin genügend Sex. Den hattest du schon immer. Also, was soll's.«

Ich kann mein Kichern nicht unterdrücken. Seine Fingerspitzen wandern meine Wange hoch, streicheln mich zärtlich, und ich schmiege mein Gesicht an die Innenfläche seiner Hand.

»Ich zerstöre hier gerade dein Leben«, stellt er mit ernstem Ausdruck fest, worauf mir ein höhnisches Lachen entfährt.

»Das habe ich mir wohl selbst zuzuschreiben.«

Liebevoll verstärkt der den Druck seiner Arme, die er innig um mich geschlungen hat.

»Gib mir fünf Minuten.«

Stirnrunzelnd sehe ich ihn an. »Fünf Minuten? Das dauert bei dir nicht länger?« Ich muss mir auf die Lippen beißen, um mein Kichern zurückzuhalten.

»Hüte deine Zunge, Süße.«

Dann löst er sich und lässt mich im Badezimmer zurück. Einige Sekunden starre ich ihm hinterher, bis ich mich wieder fasse und begreife, was wir eben getan, besser gesagt, schon wieder nicht getan haben.

Nachdem ich mich unter die Dusche gestellt, meine Zähne geputzt und mir einen Hosenanzug angezogen habe, warte ich auf Leo. Ungeduldig laufe ich im Zimmer auf und ab. Immerhin sollen wir in weniger als fünfundvierzig Minuten bei einem Kunden erscheinen. Bestimmt wird Leo von einem Telefonat aufgehalten. Der Blick auf die Uhr verrät mir, dass inzwischen zwanzig Minuten vergangen sind. Von wegen fünf Minuten.

Schwungvoll betritt Leo mein Zimmer, noch dazu in lässigen Klamotten, also in Jeans und einem Kapuzenpulli.

»So willst du doch nicht beim Kunden antanzen.« Ungläubig mustere ich ihn von Kopf bis Fuß.

Seine Mundwinkel wandern nach oben. »Zieh dir was Bequemeres an.«

»Allen Ernstes?«

Er tritt auf mich zu. »Ich pflege nicht zu scherzen.«

Verblüfft weiten sich meine Augen. Hörig stapfe ich zum Koffer, suche mir eine Hose, eine Bluse und einen bequemen Blazer heraus. Eilig schäle ich mich aus meiner ungemütlichen Kleidung. Ich hatte mich auf die Geschäftstermine eingestellt und deshalb meine Sonntagsoutfits im Schrank gelassen, denn so wirklich angenehm sind die Bluse und der Blazer auch nicht.

Sobald ich wieder bekleidet bin, drehe ich mich zu ihm herum.

»Und jetzt?«

Nervös ziehe ich an meinen Hosensäcken. Millionen von Schmetterlingen tummeln sich in meinem Bauch. Dieses Kribbeln ist kaum zu ertragen.

»Jetzt verbringen wir einen gemeinsamen Tag. Einen wundervollen Tag, der nur uns beiden gehört«, sagt er, dabei hält er mir seine Hand entgegen und wartet, bis ich meine in seine lege.

Kurz zögere ich. Gewissensbisse? Ja, die habe ich definitiv. Ich werde mit Marcel ein klärendes Gespräch führen und ihm beichten, welch ein verlogenes Miststück er geheiratet hat. Meine Empfindungen für Leo kann und will ich nicht mehr ignorieren.

»Die Termine?«

»Alle abgesagt.« Er schmunzelt.

Während der Taxifahrt konnte ich mich ein klein wenig beruhigen. Obwohl ich noch immer nicht weiß, was wir den ganzen lieben langen Tag tun wollen. Marcel habe ich eine Mitteilung gesendet, dass ich erst morgen wieder erreichbar sein werde, Marie habe ich ebenfalls Bescheid gegeben. Marcel nahm die Information ohne nachzuhaken zur Kenntnis und hat mir einen erfolgreichen Tag gewünscht. Von Marie habe ich keine Antwort erhalten, bestimmt ahnt sie, dass ich nichts Gutes im Schilde führe.

Leo beobachtet, wie ich das Handy wegstecke.

»Musst du telefonieren?«, hakt er vorsichtig nach.

Ruhelos ziehe ich eine Haarsträhne zwischen Daumen und Zeigefinger hindurch. Ich schüttle den Kopf, woraufhin ein umwerfendes Lächeln seine Mundwinkel umspielt, welches mich sofort dazu verleitet selbiges zu tun. Ich will nicht an die fatalen Konsequenzen denken, an Marcels gebrochenes Herz, an Maries Vorwürfe. Nicht heute.

»Für einen Kaffee bei Starbucks sagst du alle Termine ab?« Stirnrunzelnd mustere ich ihn.

Er schenkt mir ein zuckersüßes Lächeln. »Natürlich nicht«, haucht er in mein Ohr, so dass ich erzittere.

Ich reagiere nicht sofort, als er mir einen Becher, gefüllt mit dem wunderbar duftenden Milchkaffee, hinhält.

»Für einen unvergesslichen Tag mit dir.«

Er gönnt sich einen Schluck Kaffee, beinahe so, als hätte er das eben nicht gesagt. Als ginge es hier um irgendwas Belangloses oder als wären wir alte Freunde, die eben einen Kaffee zusammen trinken.

Ich lasse mich auf einem Hocker nieder und vertiefe mich in das Treiben, das ich durch die Glasfront wunderbar beobachten kann. Natürlich tue ich nur so. In Wahrheit kann ich in Leos Gegenwart keinen klaren Gedanken fassen.

»Was ist los?«

»Nichts«, antworte ich und schaue weiterhin nach draußen.

»Lass uns diesen Tag genießen, Sina. Nur diesen einen.«

Er schnappt sich meine Hand, zieht mich von dem Hocker runter, und beinahe falle ich in seine Arme. Ich taumle ein wenig, kann mich gerade noch so halten. Ein charmantes Schmunzeln umspielt seine Lippen. Diesen Augenblick möchte ich festhalten. Für immer.

Nachdem wir uns im Museum Ludwigs atemberaubende Kunstwerke angesehen und ich Leos Interpretationen gelauscht habe, gönnen wir uns einen Döner mit einer Extraportion Zwiebeln und Knoblauchsoße. So wie damals, als wir noch jünger waren und nachts, nach dem Partymachen, eine Stärkung brauchten. Konträrer könnte unser heutiges Tagesprogramm nicht sein. Leo hat mich im Museum beeindruckt.

Ich habe so überhaupt keine Ahnung von Kunst, im Gegensatz zu ihm. Er hätte stundenlang vor den Gemälden ausharren können.

»Und was hast du als nächstes vor?«

Mit einer Serviette tupfe ich meine Mundwinkel ab, so damenhaft es mir, hier in der Dönerbude, möglich ist. Seine Miene verzieht sich zu einem breiten, schelmischen Grinsen.

So finde ich mich, eine gute Stunde später, in diesem Horrorgefährt einer Achterbahn wieder. Ich habe eine Höllenangst vor diesen Dingern, doch irgendwie hat mich Leo dann doch dazu überreden können.

Ich spüre seinen Blick auf mir, allerdings bin ich derart angespannt, dass es mir egal ist, wer neben mir hockt. Der amerikanische Präsident könnte neben mir sitzen, und ich würde mich keinen Deut für ihn interessieren. Zu sehr bin ich damit beschäftigt, die Gurte das hundertste Mal zu überprüfen.

»Bist du bereit?« Er jubelt.

Ich umklammere den Sicherheitsbügel, als würde das auch nur irgendwas helfen, und kralle meine Fingernägel um das Hartplastik. Mein Puls rast in einem enormen Tempo. Es geht noch nicht mal los, und mir wird schwindelig. Womöglich habe ich eine Panikattacke?

»Leo?«

»Ja?«

»Werden wir jemals in der Kiste landen? Also, nicht, dass ich das jetzt gerade unbedingt will … vielmehr stelle ich mir die Frage, ob wir dazu verdammt sind, niemals miteinander zu schlaaaaaaaaaa …«

Und weg sind wir. Mit Höchstgeschwindigkeit rasen wir dem Abgrund entgegen. Mein Magen überschlägt sich. Meine Haare peitschen mir ins Gesicht, und ich kann nicht anders, als lauthals zu kreischen. Jetzt verlangsamen wir uns plötzlich und werden im Schneckentempo nach oben gezogen. Das kann nichts Gutes bedeuten.

»Vielleicht ist es das, was uns ausmacht«, bemerkt er, ehe es mit voller Kraft zügig nach unten geht.

Kreidebleich im Gesicht kommen wir, besser gesagt ich, am frühen Abend zurück ins Hotel. Ich bin ehrlich froh, die Fahrt mit dem Taxi überstanden zu haben. Leo hat mich von einer Attraktion zur nächsten geschleppt und mit jedem Mal hat er behauptet, dass sie nicht mehr so rasant sein würde. Er hatte unrecht. Es wurde von Mal zu Mal schlimmer. Erst als ich ihm angedroht habe, ich würde mich über seinem Schoß übergeben, hat er lockergelassen.

Für ein paar wenige Stunden wurden wir zurückversetzt, in die Zeit, als wir noch nicht erwachsen waren. Unbeschwert und glücklich. Ohne Gedanken an unsere Verpflichtungen.

Jetzt, kurz vor unseren Zimmern, ändert sich meine Stimmung schlagartig. Ich bin unschlüssig, was soll nun kommen? Werden wir uns voneinander verabschieden? Kommt er mit auf mein Zimmer? Gewissensbisse manifestieren sich in meinem Kopf. Tagsüber hatte ich mein Mobiltelefon abgedreht. Bestimmt hat mir Marie eine Nachricht hinterlassen. Und Marcel? Leo hingegen hat immer wieder auf sein Smartphone geguckt und Nachrichten getippt. Wieder blinkt es in seinen Händen. Ein eingehender Anruf, allerdings kann ich nicht erkennen, von wem er ist.

»Ich muss da ran.« Er hält das Telefon in die Höhe und verschwindet in seinem Hotelzimmer.

Was heißt das nun? Werden wir noch was zusammen Abendessen oder war's das? Erschöpft, und mit einem riesigen Fragezeichen über meinem Kopf, marschiere ich in mein Zimmer. Der Knall der Tür hallt in meinen Ohren wider. Was nun? Beine rasieren und mich am Bett in einer eindeutigen Stellung positionieren? Und überhaupt, mit wem zum Teufel schreibt er die ganze Zeit über SMS?

Ich warte einige Minuten ab, allerdings ist von Leo keine Spur. Deshalb stelle ich mich unter die Dusche, rasiere meine

Beine und die restlichen lästigen Stellen meines Körpers, die vom Haarwuchs gesegnet sind. Anschließend creme ich mich sorgfältig mit einer süßlich duftenden Kokosbutter ein. Der Blick auf die Uhr versetzt mir einen schmerzhaften Stich in meine Brust. Wir haben uns vor einer guten halben Stunde getrennt, und ich habe keinen blassen Schimmer, ob er überhaupt noch auftaucht.

So kommt es, dass ich unschlüssig darüber, was ich anziehen soll, nackt neben dem Bett verweile. In der einen Hand halte ich eine bequeme rosa Jogginghose und in der anderen ein aufreizendes Dessous. Abwechselnd lasse ich meine Hände rauf und runter wandern, so als würde ich einer Freundin die Qual der Wahl überlassen. Später entscheide ich mich für die goldene Mitte, was bedeutet, dass ich in mein Spitzenhöschen schlüpfe, den Büstenhalter in die Ecke pfeffere und die Jogginghose und ein Shirt überziehe.

Mit der Fernbedienung in der Hand lasse ich mich enttäuscht aufs Bett plumpsen, als es plötzlich an der Tür klopft und ich kerzengerade vom Bett hochspringe. Vermutlich sehe ich gerade total bescheuert aus. Ich lasse meinen Blick nach unten schweifen und bin mit der Entscheidung, eine Jogginghose anzuziehen, nicht mehr zufrieden. Soll ich mich schnell rausschälen? Bedauerlicherweise habe ich nichts Greifbares herumliegen. Also entscheide ich mich dafür, mich im Schlabberlook zu präsentieren. Bestimmt wird er mir ohnehin nur eine gute Nacht wünschen.

Ich fasse mich, versuche durch eine konzentrierte Bauchatmung, meinen Pulsschlag herabzusetzen, und öffne schließlich die Tür. Obwohl ich alles gebe, kann ich nicht dagegen ankämpfen, meine Gesichtsmuskeln spannen sich an, und ich spüre, wie ich meine Verzweiflung offen darlege. Eine Weile mustert er mich mit einem skeptischen Blick, bis sich seine Mundwinkel entspannen und zu einem Schmunzeln verziehen.

»Na das ist ein Empfang.« Seine Augen blitzen amüsiert.

Überspannt kaue ich auf meiner Unterlippe. Ich muss zugeben, dass ich nicht mehr mit dir gerechnet habe.«

»Sonst hättest du was?« Er lächelt schief.

»Halt die Klappe.«

»Spricht man so mit seinem Boss?«

Besonnen streiche ich mir eine Haarsträhne hinters Ohr und kehre ihm den Rücken zu. Ein leises Knarren ist zu hören, als die Tür ins Schloss fällt. Ich muss mich nicht wieder zu ihm umdrehen, um zu wissen, dass er noch hier ist. Ich spüre seine Anwesenheit in jeder Faser meines Körpers. Er hat eben diese eigentümliche, unfassbare Wirkung auf mich.

»Ich werde dich nicht anfassen.« Seine tiefe Stimme vibriert.

Sofort muss ich laut auflachen. »Als ob das noch einen Unterschied machen würde.«

Er greift sich meine Hand und dreht mich zu sich herum. Seine funkelnden, blaugrünen Augen lasten auf mir.

»Ich habe meinen Ehemann von Beginn an belogen und betrogen. Unsere Treffen. Unsere Geschäftstermine. Das alles ist so lächerlich, und dafür müssen wir nicht mal miteinander schlafen. Ich habe meine Ehe in den Sand gesetzt.« Ich spüre, wie sich meine Augen mit Tränen füllen.

Bloß nicht blinzeln, sage ich mir innerlich vor. Seine Finger umschließen noch immer meinen Oberarm, von dort aus durchströmt mich ein unbeschreibliches Kribbeln. Ich bin süchtig nach ihm. Abhängig. Dafür muss er sich noch nicht mal ins Zeug legen. Seine Anwesenheit, sein betörender Duft, seine strahlenden Augen, alles an ihm treibt mich in den Wahnsinn. Selbst wenn er nicht bei mir ist, schafft er es, dass meine Gedanken pausenlos um ihn kreisen. Niemals habe ich auch nur annähernd solche Empfindungen für Marcel verspürt.

»Lass es nicht diese Art von Unterhaltung werden.«

Sanft gibt er mich frei, geht zum DVD-Player und legt einen Film ein.

»Du willst einen Film gucken?«, stelle ich perplex fest.

»Haben wir früher doch auch getan.« Sein verschmitztes Grinsen löst meine Anspannung. »Ich habe Cola und Chips dabei, also, alles was dein Herz begehrt.« Er raschelt mit der Tüte Chips in seinen Händen.

Lässig lässt er sich aufs Bett fallen, überkreuzt seine Beine und verschränkt seine Arme hinterm Kopf, so dass sie ein Kissen bilden.

Verdutzt gaffe ich ihn an.

»Willst du den Film im Stehen gucken?«

»Tja, irgendwie … hm … schon, ja.«

Belustigt schüttelt er den Kopf. »Gestern sah es noch ganz anders aus.«

Augenrollend lasse ich mich aufs Bett gleiten, bleibe allerdings sitzen und bemühe mich, einen anständigen Abstand zu ihm einzuhalten. Starrköpfig halte ich meinen Kopf in Richtung Fernseher. Er dreht sich seitlich zu mir, seine Hand lässig in das Kissen gestemmt, dabei mustert er mich analytisch. Weiterhin rühre ich mich kein bisschen. Die Matratze bewegt sich erneut, dabei umhüllt mich eine angenehme Wärme, die näher und näher an mich herankommt. Geduldig wartet er ab, ohne mich zu berühren. Seine Nähe lässt mich erzittern.

»Entspann dich«, haucht er mir entgegen und zieht mich spielerisch an sich heran. »Sieh mich an.«

Und als ich nicht reagiere, legt er seine Finger zärtlich an mein Kinn und führt es nahe an sein Gesicht heran. Nun bin ich seinen durchdringenden Augen ausgeliefert. Ich verliere mich in dem unendlichen Blaugrün, das mich an einen Bergsee im Herbst erinnert.

»Lass uns den Film sehen. Nur den Film, Sina.« Liebevoll streicht er mir eine Haarsträhne aus dem Gesicht und legt sie seitlich an meiner Wange ab.

»Morgen ist alles beim Alten?«, frage ich verunsichert.

»Ja«, erwidert er, startet den Film und lässt sich zurück auf die Kissen fallen.

Diesmal zögere ich nicht und tue es ihm gleich. Nach nur wenigen Minuten der unerträglichen Anstrengung davon, so dicht bei ihm zu sein und ihn nicht zu spüren, überkommt es mich. Denn ich will ihn fühlen, seine Haut an meiner. Jetzt. Sofort.

Sachte pirsche ich mich an ihn heran, vorsichtig lege ich meinen Kopf auf seine Brust. Leo zögert nicht, sondern schlingt seinen Arm über meinen Nacken und zieht mich zu sich heran. Er gibt mir die Geborgenheit, nach der ich mich schon eine Ewigkeit verzehre.

Nachdem der Film, wohlgemerkt Top Gun, schon eine Weile läuft und ich mich inzwischen beruhigen konnte, passt es mir nun auch wieder nicht, dass Leo, ohne Anstalten zu machen, ernsthaft diesen Streifen guckt. Keine Sekunde kann ich mich darauf konzentrieren, was über den Bildschirm flimmert. Meine Aufmerksamkeit gehört ihnen, genauer genommen, seinen Fingern, die schon ziemlich lange sanft meinen Oberarm in kreisförmigen Bewegungen streicheln. Selbst bei den Liebesszenen glotzt er ungerührt auf den Fernseher. Es kann doch nicht sein, dass nur ich diese Spannung zwischen uns wahrnehme. Möglicherweise ist der Liebestöter, den ich trage, dafür verantwortlich, dass er mich einfach nur festhält. Wo ist der draufgängerische Leo Winter abgeblieben, der keinen Versuch, mir an die Wäsche zu gehen, ausließ? Unmöglich kann ich mich auf ihn werfen wie eine ausgehungerte Schlampe. Oder etwa doch?

Gekonnt räkle ich mich und hoffe dadurch, die nötige Aufmerksamkeit auf mich zu ziehen. Doch es tut sich rein gar nichts. Trotzdem, so schnell werde ich nicht aufgeben. Ich spiele ungerührt weiter.

»Sina«, mahnt er mich mit bebender Stimme.

Ich reagiere nicht auf ihn. Zumindest nicht verbal. Meine Fingerspitzen finden den Weg unter sein Shirt und wandern an seinen Seiten behutsam nach oben. Unmittelbar löst seine warme Haut ein wohliges Prickeln in mir aus.

Sein stoßender Atem ist unüberhörbar. »Tu das nicht«, warnt er.

»Was soll ich nicht tun?« Mit unschuldigem Blick fange ich den seinen ein. Ich bemühe mich, meine Stimme möglichst keusch klingen zu lassen.

Das scheint auszureichen, denn die Stimmung kippt. Sein lodernder, gefährlicher Blick ruht auf mir. Mit einem Mal bugsiert er mich auf den Rücken, schwingt sich über meine Mitte, drückt meine Arme nach hinten, so dass ich mich kaum rühren kann, und sieht mit flammenden Augen auf mich herab.

»Willst du das wirklich?«

Energisch nicke ich. Doch dann überkommt mich eine sonderbare Angst. Was, wenn es einfach nur schlecht ist, also der Sex? Das wäre eine herbe Enttäuschung, denn seit geraumer Zeit habe ich eine perfekte Vorstellung von dem, wie es zwischen uns ablaufen könnte.

Er neigt sich näher herab und hält an meinem Ohr inne. Ich spüre seinen heißen Atem in meinem Nacken. Gott, ich will ihn so sehr.

»Ich will dein Leben nicht zerstören«, flüstert er, und noch bevor ich zum Gegenschlag ausholen kann, legt er seine zarten Lippen auf meine.

Ich habe nicht die Kraft, ihn von mir zu stoßen, und lasse mich fallen. Ich erwidere seinen zärtlichen Kuss, der von Sekunde zu Sekunde drängender wird.

Tun wir das hier wirklich? Mein gesamter Körper, sogar meine Haarwurzeln reagieren auf ihn. Ich zerfließe wie eine Eiskugel bei brütender Hitze.

Meine Hüften wölben sich ihm entgegen, so dass ich seine

Erregung spüre. Ich will ihn noch dichter an mir fühlen, deshalb umschlinge ich ihn mit meinen Beinen und ziehe ihn nahe an mich heran. Als er endlich meine Hände freigibt, seine Lippen von mir löst, treffen unsere begierigen Blicke aufeinander. Im Einklang, als würden wir angeleitet werden, pressen wir die angesammelte Luft aus unseren Lungen und saugen den nötigen Sauerstoff in uns auf. Fingerfertig schlüpft er unter mein Shirt, öffnet meinen BH, und seine fordernden Hände massieren meinen Busen. Ich kann meine Begierde nicht zurückhalten und biege mich unter seinen Händen durch. Ihm entfährt ein Stöhnen, als er merkt, wie sehr mich seine Berührungen einnehmen.

»Du bist wunderschön, Sina.« In einem heißen Tonfall stößt er die Worte aus.

Dann presst er seinen Mund wieder auf meinen, so als würde er das Gesagte auslöschen wollen. Unsere Hände wandern rastlos über unsere Körper, bedacht, jede Stelle des anderen mit Zärtlichkeiten zu versorgen. Jeder Millimeter wird ausgekostet, einmal mit festem, begierigem Griff, dann wieder hauchzart. Mit jeder Berührung holen wir nach, was wir die letzten Jahre über vermisst haben. Uns.

Ein Raunen entfährt ihm, als er mich aus der Hose schält und mich in dem durchsichtigen Spitzenhöschen erblickt. Fest umschließt er mein Bein, hebt es zu sich heran an und haucht zarte Küsse auf meine Haut. Vom Fußknöchel aufwärts, entlang der Innenseite, bis ich ihn schließlich an der empfindsamsten Stelle meines Körpers spüre. Dabei entlockt er mir ein lautes Keuchen, woraufhin ich ein schelmisches Grinsen wahrnehme. Während ich mich ihm hingebe und die Welt stillzustehen scheint, werde ich aus meiner Trance geholt, als ich ein Brennen an meinen Hüften bemerke und ein reißendes Geräusch wahrnehme. Abrupt wandert mein Oberkörper nach oben, um nachzusehen, welches Szenario sich zwischen meinen Schenkeln abspielt. Als ich einen kurzen Blick auf das zerrissene Dessous erspähe, steigt meine Erregung ins Unermessliche. Leo hat sich tatsächlich an meinem teuersten Lieblingsstück vergriffen.

Unliebsam legt er zwei Finger an mein Kinn und nimmt mich in Augenschein. Erschrocken japse ich nach Luft. Mit festem Blick fixiert er mich, während seine Hand an seinem Hosenbund rüttelt. Ich höre das reibende Geräusch des Reißverschlusses und vernehme, wie er seine Hose nach unten stülpt. Während seine geschickten Hände all diese Dinge vollführen, hält er mich mit seinen lodernden Augen auf Trab. So als hätte er übermenschliche Fähigkeiten, zieht er mich in seinen Bann. Mich überkommt ein unheimlich angenehmer Schauder. Daraufhin löst er seine Finger von meinem Gesicht, während ich weiterhin erwartungsvoll auf seine Miene starre. Ich höre das Rascheln einer Kondomverpackung, und mit einem Mal verdoppelt sich mein Puls, der ohnehin schon gefährlich schnell dahingaloppiert. Mir wird bewusst, dass es jetzt passieren wird, gleich werde ich Leo so nahe sein, wie ich es mir schon seit einer Ewigkeit erträume.

Nachdem er sich das Kondom übergestülpt hat, legt er seine Hände an meine Wangen und krallt sich mit den Fingern fest in mein Haar. Mit seiner leidenschaftlichen Zunge nimmt er mir die Luft zum Atmen, so dass mir schwindelig wird. Vorsichtig stemmt er sein Gewicht gegen meines, so dass ich gezwungen bin, mich nach hinten fallenzulassen.

»Es tut mir leid …«, raunt er, als ich fühle, wie die pochende Wärme in mich eindringt.

Augenblicklich bohren sich meine Fingernägel in seinen Rücken. Gekonnt vollführt er das Spiel, welches von Zärtlichkeit gebeutelt in eine leidenschaftliche, harte Begierde überschwappt.

Schwerfällig rollt er sich von mir runter, zieht mich ein Stück mit sich, dabei grabe ich mich an seine Brust. Seine Atmung geht schwer. Es ist mucksmäuschenstill im Zimmer. Niemals zuvor konnte ich mich beim Sex derart fallenlassen und solche starken Gefühle wahrnehmen. Das, was ich eben erlebt habe, ist mit nichts zu vergleichen. Leo schafft es mit seinen zarten, aber auch harten Berührungen, Empfindungen in mir auszulösen, von denen ich nicht wusste, dass sie existieren. Er ahnte, was passieren würde, wenn wir uns aufeinander einlassen. Er hatte recht, er hat mich zerstört. Meine Ehe ist im Eimer, vielmehr mein gesamtes Leben, weil ich niemals das, was ich für Leo empfinde, für einen anderen Mann fühlen werde. Abgesehen davon, dass ich meine Ehe für einen Mann, der sich niemals binden wird, aufs Spiel gesetzt habe.

»Du weinst«, stellt er fest.

Ich brauche eine Weile, um zu begreifen, dass sich schon eine kleine Lache an seiner Brust angesammelt hat. Mühelos kullern meine Tränen auf seinen Körper.

»Es tut mir leid, es ist nur so …«, wimmere ich, ehe er mich unterbricht.

»Nur diese eine Nacht, Sina. Marcel wird es nicht erfahren«, beruhigt er mich.

Nun muss ich laut aufheulen. Dabei halten seine starken Arme meinen bebenden Körper fest im Griff.

»Ich bin ein furchtbarer Mensch«, murmle ich an seiner Brust.

»Du bereust es.« Er klingt gefasst.

Ich hebe meinen Kopf und betrachte sein Profil. »Oh Gott, das ist es nicht. Nein! Ich würde es wieder tun«, gebe ich beschämt zu.

19

Mit der festen Absicht, Marcel alles zu gestehen und ein reumütiges Geständnis abzulegen, lasse ich die Tür hinter mir ins Schloss fallen. Mit zitternden Händen bugsiere ich meine Handtasche auf die Anrichte und ziehe meinen Blazer aus. Meinen Koffer mit den Businesskleidern, die ich aufgrund des Zwischenfalles mit Leo kaum benötigt habe, schiebe ich ins Eck des Vorzimmers.

Es ist erst wenige Stunden her, als sich unsere Wege am Kölner Flughafen getrennt haben. Ohne ein Wort über die letzte Nacht zu verlieren, haben wir uns möglichst professionell auf die Firmengeschäfte konzentriert. Die Geschäftsreise ist aus unternehmerischer Sicht nicht gerade berauschend verlaufen. Im Gegenteil, ein Kunde hat aufgrund der spontanen Terminabsage nicht erfreut reagiert. Zum Glück muss nicht ich, sondern Leo dafür geradestehen. Immerhin hat er die Termine abgeblasen. Außerdem steht mir der Ärger bis ganz obenhin, denn ich muss mein Privatleben auf die Reihe kriegen.

Es ist ungewöhnlich still im Haus, Marcel müsste eigentlich zu Hause sein, wundere ich mich. Letzte Nacht habe ich das Szenario, also meine Beichte bei Marcel hundertmal durchgespielt. Irgendwie ist mein Gehirn nun leer, und ich habe keinen blassen Schimmer, wie ich das Gespräch beginnen soll. Als ich lauthals nach Marcel rufen will, bringe ich keinen Ton hervor. Mir verschlägt es die Sprache, als ich ihn an den Türrahmen gelehnt und mit ernster Miene in meine Richtung starren sehe. Verflucht. Er weiß, welch ein hinterhältiges Miststück ich bin. Ich schlucke schwer. Noch immer stehe ich mit offenem Mund da und bringe nichts hervor.

»Lass uns reden.« Seine Stimme klingt nicht kalt, wie ich es erwartet hatte, sondern sanftmütig.

Er wendet mir den Rücken zu, geht voran ins Wohnzimmer, wohin ich ihm mit leisen Schritten folge.

»Setz dich, bitte.«

Gehorsam sacke ich aufs Sofa, aufgeregt streife ich mir meine schweißnassen Hände an der Hose ab. Jetzt passiert es. Mein fast perfektes Leben zerbricht in Millionen Einzelstücke.

»Beginn doch endlich«, flehe ich mit krächzender Stimme.

Er lässt sich am Sessel gegenüber nieder und ringt hörbar nach Sauerstoff. »Es ist so …« Er bricht ab.

»Marcel«, sage ich gepresst, meine Augen füllen sich mit Tränen.

Verunsichert fährt er sich mit seinen Händen durchs Haar. »Sina, es tut mir so unsagbar leid.« Er senkt seinen Blick.

»Kannst du bitte loslegen«, fahre ich ihn verzweifelt an.

»Nichts entschuldigt das, was du nun zu hören bekommst.«

Meine Kehle ist staubtrocken. Warum hört er sich so reumütig an? Ich bin doch diejenige, die so klingen müsste. Mein Brustkorb verengt sich unangenehm, so als würden betonschwere Säcke auf mir lasten.

»Ich habe mich in eine andere Frau verliebt.«

Augenblicklich klappt mein Kiefer nach unten. Fassungslos starre ich ihn an. Es herrscht Funkstille.

»Sag doch etwas. Schrei mich an. Knall mir eine«, fordert er mich auf.

Ich spüre, wie mir das Blut aus dem Gesicht weicht. Ich stiere ihn weiterhin tonlos an.

»Sina, reagiere darauf.« Er erhebt seine Stimme.

»Wir sind im Arsch«, erkläre ich kopfschüttelnd.

Ich weiß nicht, ob ich heulen oder lachen soll. Erleichtert sein oder wütend? Obwohl ich mich selbst kopfüber in einen anderen Mann verliebt habe, schmerzt die Tatsache, dass Marcel dasselbe widerfahren ist, sehr. Ein Funken von Eifersucht keimt in mir auf. Gleich darauf bremse ich mich, denn es steht mir nicht zu, eifersüchtig zu sein.

»Wie lange schon?«

»Willst du dir das antun?«

»So lange?« Nun höre ich mich verzweifelter an, als ich wollte.

»Ich hatte keinen Sex mit ihr. Wir haben uns geküsst. Mehrmals. Und …«

Mit einer Handbewegung unterbreche ich ihn.

»Keine Details. Wie lange schon?«

Er zögert einen Moment. »Ein halbes Jahr.« Erschrocken weiten sich meine Augen.

»Und du hast nicht mit ihr geschlafen?«, bohre ich erstaunt nach, woraufhin er den Kopf schüttelt.

Und ich glaube ihm, nichts deutet darauf hin, dass er mich belügt. Gott, was für ein aufrichtiger Mann. Meine Emotionen wüten in mir wie ein Tornado. Ich bemühe mich, ein schallendes Lachen zurückzuhalten. Die Sache ist einfach zu absurd.

»Ich liebe dich, Sina. Nur eben nicht so, wie ich es mir für uns gewünscht hatte.«

Eine Träne kullert meine Wange hinab. Überraschenderweise fühlt sich die warme Nässe wohltuend an.

»Geht mir genauso. Ich liebe dich, aber nicht so sehr, wie ich es sollte.« Die Worte sprudeln nur so aus mir heraus.

Ich bemerke die Verwunderung in seinem Gesicht. Er erhebt sich von seinem Sessel und hockt sich vor mich hin, ein Knie am Boden, auf das andere hat er seinen Arm abgelegt. Seine freie Hand ergreift meine Finger und umschießt sie mit festem Griff.

»Auch ich hatte mir vorgenommen, mit dir zu sprechen«, sage ich.

Aufmerksam hört er mir zu. »Warte, es gibt noch etwas, was ich dir sagen muss.«

Hellhörig warte ich ab, als seine Stimme bebt. »Es ist … Es ist … es ist Marie«, sagt er schließlich.

Als säße ich in einem Karussell, beginnen sich die Gegenstände um mich herum zu bewegen. Ordentlich kreisen sie im Uhrzeigersinn umher.

»Sag mir bitte, bitte, bitte, dass das nicht wahr ist.« Hysterisch flehe ich ihn an.

Jetzt lässt er seinen Kopf auf meine Schenkel sinken.

»Ihr könnt doch nicht beide aus meinem Leben verschwinden«, sage ich und weine.

»Es tut mir leid«, flüstert er an meinem Schoß.

Obwohl ich vollkommen aufgelöst bin, weil mir Marcel seine Liebe zu meiner besten Freundin gestanden hat, macht mir seine Nähe nichts aus. Im Gegenteil, sie spendet mir unsagbaren Trost. Wir verharren in dieser eigentümlichen Position, auch ich lasse meinen Kopf auf Marcels nieder und heule an seinen Haaren.

»Ich habe dich gestern mit Leo betrogen«, offenbare ich.

Seine Atmung kommt zum Stillstand. Zaghaft erhebt er sich und mustert mich mit lebloser Miene. »Du hast was?«, entfährt es ihm nun barsch.

»Es tut mir wirklich leid«, wimmere ich.

Er schnaubt verächtlich. »Ich wusste es. Das mit euch hatte nie ein Ende.«

»So ist es nicht.«

»So ist es deshalb nicht, weil er kein Mann zum Heiraten ist, Sina. Sonst hättest du dich längst für ihn entschieden.«

»Beruhige dich«, flehe ich, »Das tut jetzt nichts zur Sache.«

»Vermutlich nicht«, erwidert er, erhebt sich und lässt sich erschöpft zu mir auf die Couch fallen.

Am Weg zu Marie kreisen meine Gedanken wirr durcheinander. Hat Marie Marcel nicht erzählt, dass ich mich zu Leo hingezogen fühle? Wenn sie in Marcel verliebt ist, hätte sie das zu ihrem Vorteil ausplaudern können.

Marcel und ich haben uns die letzten Stunden darauf geeinigt, dass wir unsere Habseligkeiten, sobald etwas Gras über die Sache gewachsen ist, aufteilen werden. Wir wollen uns ohne Anwalt einigen und es nicht im Rosenkrieg enden lassen. Ich glaube ihm. Ich vertraue auf seine ehrliche, gerechte Ader, die er mir alleine schon, weil er aus Rücksicht auf mich keinen Sex mit Marie hatte und alles im Vorfeld geklärt hat, bewiesen hat. Im Gegensatz zu mir. Ich war die Böse in dieser Geschichte. Selbst Leo wollte die Finger von mir lassen. Einzig und allein ich war es, die es darauf angelegt hatte.

Meine Gefühle haben heute eine wilde Achterbahnfahrt durchlebt und sind dadurch abgestumpft. Vor Maries Wohnung halte ich den Wagen, blicke rauf zu ihrem Balkon und fühle nichts mehr. Eine eigenartige Taubheit schlängelt sich durch meine Venen.

Als ich bei der Eingangstür zum Stiegenhaus ankomme, erklingt ein Summen, ohne dass ich klingeln muss. Bestimmt hat Marcel sie verständigt, dass ich mich zu ihr aufgemacht habe. Bestenfalls rechnet sie ohnehin mit mir. Ich mache mir nicht die Mühe, auf den Lift zu warten, stattdessen laufe ich die vier Stockwerke nach oben. Als ich die letzte Stufe erreiche, erwartet sie mich bereits. Eine gezeichnete, sorgenvolle Miene stiert mir entgegen.

»Es tut mir …«

»Lass es«, fauche ich sie an. »Ich habe meine beste Freundin verloren.« Ungläubig schüttle ich den Kopf. »Ich wünsche dir so sehr, dass du glücklich wirst, aber …«, bringe ich schluchzend hervor.

Auch sie kann ihre Tränen nicht zurückhalten.

»… es wird nie wieder so sein, wie es einmal war«, fahre ich weinend fort, »Ich werde dich vermissen. Ich werde Marcel vermissen.«

»Willst du rein?« Mit einer Handbewegung zeigt sie auf die offene Tür hinter sich.

Abwehrend schüttle ich den Kopf.

»Ich will dich als Freundin nicht verlieren«, höre ich sie bebend jammern.

»Das wird nicht funktionieren«, erwidere ich nun trocken. Mit beiden Händen wische ich mir über die Wangen und trockne mein Gesicht. »Du hast ihm nichts von Leo erzählt?« Abwartend beäuge ich sie.

»Nein.«

»Warum nicht?«, frage ich ungläubig.

»Weil ich immer noch deine Freundin bin. Ich habe mich nur in den falschen Mann verknallt«, erwidert sie.

Kurz wandern meine Mundwinkel nach oben. »Danke«, sage ich tonlos. Dann kehre ich ihr den Rücken zu und sprinte die Treppe hinab, als ich sie noch rufen höre:

»Lass von dir hören, wenn du bereit dazu bist.«

Ich antworte nicht, stattdessen flitze ich mit schnellen Schritten die Treppe weiter nach unten.

20

Das Schlamassel liegt acht Tage in der Vergangenheit. Acht Tage, die ich damit verbracht habe, meine Gedanken zu sortieren. Ich war nicht in der Lage zu arbeiten, nur die notwendigsten Aufträge habe ich einigermaßen erledigt.

Marcel ist erstmal bei Marie untergekommen. Mit zwei Koffern voller Kleidungsstücke, der Rest befindet sich immer noch in unserem Haus. Es ist unklar, ob er das Haus behalten will oder wir es verkaufen werden. Die Entscheidung überlasse ich ihm, denn ich kann es mir ohnehin nicht leisten. Außerdem ist nicht sicher, ob ich in Klagenfurt bleiben will. Leo weiß auch noch nichts von unserer Trennung, schon seit Donnerstag versuche ich ihn anzurufen. Erfolglos. Das Handy ist pausenlos abgedreht. Vermutlich war ich nicht mehr als eine seiner zahlreichen Eroberungen und er hat meine Nummer blockiert oder so.

Ich fühle mich traurig, ausgelaugt und einsam. Marie fehlt mir. Ich hätte sie in den letzten Tagen so sehr gebraucht. Selbst Marcel fehlt mir. Sie waren meine Lebensbegleiter. Jetzt stehe ich vollkommen alleine da.

Bei meinen Eltern kann und will ich mich nicht ausheulen. Sie wissen noch nicht, dass Marcel und ich uns scheiden lassen. Wir haben keinen guten Draht zueinander, was keinen besonderen Grund hat. Sie sind meine Eltern und ich liebe sie. Aber gerade was meinen Lebensalltag und mein Liebesleben betrifft, waren sie meist anderer Meinung. Sie waren mit meiner Jobwahl als Graphikerin nicht einverstanden. Marcel musste sich das Herz meiner Eltern hart erkämpfen. Keine meiner Entscheidungen haben sie leichtfertig hingenommen, fanden immer Kritikpunkte und äußerten Bedenken. Deshalb lasse ich mich nur an Feiertagen bei ihnen blicken. Nur Natascha könnte ich mich anvertrauen, allerdings bin ich mir unsicher, weil wir uns noch nicht so lange kennen. Immerhin sind wir auch Kolleginnen, und gerade deshalb kann ich ihr wohl schlecht von meiner Zuneigung zu Leo erzählen. Zuneigung? Wenn es doch bloß nur das wäre. Ich vergöttere diesen Mann.

Entkräftet stapfe ich zum Aufzug, dabei macht sich Erleichterung in meinem Inneren breit, weil ich kein bekanntes Gesicht antreffe. Ich will niemanden sehen, sondern schnellstmöglich in Leos Büro und ihn zur Rede stellen. Auch wenn er keine Beziehung will, hätte er sich doch danach erkundigen können, wie das Gespräch mit Marcel verlaufen ist. Immerhin waren wir doch auch befreundet. Das alles kann ihm doch nicht gänzlich egal sein. Es sollte ihn nicht kaltlassen. Verflucht.

»Wie siehst du denn aus?« Natascha beäugt mich mit einem sorgenvollen Gesichtsausdruck.

»Schrecklich?«, entfährt es mir genervt.

»Richtig Sch …… schrecklich, ja.«

»Kraftausdrücke liegen dir nicht.« Ich sehe meine Kollegin mit einer hochgezogenen Augenbaue an.

»Stimmt, dein Part. Willst du darüber sprechen?«

Ungeduldig blicke ich auf die Anzeige der Stockwerke. »Später.«

Als sich die Aufzugtür öffnet, hüpfe ich raus und kehre ihr den Rücken. Sie stemmt einen Fuß zwischen die Lifttüren, so dass sie sich nicht schließen können.

»Er ist weg«, sagt sie.

Ich kann nicht glauben, was sie von sich gibt. »Weg?« Ich blinzle.

»Ja.«

Meine Brust schnürt sich zusammen, ich drohe zu kollabieren. Panisch spähe ich zwischen ihr und Leos Büro hin und her, dabei stelle ich fest, dass sein Namensschild verschwunden ist.

»Wie, weg?«, krächze ich.

Kraftvoll packt sie mich am Arm und zieht mich in den Aufzug. Ich fächere mir mit der Hand Luft zu, um an mehr Sauerstoff zu gelangen, gleichzeitig blicke ich in ihre mitfühlenden Augenpaare.

»Nimm dich zusammen. Die anderen reden ohnehin schon über euch. Lass uns ins Café nebenan gehen.«

Ihre Worte lassen mich nur noch panischer werden, und ein Schweißfilm bildet sich auf meiner Stirn.

Im Laufschritt poltere ich ins Kaffeehaus. Natascha liegt mir dicht auf den Fersen, hat aber sichtlich Mühe, Schritt zu halten.

»Sag, dass das nicht wahr ist?«, flehe ich sie an, als ich mich auf den Stuhl setze.

Behutsam legt sie ihre Hand auf meine nervösen Finger. »Er ist weg, und keiner scheint den genauen Grund zu kennen.«

Aufgelöst falte ich meine Hände vor meinen Lippen, so als würde ich beten. »Man weiß nicht wo er steckt?«, frage ich tonlos.

Sie schüttelt den Kopf. »So ein Arschloch.« Ich bemühe mich darum, die Fassung zu wahren, doch das will mir einfach nicht gelingen.

»Man munkelt, dass er sich aus der Firma kaufen musste. Er hätte das Jahr beenden müssen, so steht es zumindest im Vertrag. Als Vorstandsmitglied kann man nicht einfach mir nichts, dir nichts abhauen.«

»Aus der Firma kaufen?« Ich mache große Augen. »Er hat mir auch keine Nachricht hinterlassen«, sage ich winselnd.

Je besser ich die Situation begreife, desto wütender macht sie mich. Er hätte sich zumindest verabschieden können. Ich hätte ihn schon nicht festgenagelt.

»Was lief da zwischen euch in Köln?«

Neugierig wartet sie auf eine Antwort, doch ich will ihr die Einzelheiten ersparen.

»Offensichtlich nichts, was ihm auch nur annähernd etwas bedeutet hat«, gebe ich kleinlaut zurück.

Mitfühlend nimmt sie mich in ihre Arme. Ich bin ihr unendlich dankbar für die Nähe, denn sie spendet mir Trost, den ich die letzten Tage vermisst habe.

»Du bist wieder hier?«, kreische ich freudig, als ich Werner an seinem Schreibtisch entdecke.

Natascha strafe ich mit einem vorwurfsvollen Blick, denn sie hat es die ganze Zeit über gewusst. »Und das sagst du mir nicht?«, ich zeige in Werners Richtung.

Natascha lächelt fröhlich. »Wir wollten dich überraschen.«

Kurzerhand falle ich Werner um den Hals, der sichtlich damit zu kämpfen hat, meine Arme zu lockern, damit er atmen kann.

»Schön, dich zu sehen«, sage ich und hüpfe freudig auf und ab.

Werner ist mir seit Le Mans richtig ans Herz gewachsen. Seine sonnige, ruhige Aura verschlägt mich in einen wundervollen Gemütszustand.

»Drei Tage die Woche«, sagt er.

Er tätschelt mir gegen den Oberarm, daraufhin löse ich meinen Griff.

»Darf ich fragen …«

Er fällt mir ins Wort. »Es geht gut voran«, erklärt er eilig und geht zur gewohnten Tagesordnung über.

Immer wieder wandert mein Kopf zu Werner, der geschäftig in seinen Rechner starrt.

»Sina«, mahnt er mich streng, so dass ich kurz zusammenfahre. Sein Blick wandert zu Natascha.

Ich werde das Gefühl einfach nicht los, dass er mehr weiß. Bestimmt kennt er Leos Aufenthaltsort. Es ist zwar eine vage Vermutung von mir, allerdings liege ich bei diesen Dingen meist richtig. Ich habe ein Gespür für so was.

»Lässt du uns einen Moment alleine«, bittet er Natascha, als er meinen Blick auffängt.

Erstaunt, aber verständnisvoll sucht sie das Weite.

»Wo steckt er.« Pure Verzweiflung schwingt in meiner Stimme mit.

Gemächlich verschränkt er seine Arme vor der Brust und auf seiner Stirn bilden sich tiefe Furchen.

»Sag es mir, bitte.«

Auf meine Bitte hin stößt er seinen Atem hörbar aus und lehnt sich kopfschüttelnd in den Drehsessel zurück, so als würde ihn die Angelegenheit zwischen Leo und mir belasten.

»Du bist verheiratet«, tadelt er mich.

Auf der Stelle entfährt mir ein schallendes Lachen. »Mein Mann hat sich in meine beste Freundin verliebt«, zische ich.

»Was?«

»Mittlerweile wohnen sie unter einem Dach, also erzähl mir nichts von meiner Ehe.« Ich klinge verzweifelt, meine Stimmbänder sind belegt.

»Das tut mir leid.« Seine Anteilnahme klingt aufrichtig.

Er gräbt in seinem Aktenkoffer herum, holt einen gelben Umschlag hervor und reicht ihn mir.

»Was ist das?«

»Ich habe den Umschlag nicht geöffnet«, erklärt er schulterzuckend.

Mit zitternden Händen nehme ich den Umschlag an mich. »Leo«, hauche ich.

Es ist, als würde die Welt um mich herum stillstehen. Ich bekomme nichts mehr mit. Ich begebe mich mit dem Brief zurück zum Tisch und öffne ihn. Mir ist es egal, ob Werner den Ausbruch meiner Emotionen gleich mitbekommen wird. Ich kann nicht anders, als das Kuvert aufzureißen und den Brief zu lesen.

Liebste Sina,
niemals wollte ich dein oder das Leben deines Mannes zerstören. Niemals habe ich das beabsichtigt.
Auch wenn es für dich schwer zu glauben ist, war jede Sekunde, in der ich dich nicht berühren durfte, jede Sekunde, in der du nicht bei mir warst, eine Höllenqual.

Es tut mir unendlich leid, dass es so gekommen ist und ich mich in dein Leben geschlichen habe. Ich würde alles, ernsthaft alles, dafür tun, das rückgängig zu machen. Nur deinetwegen.
Zurück bleiben die unzähligen Erinnerungen an dich. Der Tag in Köln, die Nacht mit dir …
Zu keinem Zeitpunkt, nicht in unseren jüngeren Jahren, nicht jetzt, wollte ich mir eingestehen, wie viel du mir bedeutest.

Wie du weißt, bin ich kein Mann von Traurigkeit. Für dich jedoch hätte ich mich ändern sollen. Schon damals. Dann wäre ich es gewesen, der dich zum Traualtar geführt und dich bis an dein Lebensende glücklich gemacht hätte.
Sina, keine andere Frau hat mir auch nur annähernd etwas bedeutet. Es warst immer du, die Frau, die ich aus tiefstem Herzen liebe.

Ich werde dir nicht sagen, wo ich stecke, denn das hier tue ich für dich. Ich will, dass du mit Marcel ein glückliches

Leben führen kannst. Bekommt Kinder, sie werden so wundervoll sein wie du es bist.
Lebe ein wundervolles Leben.

Leo

PS: Im nächsten Leben vielleicht.

Tränen strömen aus meinen Augen und prasseln auf das Blatt Papier nieder. Ungläubig starre ich auf das Geschriebene. Ein Räuspern lässt mich hochfahren. Werner und Natascha beäugen mich mit sorgenvollen Augen.

»Ein Abschiedsbrief«, sage ich schluchzend. »Ein wundervoller Abschiedsbrief.« Meine vom Weinen geröteten Augen starren die beiden an. »Und ihr wisst wirklich nicht, wo er steckt?«

Natascha schielt Werner von der Seite an, der von einem Bein aufs andere tritt.

»Werner, bitte.«

Werner fährt sich durchs Haar und murmelt etwas Unverständliches. »Komm mit«, raunt er schließlich und deutet auf seinen Computer.

Widerwillig rückt er einen Stuhl zurecht und bedeutet mir, darauf Platz zu nehmen. Er öffnet den Internetbrowser, gibt einen englischen Firmennamen ein, und die Homepage eines Konzerns in New York baut sich auf.

»New York?«, frage ich ungläubig.

»Er hat mir nicht gesagt, wohin er will. Ich weiß, dass er Teilhaber dieser Firma ist«, erklärt er und deutet auf den Monitor.

»New York«, wiederhole ich den Städtenamen wie ein Mantra, immer und immer wieder. »Ich brauche Urlaub.« Nickend, als müsste ich meine Feststellung untermauern, springe ich voller Schaffenslust vom Stuhl auf.

»Du willst doch nicht …?« Natascha blinzelt skeptisch.

»Nach New York. Meine ESTA-Einreisegenehmigung von letztem Jahr gilt noch. Ich brauche kein Visum. Es kann sofort losgehen!« Ich jubele.

»Du handelst aus einem Impuls heraus, überleg dir das gut. Wir wissen doch nicht, ob er sich tatsächlich dort aufhält.«

»Ich werde nichts unversucht lassen.«

»Was, wenn er wirklich nicht dort ist …« Natascha wirkt besorgt.

»Dann sehe ich mir eben New York an.« Ich sprühe vor Tatendrang.

Woraufhin Werner mit seinen Augen rollt.

»Urlaub? Werner?«

»Meinetwegen«, brummt er schließlich. »In zwei Wochen sitzt du wieder an diesem Schreibtisch, hörst du?«

Bestimmend klopft er mit seinem Zeigefinger auf die Tischplatte.

»Du bist total verrückt.« Natascha lacht, nimmt mich in den Arm und drückt mir einen Kuss auf die Wange.

»Vermutlich hast du recht«, gebe ich schmunzelnd zu.

»Erwarte nicht zu viel …«, höre ich Werner noch rufen, ehe ich meine Tasche schultere und aus dem Büro renne.

21

Gestern noch im Büro, und heute schon sitze ich im Flieger nach New York, auf einem völlig überteuerten Economy Platz wohlgemerkt. Der Hinflug kostet mich sagenhafte neunhundert Euro. Ich wusste nicht, wann ich wieder zurückfliegen will, deshalb habe ich ein One-Way-Ticket gebucht. Vermutlich werde ich für den Rückflug ebenso viel bezahlen müssen. Doch das ist mir jetzt völlig egal. Ich will Leo finden und mich mit ihm aussprechen. Zumindest will ich eine ordentliche Erklärung, weshalb er abgehauen ist. Von einem Tag auf den anderen zu verschwinden und alles hinter sich lassen, damit man sich aus dem Leben eines anderen raushält, ist meines Erachtens keine besonders durchdachte Lösung. Er kann mir nicht einen atemberaubenden, berührenden Brief hinterlassen und dann einfach so verschwinden.

Die Adresse der Firma, bei der er laut Werner Teilhaber ist, habe ich notiert. Sie befindet sich an der Wall Street. Meine Recherche hat allerdings ergeben, dass diese Firmen keinen Zutritt ohne Genehmigung gewähren. Was mich vor die nächste Hürde stellt. Um ehrlich zu sein, habe ich es mir nicht so ausgemalt, dass ich stundenlang vor einem Wolkenkratzer herumstehe und auf ihn warte. Darüber jedoch werde ich mir nach der Landung den Kopf zerbrechen. Im Augenblick will ich einfach nur ausspannen und anspruchslose Filme gucken.

Vorhin war mir danach, Marie eine Mitteilung zu schreiben. Gut, schreiben ist übertrieben. Ich habe ihr ein Foto von dem Airbus gesendet und »I am off« dazugeschrieben. Die Sehnsucht hat mich gepackt. Ich vermisse meine Freundin.

Seufzend stöpsle ich mir die Kopfhörer ins Ohr und starte die erste Schnulze. Ein Film, nach dem Buch von Nicholas Sparks. Genau das Richtige für meine wankelmütige Stimmung. Ich bin zuversichtlich, dass bei dem Film sämtliche Regungen stimuliert werden.

Nachdem ich die Einreise erstaunlich schnell hinter mich gebracht habe, laufe ich zum Airport Train, um dann weiter in die U-Bahn zu gelangen. Das Hotel befindet sich in unmittelbarer Nähe vom Times Square und ist gut mit der Bahn zu erreichen. Ich bin gut ausgerüstet, habe mir eine Applikation für den U-Bahn Fahrplan heruntergeladen und mir die Straßenkarte zu Gemüte geführt.

Nachdem ich den Kampf mit dem komplizierten Automaten gewonnen habe und mein Ticket für die Bahn in den Händen halte, mit einem großartigen Strahlen im Gesicht, laufe ich schnellen Schrittes zum Zug. Glücklicherweise muss ich nicht warten und kann sofort in den Zug springen. Dort angekommen, lasse ich meinen Blick umherschweifen. Kein Mensch sieht zu mir auf. Alle stieren trostlos vor sich hin, lesen ein Buch oder hören Musik. Als ich mich erneut umsehe, bleibe ich bei einem Mann hängen, der mir direkt in die Augen sieht und mit einem Kopfschütteln bedeutet, mit dieser dämlichen Grinserei aufzuhören. Augenblicklich fallen meine Mundwinkel nach unten und meine Lippen bilden eine gerade Linie. So ein Stimmungsmuffel, ärgere ich mich. Daraufhin tue ich es den anderen gleich und glotze auf den Boden. Nur niemanden ansehen, lautet meine Devise.

Meine gute Laune erreicht einen Höhepunkt, als ich, ohne mich verlaufen zu haben, im Hotel ankomme und mir die Empfangsdame die Schlüsselkarte in die Hand drückt. Ich durchlebe ein Hochgefühl meiner Seelenlage. Bei dem ganzen

Chaos, welches ich die letzten Wochen durchleben musste, habe ich das redlich verdient. Ich habe mich noch nie zuvor so lebendig gefühlt wie jetzt.

Auf dem Weg hierher bin ich nicht am Times Square vorbeigekommen, deshalb will ich ihn mir heute am Abend, wenn es dunkel ist und die Lichter leuchten, ansehen. Er soll atemberaubend sein, und diesen Anblick kann ich kaum abwarten.

Wie ich die Sache mit Leo angehe, habe ich noch nicht durchdacht. Heute ist es vermutlich ohnehin zu spät, und es wäre sinnlos, mich abends vors Bürogebäude zu pflanzen. Der Times Square und ein Hot Dog stehen auf meiner abendlichen To-Do-Liste, alles andere wird sich morgen zeigen.

Eilig, weil ich es kaum abwarten kann, den Big Apple zu erleben, stelle ich mich unter die Dusche, ziehe mir frische Kleidung über und lege mir etwas Make-up auf. Für die Selfies, die ich machen will, brauche ich einen Vorzeigeteint. Zufrieden und voller Vorfreude lasse ich mein Schminktäschchen in die Handtasche sinken und mache mich auf ins Freie.

Draußen, vor dem Eingang des Hotels, nehme ich erstmal einen tiefen Atemzug von dem schwülen New Yorker Luftozean. Genüsslich blähen sich meine Lungenflügel auf. Gleich nebenan befindet sich ein Kanaldeckel, aus dem reichlich Dampf aufsteigt. Die Geräuschkulisse bietet ein monotones Hupkonzert, dazu die zahlreichen Leute, die sich an mir vorbeischlängeln. Herrlich. Die berühmte Stadt New York. Der Big Apple.

Mit meinem Smartphone in der Hand marschiere ich die Straßen entlang und lasse mich von meiner mobilen Navigation lotsen. Ich bestaune die Wolkenkratzer. Beeindruckend. Ein kalter Schauder läuft mir über den Rücken. Ich hatte ganz vergessen, wie atemberaubend diese Stadt ist. Anders, als beim letzten Mal, fühle ich mich augenblicklich angekommen zwischen den Menschenmassen und den überdimensionalen

Häusern. Nach nur zehn Gehminuten erhöht sich der Lärmpegel allmählich, und ich kann die Lichter des Times Square erkennen. Die Leute stürmen in Scharen zu diesem berühmten Platz. Enttäuschung macht sich breit, als ich nach oben schaue und den Time Square Ball entdecke. Er ist klein. Viel kleiner, als ich ihn in Erinnerung hatte. Alljährlich lassen sie ihn zu Silvester in die Tiefe sinken. Auf Videos und in Filmen sieht das außerordentlich spektakulär aus. Auch der restliche Time Square wirkt enttäuschend auf mich. Ich hatte ihn anders in Erinnerung. Hier zu stehen war letztes Mal ein absolutes Highlight für mich.

Trotzdem tue ich es der Allgemeinheit gleich und stapfe weiter in die Mitte. Als ich mich nahe der Tribüne, die wohl eine Art Aussichtsplattform sein soll, befinde, halte ich und drehe mich mit in den Horizont geneigtem Kopf einmal um die eigene Achse. Phänomenal. Grandios. Schlagartig überkommt mich der Zauber. Vogelfrei drehe ich mich erneut im Kreis und starre mit offenem Mund auf die bunten, strahlenden Lichter. Das Blitzlicht der wechselnden Reklametafeln blendet mich. Nun bin auch ich vollkommen eingenommen und finde es nur noch phantastisch, hier zu sein. Erstaunlich, dass nur wenige Meter weiter das Lichterspektakel so viel weniger Wirkung zeigt.

Ich hatte nicht auf die Uhr geblickt, aber ich muss wohl eine lange Zeit am Time Square zugebracht haben. Zelebriert habe ich das alles, als wäre das Lichterspektakel der Neubeginn meines Lebens.

Auf dem Nachhauseweg habe ich mir noch schnell einen Chai Tea Latte bei Starbucks geholt, den ich nun am Fensterbrett sitzend in meinem Hotelzimmer schlürfe. Ich verfalle der Aussicht, die genauer genommen keine ist, weil sich einige Meter weiter das nächste Hochhaus befindet und sich eine Backsteinmauer in meine Augen prägt. Jetzt ist der Zeitpunkt gekommen, wo ich das Großstadtleben bitter nötig habe. Keine Fragen von Verwandten, Bekannten und Freunden. Ich will mich nicht erklären, warum wir uns scheiden lassen, will an meinen Fehlern keinen teilhaben lassen. Das ist eine Sache zwischen Marcel und mir. Gut, Marie spielt noch eine klitzekleine Nebenrolle, und Leo, der von dem ganzen Desaster nichts mitbekommen hat, weil er einfach so von dannen zog.

Nicht nur mein emotionales Ich hat sich verändert, auch mein äußerliches Ich hat einen erstaunlichen Wendepunkt erreicht. Heute trage ich nicht wie sonst eines meiner Businessoutfits oder meine legere Freizeitkleidung. Nein. Heute Morgen habe ich doch tatsächlich meine zerschlissene Jeans, die tiefe Einblicke auf meine Oberschenkel zulässt, und meine schwarzen Doc Martens angezogen. Wie diese alten Dinger in den Koffer gekommen sind? Ich habe keinen blassen Schimmer. In meiner Euphorie sind sie wohl einfach in meine Hände geraten.

Mit dem Vorsatz, mir gleich ums Eck einen Cronut zu besorgen, will ich schon nach unten laufen, als mir plötzlich einfällt, dass ich seit gestern meine Nachrichten nicht gecheckt habe. Eilig verbinde ich mein Telefon mit dem WLAN des Hotels und durchstöbere meine neusten Mitteilungen. Natürlich. Marie hat mir einige hinterlassen.

»Du bist doch vollkommen crazy. ;)«
»Sina? Alles klar?«
»Bitte melde dich.«
»Ein Lebenszeichen von dir???«
»Muss ich in den Flieger steigen und kommen?«
»Sina bitte!!!!!!!!«

Und schließlich auch eine von Marcel:

»Sina bitte, wir machen uns ernsthaft Sorgen um dich.«

Zugegeben, ich muss schmunzeln, auch wenn ich nicht beabsichtigt habe, mich nicht bei ihnen zu melden. Das geschieht ihnen recht. Ein bisschen dürfen sie sich ruhig um mich sorgen. Doch weil die Angelegenheit ohnehin verkorkst ist und ich offensichtlich verrückt bin, erstelle ich eine WhatsApp Gruppe und lade Marie und Marcel dazu ein. Die Gruppe benenne ich mit dem Namen »Dreiecksgespann«. Ich hoffe sie verstehen meine schrulligen Absichten dahinter und schleppen mich nicht von einem Psychologen zum nächsten, wenn ich erstmal wieder in der Heimat bin.

»New York ist großartig. Macht euch keine Gedanken um mich. Genießt das Leben.«

Gut, die Message ist definitiv überzogen, doch sie befindet sich in den Weiten des World Wide Web, also kann ich sie nicht mehr ändern. Strahlend, mit einem kühnen Tatendrang, verlasse ich meinen Schlafraum. Bereit, die Mission Leo Winter auszuführen. Habe ich einen Plan? Keinen sonderlich ausgeklügelten. Ich will zur Wall Street, genauer genommen zu Leos Büro und gucken, was ich dort anstellen kann. Nicht raffiniert, allerdings ein Anfang.

Als ich dort ankomme, die Leute in ihren schicken, schwarzen Arbeitsgarnituren sehe und an mir hinabblicke, muss ich unweigerlich den Kopf schütteln. Wie doof bin ich eigentlich? Gerade heute, also, um in das innere dieses Komplexes zu gelangen, hätte ich mich eleganter kleiden müssen. Zumindest nicht wie der größte Sandler. In meinem heruntergekommenen Stadtstreicher Outfit minimiere ich meine Chance, Leo näherzukommen um ein Vielfaches.

Schwer atmend fasse ich all meinen Mut zusammen und stolziere auf die mächtige Glastür zu. Gespielt sicher greife ich nach dem Eisengestänge und schwinge die Tür auf. Einem Security Mann, mit einem unerbittlichen Anblick, welcher mich kurz frösteln lässt, schenke ich ein zuckersüßes Lächeln, während meine Augen nach irgendetwas Brauchbarem suchen. Sie blitzen auf, als sie einen Informationsschalter entdecken. Mit großen Schritten steuere ich auf den Schalter zu und komme abrupt zum Halt, als ich meinen rechten Fuß aus Versehen in die Säule des Pultes ramme. Ich beiße mir auf die Lippen, um nicht laut loszuheulen. Verflucht. Das tu weh. Dann zwinge ich mich zu einem freundlichen Gruß. Zaghaft wandert der Lockenkopf der schwarzen Schönheit hinter dem Tresen nach oben. Sie stößt ein raues »How you doing« hervor. Nervös kaue ich auf meiner Unterlippe herum, genau an der Stelle, auf die ich vorhin meine Zähne gerammt hatte. Jetzt unterdrücke ich den nächsten Schluchzer. Ich habe nicht daran gedacht, mir ein paar englische Vokabel zurechtzulegen, um einen einigermaßen souveränen Eindruck zu hinterlassen.

»Ich bin eine Freundin von Leo Winter und hatte gehofft, ihn sehen zu können«, schießt es auf Englisch aus mir heraus, in einem merkwürdigen deutsch-britischen Akzent, was die Dame mit einer hochgezogenen Augenbraue quittiert.

»Mr. Winter ist nicht im Büro«, erklärt sie mit kraftvoller Stimme.

Die Enttäuschung steht mir ins Gesicht geschrieben.

»Auch morgen nicht«, fügt sie hinzu und hält ihre Augen auf den Monitor gerichtet. »Er kommt erst nächsten Montag wieder.«

»Was?«, jauchze ich ungläubig.

Aus dem Augenwinkel heraus sehe ich, wie der Sicherheitsmann von der Eingangstür einen Schritt auf mich zumacht. Die Empfangsdame zeigt mit einer Handbewegung an, dass sie mit mir fertig ist. Kopfschüttelnd und den Tränen nahe verharre ich vor ihr.

»Es tut mir leid.« Mitgefühl huscht über ihren karamellfarbenen Teint und ihre haselnussbraunen Augen leuchten.

»Bitte«, wispere ich, dabei trete ich von einem Bein aufs andere. »Leo, also Mr. Winter, ist die Liebe meines Lebens. Er ist letzte Woche, einfach so, mir nichts, dir nichts verschwunden. Ich habe keine Möglichkeit, ihn zu kontaktieren. Keinen Anhaltspunkt, wo ich ihn erreichen könnte. Nichts. Es fühlt sich an, als würde das letzte Puzzlestück fehlen …«, erkläre ich.

Sie reicht mir ein Taschentuch und bedeutet mir, den Empfangsbereich zu verlassen. Sie wirft mich raus. Ich gluckse, tue ihr den Gefallen, vor allem deshalb, weil ich den bedrohlichen Blick des Sicherheitsmannes im Rücken spüre.

Draußen angekommen schnappe ich nach Sauerstoff. Widerwillig tragen mich meine Füße vom Gebäude fort. Was habe ich erwartet? Ihn in dieser Stadt einfach so anzutreffen? Ich erschrecke, als mich eine Hand an der Schulter packt und mich zum Halten zwingt. Überrascht sehe ich in das Gesicht von Tracy, die nun ein Namensschild trägt und vor mir steht. Sie hält mir ein gefaltetes Papier entgegen und lächelt schwach.

»Das kostet mich garantiert meinen Job«, schimpft sie.

Sachte greife ich nach dem Zettel und blinzle ungläubig. Hat sie mir vielleicht seine Nummer notiert? Ich halte das Stück Papier an meine Brust gedrückt, als wäre es das Wertvollste, was ich besitze. Sie macht auf dem Absatz kehrt und ist schon fast außer Sichtweite, als ich ihr meine dankenden Worte nachrufe.

Sobald sie im Inneren des Gebäudes verschwunden ist, öffne ich neugierig das sorgfältig gefaltete Papier.

Madison Ave / E 79th
Plaza C/1719

Mit zitternden Händen starre ich auf die Adresse. Ist das wahr? Wohnt er dort? Er ist tatsächlich hier in New York? Zahlreiche Fragen schießen mir durch den Kopf, dabei gerate ich ins Taumeln, kann mich allerdings bald wieder fangen.

Von der Situation überfordert setze ich mich in das Café, welches sich im Wolkenkratzer gegenüber befinden. Diesmal möchte ich mir einen besseren Plan zurechtlegen als vorhin. Was werde ich Leo sagen? Hallo erstmal, und ich lasse mich scheiden? Kommt bestimmt nicht gut an. Was erwarte ich mir von ihm? Er, der keine Beziehung möchte und das Leben in vollen Zügen auskosten will.

Mit meinen Ellenbogen stütze ich mich auf der Tischplatte ab und vergrabe mein Gesicht in den Händen, als mir jemand auf die Schulter tippt.

»Sie müssen das Getränk vorne holen.« Ein älterer Mann deutet mit seinem Zeigefinger auf den Tresen vorne.

War doch klar. Wir sind nicht in Österreich. Selbstbedienung also, denke ich und schnaufe, bedanke mich aber freundlich bei dem aufmerksamen Herrn.

Als ich wartend in der Schlange ausharre und meine Augen zielstrebig über die Adresse huschen, überlege ich, Marie einzuweihen. Wozu sie mir wohl raten würde? Wie ein Karussell kreisen meine Gedanken umher. Einerseits will ich jetzt sofort in seine betörenden, blaugrünen Augen sehen und mich in seinen starken Armen verlieren, andererseits will ich nicht wie ein Einfaltspinsel vor ihm stehen und ihm stotternd meine Hingabe gestehen. Das Zauberwort lautet Marie, doch ich kann mich nicht dazu durchringen, sie in mein Innerstes zu lassen, nicht nach dieser kurzen Zeit.

Noch im Café bin ich auf die glorreiche Idee gekommen, meinem Aussehen im Sephora einen besonderen Schliff zu verleihen. Das Sephora ist ein Drogeriestore, in dem sich in New York einige Leute bedienen, die offensichtlich nichts kaufen wollen. Als hätten sie kein Zuhause, verweilen sie vorm Spiegel und legen sich eifrig Make-up auf. In Österreich wäre das undenkbar. Der Store wirkt nicht heruntergekommen, ganz im Gegenteil. Gerade deshalb finde ich es seltsam, dass man sich hier ungeniert bedienen kann. Doch es scheint nichts Besonderes zu sein. Und weil meine Gesichtskosmetik heute Morgen eher mager ausfiel, ist es vorerst mein Plan, mich dort zu verschönern.

Enthusiastisch stolziere ich in das Geschäft, peile das Regal von Hourglass an und starre unbeholfen auf die zahlreichen Fläschchen und Döschen. Gut, angesichts dessen, dass ich mir kein überteuertes Puder zulegen will, darf ich meine Unsicherheit nicht zeigen. Ohnehin ist es mir peinlich, dass ich das jetzt wirklich durchziehen werde. Also, mich hier schminken, ohne jegliche Kaufabsichten.

Nachdem ich die Reihen gescannt habe, schnappe ich mir ein Fläschchen Make-up, ein schimmerndes Puder und ein zartrosa Rouge. Natürlich nehme ich die Tester aus dem Regal. Auf dem Weg zu einem freien Spiegel treffe ich auf einen Mitarbeiter, der mir doch tatsächlich einen knallroten Lippenstift von Tom Ford in die Hand drückt. Erstaunt stelle ich fest, dass auch er diesen Lippenstift trägt, zumindest sieht es ganz danach aus. Richtig, ein Mann, der tatsächlich wie ein Mann aussieht und nicht wie ein Transvestit, der Eyeliner und Lippenstift trägt. Verrückt, sonderbar, doch auch irgendwie passend.

Auf der Ablage, die sich direkt vor dem Schminktisch befindet, lege ich meine geborgten Utensilien ab. Mit einem prüfenden Blick in den Spiegel, um sicherzustellen, dass ich nicht unter ständiger Beobachtung stehe, schnappe ich mir das flüssige Make-up. Ich tupfe es zuerst auf die Hand, um zu sehen, ob ich den richtigen Farbton gewählt habe. Sofort verbindet sich die zähe Flüssigkeit mit meiner Haut und umschmeichelt sie mit einer wohltuenden Sanftheit. So also fühlt sich teures Make-up an. Staunend blicke ich auf den kleinen Glasbehälter. Dann verteile ich großzügig einige Tropfen auf meinem Gesicht. Sorgfältig massiere ich sie in meine Haut ein, bis das Elixier Pore für Pore umschließt. Mit einem wohltuenden Gefühl fahre ich fort, nehme einen Einwegpinsel und trage das Puder und das Rouge auf. Obwohl ich am Morgen nur eine hauchzarte Schicht Mascara aufgelegt habe, fühle ich mich, als wäre ich ein Hollywoodstar, was mich wiederum übermütig werden lässt. Ich greife zum teuren Lippenstift, reinige ihn, indem ich mit einem Schminktuch über die Spitze wische und lege ihn an meine Lippen. Beschwingt umrande ich sie und stecke ihn zurück in die Verschlusskappe. Vorsichtig lasse ich meine Lippen aneinanderreiben, um die Farbe zu verteilen. Zu meiner Verwunderung stelle ich fest, dass ich nun, trotz meines Sonntagsoutfits, stylisch aussehe und mich vor niemandem verstecken muss. Zufrieden bestaune ich mein Spiegelbild.

Die Produkte überzeugen mich, deshalb hadere ich damit, sie alle zu kaufen. Doch die Reise reißt ohnehin schon ein Loch in mein Portemonnaie. Außerdem weiß ich nicht, wie es mit dem Haus weitergeht, deshalb entscheide ich mich, nur den Lippenstift zu kaufen, der sagenhafte sechzig Dollar kostet.

Nachdem ich die Tester zurückgetragen und den Tom Ford aus dem Regal genommen habe, kommt der Mann von vorhin an mir vorbei und zwinkert mir wohlwissend zu. Er bringt mich augenblicklich zum Schmunzeln und lässt mich vergessen, dass ich in wenigen Minuten zur Stalkerin mutieren werde.

Es hat eine Weile gedauert, bis ich den Dreh raus hatte und ein Taxi vor meinen Füßen stehengeblieben ist. Ich wollte schon aufgeben. Meine Handbewegungen wurden energischer und schließlich hatte ein Fahrer mit indischen Wurzeln Mitleid mit mir. Ein unverständliches Kopfschütteln spielte sich vor meinen Augen ab, als ich doch tatsächlich vorne auf dem Beifahrersitz Platz nehmen wollte.

Jetzt, nach dieser qualvollen Fahrt, auf der er die Kurven

schnitt und die roten Ampeln ignorierte, blicke ich auf den Eingangsbereich des Wolkenkratzers und überprüfe die Hausnummer. Sie stimmt. Plaza C.

Als ich überlege, wie ich am besten in das Innere des Hochhauses komme, schwingt die Tür auf, und eine Dame stolziert in ihren Stöckelschuhen an mir vorüber. Noch bevor die Tür zuschlägt, husche ich hinein. Ein triumphierendes Lächeln umspielt meine Mundwinkel. Eine bravouröse Leistung.

Als ich schließlich vor der Liftanlage halte, die Tür aufgeht und ich bemerke, dass ich eine Karte benötige, um den Aufzug zu nutzen, verschwindet meine euphorische Laune augenblicklich. Verflucht. Was nun? Nervös blicke ich mich um. An der gegenüberliegenden Seite entdecke ich einen Treppenaufgang, was mir einen leichten Aufschwung verleiht. Allerdings befürchte ich, dass sich das Apartment mit der Nummer 1719 im siebzehnten Stockwerk befindet.

Da mir keine andere Wahl bleibt, klettere ich Stufe für Stufe hoch. Etappenweise schlendere ich nach oben. Ich will nicht vollkommen aus der Puste sein, wenn ich vor Leo stehe. Außerdem will ich meine Kosmetik nicht gänzlich ruinieren. Mein Herzschlag beschleunigt sich. Nicht nur, weil ich mich körperlich anstrenge, sondern weil die Nervosität stetig zunimmt. Von Stockwerk zu Stockwerk.

Im siebzehnten Stock angekommen, bin ich, trotz des gemächlichen Aufstieges, atemlos. Ich gönne mir einen Augenblick Ruhe. In meiner Brust pocht es unaufhörlich. Ich zittere. Was wollte ich Leo noch schnell sagen? Wird er sich freuen, mich zu sehen?

Kurzerhand entscheide ich mich dafür, alles schnell hinter mich zu bringen. Denn je länger ich warte, desto gehemmter werde ich. Es sind keine Namen an den Türen angebracht, wie es in Österreich der Fall ist. Nein. Lediglich die Nummer des Apartments steht über dem Portal geschrieben. Sicherheitshalber überprüfe ich die Zahlen. Sie stimmen überein. Wie von Zauberhand wandern meine gebeugten Finger nach vorne und hämmern gegen die Tür. Was sollte das nun wieder? Warum klingle ich nicht einfach? Mit der flachen Hand schlage ich gegen meine Stirn. Aufgeregt lausche ich an der Tür. Als ich gerade überlege, ob ich noch mal klopfen oder doch lieber läuten soll, öffnet sie sich. Mit aufgerissenem Mund starre ich die Person an. Es ist nicht Leo. Nein. Eine schwarzhaarige Schönheit mit wundervollen, geschwungenen Lippen blickt mich mit ihren bronzefarbenen Augen erwartungsvoll an. Blitzschnell wird mir speiübel. Klar. Er tröstet sich mit dieser Grazie. Noch bevor sie etwas hervorbringen kann, deute ich ihr an, dass ich mich an der Tür geirrt habe und kehre ihr den Rücken zu. Im Laufschritt sprinte ich die Treppe hinab.

Wutentbrannt kann ich keinen klaren Gedanken fassen. Es brodelt in mir, weil ich zu naiv war. Wie viel mag ich ihm bedeutet haben, wenn er sich bereits nach kurzer Zeit mit irgendeiner Schlampe die Stunden versüßt? Der Zorn, der mir gilt, verbreitet sich in mir wie ein Lauffeuer. Hatte ich erwartet, dass ein Mann wie Leo auf mich wartet und mich mit offenen Armen empfängt? Wohl nicht. Sonst hätte er mir außerdem irgendeinen Anhaltspunkt, wo ich ihn finden kann, hinterlassen. Er will nichts von mir wissen. Mit der Erkenntnis hätte ich mich schon viel früher anfreunden sollen. Alle Zeichen deuteten darauf hin, dass er mich als Gespielin, mit anderen Worten als Zeitvertreib sah. Ohne ein genaues Ziel vor Augen, laufe ich schnurstracks weiter. Setze ein Bein vors andere. Obwohl das Gebäude meterweit entfernt ist, setze ich meinen Gang unaufhörlich fort.

22

Zuerst habe ich mich für mehrere Stunden im Hotelzimmer verschanzt, mich unter der Bettdecke verkrochen und in Selbstmitleid gesuhlt. Nachdem alle Tränen vergossen waren und nur noch ein jämmerliches Keuchen aus meiner Kehle drang, habe ich mich aufgerafft und mich zurechtgemacht. Immerhin bin ich in der Stadt, die niemals schläft. Dem Big Apple ist mein miserables Liebesleben vollkommen gleichgültig, deshalb habe ich mich in mein kürzestes, schwarzes Kleid, welches am Rücken tief ausgeschnitten ist, geworfen. Dazu trage ich meine rubinroten Stöckelschuhe und die dazugehörige Clutch. Der Tom Ford Lippenstift rundet mein gewagtes Abendoutfit ab.

Das Taxi, welches direkt in der Hoteleinfahrt gewartet hat – ich musste keinerlei Dehnübungen vorführen, um den Fahrer auf mich aufmerksam zu machen –hält vor dem Coyote Ugly Saloon. Mir fiel auf die Schnelle nichts Besseres ein als diese Bar. Mit Marie war ich vor Jahren in Las Vegas in der Coyote Ugly Bar und wir hatten einen irrsinnigen Spaß. Darum soll es heute auch gehen. Ich will einfach nicht auffallen und für ein paar Stunden meine jammervollen Gedanken verbannen. Ich halte dem Fahrer einen zwanzig Dollarschein entgegen und hüpfe elegant aus dem Wagen. Vor der Bar tummeln sich erstaunlicherweise nur wenige Leute. Ich hatte mit einer elendslangen Schlange gerechnet. Als ich beim Türsteher ankomme, beäugt er mich streng, fordert meinen Ausweis, und nachdem er ihn eine ganze Weile mit scharfsinnigen Augen gescannt hat, winkt er mich weiter. Ich schlüpfe an seinen breiten Schultern vorbei und laufe der Musik von Nickelback, die von einer Frauenstimme begleitet wird, entgegen. Inbrünstig singt sie die Zeilen von »How you remind me« mit. Ein brennendes Spannen in meinem Inneren erinnert mich an die Vergangenheit.

»And this is how you remind me …«, grölte ich Marie im angeheiterten Zustand entgegen. Als sie mich in unserer Stammkneipe, dem Spektakel, auf einen dieser kleinen Tische zog und wir lauthals mitsangen, entdeckte ich Leo, der es sich mit seinen Freunden auf den seitlichen Plätzen des kleinen, vollgestopften Lokals gemütlich gemacht hatte.

Ausgiebig tanzten wir auf dem wackeligen, kleinen Gestell und sangen Zeile für Zeile mit. Mich überkam ein berauschender Höhenflug, als sich unsere Blicke für einen kurzen Augenblick trafen. Er hatte mich entdeckt. Das war das erste Mal gewesen, dass wir uns nachts in einer Kneipe über den Weg liefen. Natürlich waren wir seit unserer frühen Jugendzeit befreundet, doch damals gingen wir noch nicht aus, höchstens in den jährlich wiederkehrenden Vergnügungspark. Das war also unsere Premiere.

Schon früh wusste ich von seinem Machogehabe. Die Frauen lagen ihm zu Füßen und er kostete das in vollen Zügen aus. Manchmal ärgerte es mich, manchmal nicht. Unsere Beziehung zueinander war sonderbar. Wir waren Freunde mit gewissen Vorzügen, doch auch irgendwie ohne diese Vorzüge.

Mich durchlief ein heißkalter Schauder, als ich erneut zu ihm hinuntersah und mir klarwurde, dass ich etwas unternehmen musste, denn es würde nicht lange dauern und eine andere würde an seinen Lippen hängen. Das wollte ich auf keinen Fall mitansehen müssen.

»Ich schnapp ihn mir«, brüllte ich Marie ins Ohr, die mich verständnislos anblickte.

Entweder sie hatte mich aufgrund der lauten Musik nicht verstanden oder sie traute es mir schlichtweg nicht zu. Berauscht sprang ich vom Tisch hinunter und bahnte mich durch die Enge der feiernden Meute.

Der Alkohol in meinem Blut sorgte dafür, dass ich nicht einknickte und mein Vorhaben in die Tat umsetzte. »Its my life« von Bon Jovi dröhnte aus den Boxen, als ich mich, ohne jegliche Vorwarnung, auf seinen Schoß hievte. Erst als ich seine warmen Hände an meiner Taille spürte, wagte ich in sein Gesicht zu sehen. Mir stockte der Atem, als seine Lider schwer wurden und ich spürte, wie sehr er meine Nähe genoss.

Wir hatten uns schon geküsst und miteinander rumgemacht, allerdings lag das eine ziemliche Zeit in der Vergangenheit. Nun fühlte es sich anders an. Erwachsener. Ernster.

Ich fühlte mich wohl in seinen starken Armen, die mich hin und her wiegten. Irgendwann baute sich Marie mit einem überraschten Ausdruck neben mir auf und ich kam zurück in die Realität. Was hatte ich getan? Niemals wollte ich zu den Mädchen gehören, die er reihenweise verführte. Nicht ich. Ich wollte niemals eine seiner Trophäen sein, mit denen er so gerne prahlte.

Panisch suchte ich meine Umgebung ab und war umzingelt von grinsenden Gesichtern. Plötzlich kam ich mir idiotisch vor. Zaghaft erhob ich mich, spürte noch seine Hand, die mich zurückzuhalten versuchte.

Meine Freundin knutschte inzwischen mit einem Kerl. Doch eines stand fest, ich musste raus. Musste realisieren, was gerade geschehen war. Meine Gefühle für Leo waren von der einen Sekunde auf die andere wieder präsent. Intensiver als jemals zuvor.

Ich kämpfte mich durch die überfüllte Bar hindurch nach draußen. Der Türsteher hielt mir die Tür auf und eine erfrischende, kalte Luft peitschte mir entgegen. Es tat gut. Es war herrlich. Ich lehnte mich gegen die Steinmauer, der gegenüberliegenden Kirche und sog den Sauerstoff in mir auf.

Es dauerte nicht lange, bis die Tür des Lokals aufschwang und

Leo hervortrat. In seiner tiefsitzenden Jeans und seinem engen, schwarzen Shirt sah er zum Anbeißen aus. Kurz dachte ich, dass er einfach gehen will, was ein beschwerliches Gefühl in mir auslöste. Ich wollte nicht, dass er geht. Ich wollte ihn bei mir haben.

Dann aber zog er mich mit seinem Anblick in den Bann. Er hatte mich entdeckt und kam mit einem bedrohlichen Ausdruck näher. So nahe, dass ich seinen Atem in meinem Gesicht spürte. Seine Hände hatte er in seinen Hosentaschen vergraben, als er mich mit seinen schimmernden, blaugrünen Augen fixierte.

»Was war das eben?«, hauchte er mir mit ernster Miene entgegen.

Befangen stierte ich zu Boden. Zur Hölle, ich wusste doch selbst nicht, was das vorhin sollte. Ohne meine Antwort abzuwarten, legte er seine Hand in meinen Nacken, zog mich zu sich heran und presste seine zarten Lippen auf meine. Bereitwillig öffnete sich mein Mund und unsere Zungen vollzogen ein gieriges, sehnsüchtiges Spiel. Mein Körper setzte Endorphine frei, die mich unvermittelt in einen berauschenden Zustand versetzten.

»Lass uns fahren …«, meinte er und zog mich in seinen Armen mit sich. Das war die zweite Premiere an diesem Abend. Wir schliefen kuschelnd nebeneinander ein. Wir hatten keinen Sex. Wie immer, weil ich keine seiner Trophäen sein wollte. Niemals.

Gegenwärtig verteufle ich diesen stumpfsinnigen Song, weil er mich so sehr an diese eine Nacht erinnert. Es ist, als wäre es gestern gewesen. Ich kann seine Hände förmlich an meinen Hüften spüren. Als ich mich schüttle und noch immer diese Zauberhände auf mir fühle, fahre ich herum. Ein dämlich grinsender Typ tänzelt umher und hebt entschuldigend seine Arme. Ich kann nicht anders, als mit den Augen zu rollen. Vermutlich hätte ich ihm eine kleben sollen. Das wiederum hätte dazu geführt, dass ich aus der Bar fliege, und das wollte ich vermeiden. Stattdessen werde ich mir einen Drink genehmigen und auf andere Gedanken kommen, deshalb bin ich doch hier.

Ich bahne mich durch die Feiernden und komme schließlich, gefühlte Stunden später, zur Theke. Der Gang war beschwerlich, weil eine ziemlich scharfe Frau, natürlich leicht bekleidet, auf dem Bartresen ihre Hüften schwingt und den Männern den Likör in den Mund gießt. Ich habe Glück und eine vollbusige Frau mit Schmollmund nimmt meine Bestellung auf. Nur wenig später stellt sie den Tequila und ein Glas Bacardi Cola vor mir ab. Ich zögere nicht und gieße das goldene Elixier in mich hinein. Weil ich auf die Orangenscheibe verzichte, nehme ich einen kräftigen Schluck vom Longdrink. Augenblicklich durchzieht mich ein warmes Prickeln. Genau das Richtige für diesen Abend, um mein Schlamassel zu vergessen.

Etwas später wird doch tatsächlich ein Hocker frei, auf dem ich es mir gemütlich mache. Es stört mich nicht, alleine in einer Bar zu sitzen. Irgendwie scheint das ohnehin keinen zu interessieren. Außer den Typen von vorhin, der Marshall von der Serie »How I met your mother« ähnelt. Ich kann mein Kichern kaum zurückhalten. Er sieht doch tatsächlich so aus wie der betrunkene Marshall, der in einer Episode vor dem Spiegel tanzt und sich unbeschreiblich begehrenswert findet. Zufrieden nippe ich am Glas. Mein Plan, nicht pausenlos über Leo und meine zerbrochene Ehe zu grübeln, gelingt.

Die Show geht weiter, und weil sich das Treiben wiederholt und es allmählich langweilig wird, wage ich einen Blick aufs Smartphone.

Was gibt es Neues in New York? Marie

Ich will sie nicht im Unklaren lassen, deshalb antworte ich ihr. Vermutlich auch, weil ich ihr mein Leid klagen will.

Er ist das größte Arschloch auf dieser gottverdammten Welt!!! Bin unter die Kojoten gegangen …

Anschließend schieße ich noch ein Foto der überfüllten Bar und füge es zur Nachricht hinzu.

Was ist passiert?

Meine Finger können nicht ruhen.

Seine Gespielin hat SEINE Wohnungstür geöffnet.

Ich muss schmunzeln, als ich die nächste Zeile lese.

Ich werde ihn punishen …

Es tut gut, Maries Kommentar zu lesen, auch wenn sie ihn natürlich nicht »punishen« wird. Sie hat noch nicht mal seine Nummer und weiß auch nicht, wo er steckt. Trotzdem sind ihre Worte Balsam für meine Seele.

Vier Tequila später und den eigentümlichen Marshall Typen am Hals, beschließe ich, die Finger vom Hochprozentigen zu lassen.

Er labert, labert, labert. Automatisiert nicke ich und gebe ihm den nötigen Zuspruch, nach dem er giert. Seine zufällige Berührung an meinem Oberschenkel nervt mich gewaltig. Doch ich bin zu erschlagen, um mir ein anderes Plätzchen zu suchen. Auch deshalb, weil es keines gibt, also bleibt mir auch keine andere Wahl.

Die Stimmung erreicht ihren Höhepunkt, als Marshall zu »Always« von Bon Jovi in mein Ohr trällert und ich bei jeder Silbe eine Fontäne seines Speichels abbekomme. Ich lehne mich ein großes Stück nach hinten und kann nicht nachvollziehen, warum es der Typ einfach nicht verstehen will. Noch gelangweilter kann ich mich nicht geben. Sonst würde ich einschlafen und vom Hocker plumpsen.

Marshall regt mich auf, er belästigt mich, als er ein ganzes Stück an mich herankommt und seine Beine seitlich an meine nackten Schenkel presst. Ich explodiere gleich.

»Ich stehe auf Frauen, deshalb wär's ganz gut, wenn du dir eine andere schnappst.« Abwehrend stemme ich meine Handfläche gegen seinen Brustkorb.

»Noch besser«, säuselt er schmierig.

»Lass das«, warne ich ihn, als er erneut seine Finger über meinen Oberarm gleiten lässt.

»Zieh Leine.«

Unmittelbar erschaudere ich. Eine kraftvolle Männerstimme ertönt hinter mir. Ich kann es nicht fassen, denn ich weiß, wem diese wunderbare Stimme gehört. Ohne zu zögern rauscht Marshall ab. Ich will es ihm schon gleichtun, doch Leo schwingt seinen Arm um meine Taille, so dass ich keinen Schritt vorwärts komme. Vergebens strampeln meine Beine in der Luft umher.

»Verdammt. Lass mich los!«

»Was hast du hier zu suchen?«

Er schubst mich auf den Hocker, dreht ihn neunzig Grad herum, und betrachtet mich aus flammenden Augen.

»Sightseeing«, erkläre ich mit zusammengekniffenen Augen, dabei beobachte ich, wie seine Mundwinkel zucken. Oh Mist, ich bleibe an seinen Lippen hängen. Vielmehr sollte ich wütend sein auf diesen Mistkerl.

»Du bist das größte, abscheulichste Wesen auf dieser verfluchten Erde …«

Behutsam legt er seinen Zeigefinger auf meine Lippen, womit er prompt meine Schimpftirade stoppt. Sofort beschleunigt sich meine Atmung gegen meinen Willen. Als er das bemerkt, wandern seine Mundwinkel nach oben, und sein sexy Grinsen offenbart sich. Endlich lässt er seinen Finger sinken, und ich bin frei von seinen Berührungen. Die Stelle, an der er mich eben noch berührt hat, kribbelt noch immer. Ich reibe meine Hand darüber, um das Gefühl auszulöschen.

»Wesen also.« Er lacht.

»Halt die Klappe«, fahre ich ihn an.

»Verfolgst du mich?« Seine Augenbrauen wandern neugierig nach oben.

»Sightseeing.«

»Verstehe, deshalb hat mich deine Freundin Marie angerufen, weil du dich also beim Sightseeing verlaufen hast. Nicht etwa, weil du eifersüchtig auf meine Putzfrau bist?« Er schmunzelt überheblich.

Überrascht, allerdings noch ein klein wenig misstrauisch, beäuge ich ihn. »Deine Putzfrau?«

»Die hat dir doch heute Mittag die Tür geöffnet, nicht wahr?«

Unkontrolliert schlage ich meine geballten Fäuste gegen seine Brust. »Ich hasse dich so sehr.«

Reflexartig greift er nach meinen Handfesseln, damit ich aufhöre, auf ihn einzuschlagen. »Tust du nicht.«

Nun blickt er mich aus schweren Lidern an. Gott, das tue ich natürlich nicht. Jetzt gerade läuft der Song »Closer« von den Chainsmokers. Wie passend. Das hat mir gerade noch gefehlt. Ich kann nicht anders, als den Klängen zu lauschen. Noch immer hält er meine Fesseln fest in seinem Griff. Ich schmelze wie Butter in seinen Händen. Selbst wenn das vorhin nicht seine Putzfrau gewesen ist, jegliche Wut schwindet sowieso, und ich würde mich am liebsten auf ihn stürzen.

»Soll ich dich auf den Rücksitz meines Rovers bringen?«

Kopfschüttelnd will ich zu einem Konter ausholen, als er mich packt und über seine Schulter wirft.

»Das ist doch wohl nicht dein Ernst«, kreische ich.

Warum hält ihn keiner auf? Sehen die Leute denn nicht, dass ich mich dagegen zur Wehr setze? Als ich erneut mit meinen Beinen strample, bestraft er mich mit einem Klaps auf den Hintern.

»Leo, du bist doch verrückt.«

Gekonnt schlängelt er sich durch die Masse. Erst als wir uns ein ganzes Stück von der Bar entfernen, setzt er mich am Boden ab.

»Ich will dir jetzt nicht hinterherlaufen, also komm mit.« Seine Miene ist finster.

Ich habe große Lust, davonzulaufen, aber wäre das nicht irgendwie kindisch? Zuerst setze ich sämtliche Hebel in Bewegung, um ihn zu sehen, und dann will ich abhauen?

»Wohin gehen wir?«, will ich wissen, als ich ihm folgsam hinterherstapfe.

Energisch winkt er einen Taxiwagen heran, welcher prompt vor unseren Füßen anhält. Gut, also hier bleiben wir schon mal nicht.

Während der Fahrt habe ich die Klappe gehalten. Leo hat mir unmissverständlich klargemacht, dass er von meinen jugendlichen Tiraden nichts mehr hören will. Stattdessen hat er seinen Arm um mich gelegt und mich an seine Brust gezogen. Seinen warmen Körper an meinen gepresst. Sein herrlicher Duft, der mir in die Nase stieg. Ich war nicht fähig, auch nur einen Ton von mir zu geben. Nicht, weil er es mir untersagte, sondern weil ich seine Gegenwart auskosten wollte.

Nun stehe ich unbeholfen in seinem Apartment. Es ist, als hätte ich mich verlaufen und ein Fremder stünde vor mir. Alles an ihm wirkt anders und ich kann nicht erklären, was es ist. Vielleicht ist es auch nur die Tatsache, dass ich sozusagen frei bin.

»Du hast deinen Job gekündigt, nur um mich loszuwerden.« Meine Augen verengen sich zu Schlitzen.

»Deine Ehe, Sina. Ich wollte deine verdammte Ehe retten. Und was machst du? Du lässt dich scheiden?«

Seine Worte treffen mich hart. Er weiß davon? Hat ihn Marie eingeweiht? Sein eisiger Anblick lässt mich frösteln. Er macht einen Schritt auf mich zu, ich komme ins Straucheln und unmittelbar spüre ich die kalte Wand an meinem Rücken.

»Mir blieb keine andere Wahl«, hauche ich ihm entgegen.

Er nimmt mein Gesicht zwischen seine Hände und sieht mir dabei tief in die Augen, als wolle er meine Seele offenlegen. Mein Herz pocht unaufhörlich. Gott, ich wünschte, er wüsste, wie sehr ich es genieße, von ihm berührt zu werden.

Drängend legt er seinen Mund auf meinen. Er küsst mich, als wäre meine Zunge ein Heilmittel. Begierig. Drängend. Unaufhörlich. Japsend löse ich mich von ihm, weil ich befürchte, nie wieder von der Droge loszukommen. Er lässt seinen lodernden Blick über meinen Körper schweifen, wieder, ohne jegliche Vorwarnung, wirft er mich über seine Schulter. Er trägt mich in sein Schlafzimmer, und als er am Fußende seines Bettes ankommt, schleudert er mich darauf.

Ich komme noch nicht mal dazu, mir meine High Heels auszuziehen, schon ist er über mir, und ich spüre seine prachtvolle Erregung durch mein hauchdünnes Kleid hindurch. Dabei entfährt mir ein Keuchen, was seine Küsse nur noch energischer werden lässt. Hastig öffnet er seinen Gürtel, zieht seine Jeans ein Stück nach unten, schiebt mit seinen flinken Fingern mein Kleid höher, meinen Slip zur Seite und dringt mit dem nächsten scharfen Atemzug in mich ein. Sofort umschließe ich ihn mit meinen Beinen, ziehe ihn näher an mich heran, so als wollte ich ihn nie wieder loslassen.

»Fuck … du fühlst dich so wunderbar an«, stöhnt er und lässt seine heiße Zunge an meinem Hals entlanggleiten.

Als ich Stunden später aufwache, liege ich alleine im Bett. Die Bettdecke ziehe ich bis über mein Schlüsselbein hoch und kuschle mich tief in die Daunen. Die Enttäuschung darüber, alleine aufzuwachen, ist gewaltig. Erst nach einer Weile entdecke ich Leo, der nackt am Fenster verweilt und nach draußen starrt. Ich genieße den Anblick seines durchtrainieren Rückens, vor allem aber seines Hinterns.

»Na, haderst du mit dir, weil du gestern das Vorspiel weggelassen hast?«, necke ich ihn. »Du warst trotzdem klasse«, füge ich lachend hinzu.

Als er noch immer nicht antwortet und weiterhin in die Ferne stiert, zieht sich mein Magen unangenehm zusammen. Schlagartig überkommt mich ein mieses Gefühl.

»Leo?«, hake ich mit zitternder Stimme nach.

Endlich dreht er sich in meine Richtung. Mit ernster Miene betrachtet er mich. Fassungslos starre ich in sein Gesicht.

»Du willst, dass ich verschwinde«, sage ich, dabei schlucke ich die Enttäuschung hinunter.

»Ich kann dir nicht das geben, wonach du suchst.«

Ich tue mir schwer, meine Tränen zurückzuhalten, doch ich muss stark bleiben. Ich will keine einzige, verfluchte Träne vor seinen Augen vergießen.

»Das tust du jetzt nicht wirklich?« Meine Stimme klingt gebrochen.

»Ich bin nicht der Mann, mit dem du glücklich werden kannst. Ich bin einfach nicht geschaffen für eine Beziehung.«

»Ich hasse dich«, bringe ich schluchzend hervor.

»Ich weiß.«

»Ich wünschte, du kämest in die Hölle«, schreie ich hysterisch.

»Ich liebe dich von ganzem Herzen, und deshalb gebe ich dich frei.« Sein Tonfall ist mild, seine Miene gefasst.

Ich pfeffere ihm einen Stöckelschuh, den ich gerade so vom Bett aus fassen kann, entgegen. Der Schuh prallt an seiner harten Brust ab und fällt zu Boden.

»Lass mich alleine«, brülle ich.

Seine Augen ruhen noch einen Moment auf mir, ehe er sich

abwendet und mir den Rücken zukehrt. Sobald die Tür ins Schloss fällt, vergrabe ich mein Gesicht ins Kopfkissen und ersticke mein Schluchzen darin.

23

Bereits drei Monate liegt mein überstürzter Kurztrip nach New York zurück. Bei der Rückkehr erwartete mich Marie am Flughafen und tat ihr Möglichstes, um mich auf andere Gedanken zu bringen. Ich war ein Wrack. Ein Totalschaden. Sie setzte die Einzelteile wieder zusammen, beulte die Dellen aus und sorgte für eine schicke Neulackierung. Die Karosserie war restauriert. Doch bei genauerer Betrachtung konnte man sehen, dass die Spaltmaße verzogen waren. Ein Unfallschaden eben, Leo hatte mich gebrochen. Er hat mir den Glauben an die Liebe genommen.

Marie ist eine wahre Freundin, auch wenn sich diese Tatsache eigenwillig anfühlt. Unser Verhältnis zueinander ist beinahe wie früher. Der einzige Unterschied ist, dass wir darauf bedacht sind, Marcels Namen nicht auszusprechen. Unsere Treffen finden in Cafés statt. Sie kommt nicht in mein Haus und ich komme nicht in ihre Wohnung. Es ist gut, so wie es ist.

Wir halten auch keine Kaffeekränzchen zu dritt ab. Wenn ich mit Marcel etwas zu besprechen habe, hält sie sich raus und andersrum läuft es gleichermaßen ab. Marcel und ich wollen das Haus verkaufen. Wir haben es einem Makler übergeben, der nun wöchentliche Führungen durch unser Heim veranstaltet.

Ich wiederum bin auf der Suche nach einer Wohnung in Wien. Klagenfurt ist keine Option mehr für mich. Vielmehr will ich das Großstadtleben inhalieren, um mir wieder mehr Leben einzuhauchen.

Die Nächte sind katastrophal. Ich schlafe höchstens drei Stunden am Stück, bis ich vom nächsten Traum wachgerüttelt werde. Sie drehen sich stets um ihn. Leo natürlich. Ich habe es satt, von ihm zu träumen. Ich versuche, ihn abzuschütteln. Tag für Tag. Es will mir einfach nicht gelingen, doch ich gebe nicht auf und kämpfe darum, ihn aus meiner Seele zu verbannen.

Angefangen bei einer Heilpraktikerin, bis hin zu irgendwelchen Bachblüten-Therapien, ich habe so ziemlich alles versucht, doch nichts hat geholfen. So kommt es, dass ich vollkommen nervös im Wartezimmer von Dr. Sang, Facharzt für psychische Erkrankungen, sitze und widerwillig die Zeitschriften durchblättere. Irgendwas muss es doch geben, damit ich endlich wieder einen ruhenden Schlaf bekomme. Marie war es, die mir den Termin bei Dr. Sang besorgt hat. Üblicherweise wartet man vier Monate darauf, bis man einen bekommt. Er ist ein Freund von Maries Familie, ich habe schlichtweg Glück.

Die Ordinationsgehilfin ruft meinen Namen auf und deutet auf die blaue Tür. Ich wundere mich ein klein wenig über die Farbenpracht in der Ordination. Die Wände sind orange und gelb gestrichen. Für einen ernstzunehmenden psychiatrischen Patienten ist es nicht unbedingt von Vorteil, hier drinnen auszuharren. Zugegeben, die penetranten Farben ziehen auch meine Gedanken durch den Fleischwolf.

Ein kleiner, stämmiger Mann marschiert mit einem strahlenden Lächeln, welches seine weißen Zähne hervorblitzen lässt, auf mich zu. Mit einem festen Händedruck begrüßt er mich und deutet mir an, mich auf dem braunen Ledersessel, der inmitten des Raumes steht, zu setzen. Er sieht mir eine Sekunde zu lange in die Augen. Es fühlt sich an, als würde er mir meine Seele entziehen. Ich muss blinzeln, um mich aus seinen Fängen zu reißen.

»Was führt Sie zu mir?«

Angespannt presse ich mich tiefer in den Sessel. Ein wissendes Schmunzeln huscht über seine Lippen.

»Tja, also …« Die Worte wollen einfach nicht über meine Lippen kommen.

»Es ist nicht die Brust, die nährt, es ist die Milch«, erklärt er mit sanfter Stimme.

»Der Taube wird die Tanzenden immer für Verrückte halten.«

Erwartungsvoll fixiert er mich.

Prustend schlage ich mir die Hände vors Gesicht. »Komm, ich erzähl dir eine Geschichte? Ernsthaft?« Ich kriege mich vor Lachen nicht mehr ein.

»Funktioniert doch.« Er wippt auf seinem Drehsessel hin und her.

»Sie erzählen mir jetzt nicht, dass Ihr Wissen, welches Sie bei Ihren Therapien anwenden, aus diesem Buch stammt und Sie sich Ihren Doktortitel erschwindelt haben?«

Er steckt sich einen Kugelschreiber zwischen seine Finger und wiegelt ihn hin und her.

»Erzählen Sie mir Ihre Geschichte und wir werden sehen.«

Erst nach längerem fasse ich mich wieder. »Gut, dann los …«, sage ich und beginne mit ausgetrockneter Kehle zu erzählen.

Äußerst erschlagen stapfe ich die letzten Meter vom Parkplatz zur Eingangstür rauf. Dieser Dr. Sang hat mir meinen letzten Funken an Energie geraubt. Vollkommen ausgelaugt krame ich in meiner Handtasche nach meinem Schlüsselbund. Als ich ihn einfach nicht zu fassen bekomme, ramme ich meinen Fuß in den Betonboden. Aua. Das tut weh. Ich ärgere mich so sehr, dass ich kurz vor einem Wutausbruch stehe und meine Handtasche, samt Inhalt, auf den Boden knalle und davonlaufe.

Seit dem Gespräch ist meine Laune auf einem Tiefpunkt angelangt. Ich habe erzählt und erzählt. Ich habe es satt an Leo zu denken. Sprechen möchte ich schon gar nicht über ihn. Doktor Sang hat zugehört und sich Notizen in sein schwarzes Büchlein gekritzelt. Nachdem ich mein Innerstes offenbart hatte, hat er mir einen Zettel gereicht, auf dem das Datum des nächsten Termins steht, und sich verabschiedet. Er hat weder großartig nachgehakt noch einen brillanten Ratschlag für mich übrig gehabt.

24

»Na, wie war dein Termin«, hänselt mich Werner, als ich am späten Nachmittag an meinen Schreibtisch trete.

Meine erste Sitzung liegt eine Woche zurück, und der heutigen Therapiestunde konnte ich auch nichts abgewinnen. Mit finsterer Miene sehe ich in seine Richtung.

»Er lässt mich quasseln.«

Er verdreht die Augen. Werner hält wohl auch nichts von dem Psychogequatsche.

»Musst du heute früher los?«

»Alles im grünen Bereich.« Er lächelt zufrieden.

Von Woche zu Woche verbringt er mehr Stunden im Büro. Seine Tochter hat das Gröbste überstanden. Der Gedanke an das Leid, das Werner für mehrere Monate ertragen musste, lässt mich zusammenfahren. Wie lächerlich klein meine Sorgen im Gegensatz zu seinen sind. Ich ärgere mich über mich selbst, wie so oft in letzter Zeit. Kopfschüttelnd sortiere ich die Marketingpläne. Werner legt seine Stirn in Falten, während er mich beäugt.

»Willst du darüber reden?«

»Nein«, schießt es aus mir heraus. Stur starre ich auf den Computer.

»Willst du mit mir darüber sprechen?«

Meine Nackenhaare stellen sich auf, mein Blut schießt in meinen Kopf, so dass ich sofort erröte.

»Hey Mann, schön dich zu sehen.« Werner springt freudig von seinem Stuhl hoch.

Soll das ein Tagtraum sein? Verzweifelt und vollkommen atemlos schwenke ich meinen Kopf zur Tür.

Nein. Kein Tagtraum. Leo Winter steht im Türrahmen und hält seine strahlenden, blaugrünen Augen auf mich gerichtet. Wir sehen einander an, als existieren nur wir beide auf dieser gottverdammten Erde. Augenblicklich werde ich panisch. Ich muss hier raus, sofort.

Leo und Werner nehmen sich kurz in den Arm und schlagen sich kumpelhaft auf die Schultern. Ich jedoch kann es einfach nicht fassen. Er ist zurück.

»Kannst du Sina kurz entbehren?«, meint er zu Werner.

Wutschäumend greife ich nach der Schwiegermutter und pfeffere sie ihm entgegen. Werner brummt und hüpft erschrocken zur Seite.

»Sina«, mahnt er mich.

Doch seine Worte prallen an mir ab. Ich setze zum nächsten Wurf an und ein Kugelschreiber trifft Leo an der Schulter.

»Willst du auch noch den Monitor nach mir werfen?« Sein Ausdruck wirkt kalt.

»Ja, verflucht. Genau das würde ich gerne tun.« Herausfordernd sehe ich ihn an.

Damit nicht sämtliches Inventar auf Leo landet, erhebe ich mich, so dass der Stuhl nach hinten zu kippen droht, und schultere meine Tasche. Mit polternden Schritten laufe ich zum Ausgang, doch Leo verwehrt mir den Weg.

»Lass mich vorbei«, keife ich.

Ich versuche mich an ihm vorbei zu quetschen, doch Leo drückt seinen Körper fest gegen meinen, was ein Kribbeln in mir auslöst, was ich im Augenblick so gar nicht gebrauchen kann.

»Kommt schon, Leute. Ihr seid erwachsen«, belehrt uns Werner im Hintergrund.

Es stimmt. Ich benehme mich wie eine unerfahrene Göre, deshalb trete ich den Rückzug an und strauchle nach hinten.

Werner marschiert an mir vorbei und lässt uns zurück. Meine Brust hebt und senkt sich, meine Atmung ist schwerfällig.

»Was hast du hier zu suchen?« Meine Augen verengen sich zu schlitzen.

Ein schiefes Grinsen breitet sich auf seinem Gesicht aus. In seinen Jeans und dem weißen Hemd sieht er unfassbar sexy aus. Ich liebe es, wenn er Jeans trägt. Verdammt, ich muss mich konzentrieren.

»Ich will es wieder hinbiegen.«

»Was willst du hinbiegen?« Fordernd funkle ich ihn an.

Unsicher fährt er sich mit seiner linken Hand durchs Haar. »Das mit uns.«

Empört entfährt mir ein schallendes Lachen. »Es gibt kein uns«, zische ich.

Still sieht er mich an, bis er schließlich zur Seite tritt. Ohne ein weiteres Wort schlüpfe ich an ihm vorbei und gehe. Er hält mich nicht auf.

25

Tag für Tag erreicht mich eine neue Überraschung. Schokolade. Blumen. Theaterkarten. Einladungen zum Abendessen. Leo umschmeichelt mich mit Aufmerksamkeiten, die ich allesamt in den Mülleimer werfe. Ich will ihn nicht um mich haben, was sich in Zukunft schwer realisieren lässt, denn Leo Winter ist ins Unternehmen zurückgekehrt. Sein Nachfolger war wohl nicht das, was man sich von ihm versprochen hatte.

Die Tatsache macht mich nur noch wütender. Leo ist nur des Jobs wegen zurückgekehrt. Vor vierzehn Tagen stand er plötzlich vor mir. Seither gleicht mein Leben einer Achterbahnfahrt. Ich versuche mich abzulenken, um nicht ständig über mein verkorkstes Gefühlsleben grübeln zu müssen.

Auch die Trennung setzt mir gehörig zu. Ich hatte mir gewünscht, Marcel zu lieben und mit ihm alt zu werden. Wir haben uns voneinander entfernt. Tag für Tag, Woche für Woche, Monat für Monat, Jahr für Jahr. Ich kann ihm nicht zum Vorwurf machen, dass er sich in Marie verliebt hat. Ich selbst habe mein Herz an einen anderen Mann verloren. Vermutlich wäre alles anders gekommen, wenn wir darauf geachtet hätten, uns nicht zu verlieren.

»Alles klar?« Marcel sieht mich besorgt an.

»Vermutlich«, gebe ich zurück und unterschreibe den Kaufvertrag.

»Das war's dann wohl.« Meine Stimme zittert.

»Du findest bestimmt eine passende Bleibe.«

Eine Träne kullert meine Wange hinab. »Bestimmt.«

»Es geht nicht ums Haus?«, stellt er trocken fest.

Schulterzuckend betrachte ich ihn.

»Ich kann Leo nicht ausstehen, aber ich finde, du solltest ihm eine Chance geben.«

Die Worte verlassen nur mühsam seinen Mund.

»Du findest was?«, fassungslos stiere ich ihn an. »Hat Marie dir davon erzählt?«

»Nur davon, wie sehr er sich um eine Verabredung bemüht«, erklärt er, dabei lächelt er schwach.

»Er ist nicht meinetwegen zurückgekehrt.«

»Es ist deine Sache«, äußert er sich trocken und steckt den unterzeichneten Kaufvertrag in den Aktenkoffer. »Die Spedition kommt am Donnerstag?«

»Und bringt meine Habseligkeiten in die Wohnung, die ich mir für zwei Monate als Übergangslösung angemietet habe.«

Skeptisch beäugt er mich. »Wenn du Hilfe brauchst …«

Für einen Augenblick schließe ich meine Lider und schüttle den Kopf. »Ich komme zurecht.«

Nach diesem anstrengenden Tag lasse ich mir in meinem vorübergehenden Heim die Badewanne volllaufen. Die Vertragsunterzeichnung ist heute ohne Probleme vonstatten gegangen. Das Geld für das verkaufte Haus werden wir erst in ein paar Wochen erhalten. Bis dahin will ich eine passende Eigentumswohnung finden.

Die Scheidung wird in zwei Wochen über die Bühne gehen. Der letzte Meilenstein, bis ich in mein neues Leben starten kann.

Meine vorübergehende Wohnung ist möbliert, ein gemütliches Sofa, welches auch als Bett fungiert, steht inmitten des Raumes. Eine Kochnische, ein Badezimmer mit Wanne, ein kleiner Balkon und ein winziger Flur runden die gemütliche

Kleinwohnung ab. Sogar ansehnliche Bilder hängen an den Wänden. Es ist heimelig hier drinnen, und ich fühle mich ausgesprochen wohl.

Natascha wollte später noch auf ein Glas Martini Asti vorbeikommen, um auf den Neubeginn anzustoßen. Erst wollte ich ihr absagen, weil ich mich elendig erschlagen fühle, doch Natascha hätte sich vermutlich nicht davon abbringen lassen, und inzwischen freue ich mich sogar ein bisschen auf ihre Gesellschaft.

Gerade als ich den Wasserhahn der Badewanne abdrehe, vernehme ich ein Klopfen an der Tür, woraufhin ich mich in ein Badetuch hülle und zur Eingangstür laufe. Ich muss mich auf die Zehenspitzen stellen, um durch das Guckloch zu spähen. Hat hier eigentlich mal ein Riese gewohnt?

Der Blick durch diesen kleinen Spion lässt mein Herz höher schlagen. Ich erkenne die Umrisse von Leo, der ein Blatt Papier mit folgenden Worten vor sein Gesicht hält.

Opfere fünf Minuten für mich.
Nur fünf Minuten …

Kalter Schweiß läuft meinen Rücken hinab, und meine Fußsohlen scheinen am Parkettboden festzukleben. Ich zögere, ehe ich ihm öffne.

Langsam lässt er das Blatt nach unten gleiten, so dass ich in seine glänzenden Augen blicken kann. Sein Anblick lässt mich erzittern. Ich verschränke die Arme vor meiner Brust und umklammere das Badetuch.

Jemand könnte mir einen Kübel voller Eiswürfel über den Kopf gießen, ich würde keinerlei Reaktion zeigen, so sehr bin ich auf Leo fixiert.

Auf seine geschwungenen Lippen, seine kurzen schwarzen Haare, die aussehen, als wäre er gerade aufgestanden. Abwartend bestaune ich ihn.

Leo deutet mir an, mich noch kurz zu gedulden, indem er einen Zeigefinger hebt und eine Augenbraue nach oben wandern lässt.

Mit schnellen Fingern tippt er auf sein Smartphone, und kurz darauf ertönt der Klang von Maria Careys »Without you«.

Ein verstohlenes Grinsen macht sich auf meinem Gesicht breit.

Er legt das Telefon auf dem Fußboden ab und klemmt einen Stapel Plakate zwischen die Finger seiner rechten Hand. Dann fixiert er mich mit seinen Augen und lässt das erste Blatt vor seine Brust wandern.

Ich war ein Idiot.

Automatisch stimme ich ihm nickend zu.

Zu dumm.

Es folgt Blatt für Blatt.

Ein Clown.

Auf dem nächsten Blatt ist das Foto des Clowns aus Stephen Kings »Es« abgebildet, und ich muss lächeln.

Ich ließ die Liebe meines Lebens weiterziehen.

Daraufhin hält er ein Foto von Claudia Schiffer im Bikini vor sich.

Schnell starrt er gespielt erschrocken nach unten und lässt das Bild zu Boden fallen. Dann zieht er ein mit Bleistift gezeichnetes Porträt von mir hervor. Überwältigt starre ich in sein Gesicht. Egal, was jetzt noch kommen mag, ich kann nicht anders, als meinen letzten Funken Beherrschung zu verlieren.

Es hat lange gedauert, bis ich das erkannt habe.

ABER

Besser spät, als nie!
Er grinst.

Ich verspreche dir …

dich zu lieben …

zu ehren …

dir die Treue zu halten …

Bis du mich nicht mehr aushältst.

Aber selbst dann …

werde ich dich im Stillen weiter lieben …

Ungläubig und unfähig, meinen Blick von ihm abzuwenden, starre ich ihn unaufhörlich an.

Der letzte Ton des Liedes verklingt. Gemächlich hebt er sein Telefon vom Boden auf, lässt es in seiner Gesäßtasche verschwinden und sammelt die Blätter zusammen, die er zuvor fallengelassen hat.

Als er alles sorgsam eingesammelt hat, schenkt er mir ein Lächeln und wendet mir den Rücken zu, ohne auch nur ein Wort zu sprechen.

Kreidebleich gaffe ich ihm hinterher.

»Und das war's jetzt?«

Die Worte sprudeln nur so aus mir heraus.

Abrupt hält er inne, ohne sich mir zuzuwenden.

»Warum bist du wieder in Wien? Des Geldes wegen?«

Er rührt sich nicht vom Fleck.

»Leo, ich will verflucht noch mal eine Antwort von dir.«

Endlich dreht er sich zu mir um und sieht mir mit ernster Miene entgegen.

»Du denkst, ich bin wegen des Jobs zurückgekehrt?« Er wirkt verblüfft.

»Was soll ich denn sonst denken?« Meine Stimme bebt.

Bedächtig tritt er näher an mich heran, bis ich seinen Atem auf meinem Gesicht spüre. Höchstens ein Blatt Papier hätte Platz zwischen unseren Mündern, so nahe sind wir uns gerade.

»Ich bin deinetwegen hier.«

Mir entfährt ein verächtliches Schnauben.

»Sina, ich habe viele Dinge getan, aber ich habe dich niemals belogen.«

Ich muss blinzeln, um seinem durchdringenden Blick zu entfliehen. Ich gluckse. Das stimmt, Leo ist vieles, aber kein Lügner.

Sanft umschließt er mein Gesicht mit seinen Händen.

»Gib uns eine Chance«, haucht er mir zart entgegen.

Augenblicklich wird mir schwindelig.

Mein Körper arbeitet auf Hochtouren, um mich aufrecht zu halten.

»Ich werde dir niemals genügen«, flüstere ich.

Behutsam legt er seine Lippen auf meine, wartet geduldig, bis sich mein Mund öffnet. Geschmeidig lässt er seine Zunge in mich gleiten.

Er löst seine Lippen von meinen und übersät mich mit Küssen, wandert entlang meines Kinnes, bis hin zu meinem Ohrläppchen.

»Du bist alles für mich«, flüstert er, ergreift meine linke Hand und legt mir eine goldene Kette um mein Armgelenk. Erst beim genaueren Hinsehen entdecke ich das Unendlichkeitssymbol darauf und kann mein Glück kaum fassen.

Ende